U0164956

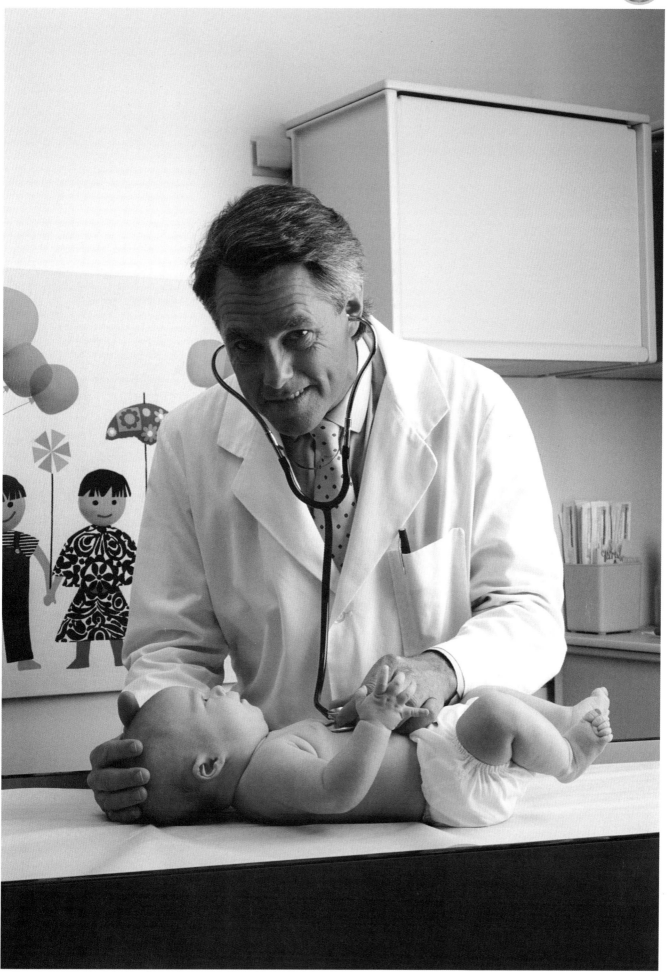

## 如何增强宝宝的抗病能力

要增强宝宝的抗病能力，主要应注意以下几个方面：①全面、均衡的营养。全面、均衡的营养是保证宝宝正常发育、健康成长的前提条件，它可以增强宝宝的体质，提高宝宝的免疫和抗病能力。因此，要提倡母乳喂养、及时添加辅食、补充各种营养素、养成良好的饮食习惯；②加强护理，注意个人卫生。要给宝宝创造一个良好的生活环境，护理要精细，如勤洗澡、换衣、洗手等，保证宝宝的个人卫生；③衣服的添减要适宜。要根据季节、天气、室温的变化为宝宝增减衣服；④加强体育锻炼。待宝宝满月后，要带宝宝进行户外活动，多晒太阳，还可以给宝宝按摩、做健身操等。

## 婴儿患病的早期症状

婴儿患病的早期都会表现出一些异常症状，如果父母能及时发现，就可以尽早治疗，取得良好的治疗效果。婴儿患病的早期表现有：①面色或情绪异常。健康的婴儿面色红润、双目有神、反应灵敏、精力充沛，如果宝宝生病就会出现面色发白、发青或发乌，精神不振或烦躁不安等；②哭声尖厉。正常婴儿哭声有力，满足需要后哭声就会停止，而生病早期，一般宝宝哭声尖厉刺耳，同时常伴有手足乱动等症状；③体温过高。婴儿的正常体温应在36～37℃，如果体温持续高于37.5℃，就是患有某种病症的征兆；④吃奶无力或呕吐不止。如果婴儿吃奶无力、精神萎靡、食欲不佳就可能是患上某种病症，或者出现连续呕吐，同时吐出物中伴有异味也是患病的信号；⑤大便异常。如果宝宝的大便性状与平常相比有较大的异常变化，如变稀、次数增多等，就可能是腹泻的征兆。

## 家庭必备的急救药物和医用器械

由于婴幼儿的免疫力较低，所以总免不了发热或生病。当宝宝会爬行或走路以后，也会经常跌伤、碰伤。对于一些小病、小伤可以进行简单的家庭护理。为了满足家庭护理的需要，可以配备以下急救药物和医用器械：镊子、剪刀、体温计、医用棉签、纱布、绷带、医用胶带、医用酒精或红药水、双氧水、氧化锌软膏、抗生素软膏、眼药水、解热镇痛药、中药感冒药、胃肠药等。为防止急救药物过期，每年要对它们进行定期检查，并不断地补充、更换。

## 营养不良也是病

营养不良是指因为热量和(或)蛋白质缺乏引起的一种营养缺乏病，常见于婴幼儿，其中以婴儿更为常见，发病率和死亡率都比较高。体重不增加是最早出现的症状，之后体重开始下降，皮下脂肪逐渐减少，首先是腹部的皮下脂肪，其次是躯干、臀部、四肢，最后是面颊部的皮下脂肪。营养不良严重时，表现为患儿皮下脂肪消失，额部出现皱纹似老头样，身高明显低于正常，食欲低下、精神萎靡，皮肤苍白、干燥、没有弹性，肌肉萎缩，运动发育落后，智力发育低下等，并且可能因血清中蛋白含量降低而出现水肿。

## 发生营养不良的原因

引起营养不良的原因主要有以下几个方面：①先天不足。如小于胎龄儿、低出生体重儿、早产儿、双胎等均可引起营养不良；②喂养因素。如母乳不足、人工喂养时调配不当(牛奶或奶粉浓度过低)、没有及时添加辅食、以谷物(米粉、麦乳精)为主要食物而长期缺乏蛋白质和热量，奶粉质量差或不合格，小儿长期偏食或挑食等；③疾病因素。如先天性肥厚性幽门狭窄、婴幼儿腹泻、肠吸收不良综合症、结核病、寄生虫病、长期发热或恶性肿瘤等。

## 如何判断婴幼儿营养不良的程度

通常根据营养不良的轻重程度将婴幼儿的营养不良分为：轻度营养不良、中度营养不良和重度营养不良。实践中判断急、慢性营养不良的主要指标有：①体重。若小儿体重低于同年龄参照值(可以用平均值近似代替)的15～25%属于轻度营养不良；体重低于该值的26～40%属于中度营养不良；体重低于该值的40%以上时属于重度营养不良。②腹部脂肪厚度。腹部脂肪厚度在0.4～0.8厘米之间为轻度营养不良；0.4厘米以下是中度营养不良；脂肪几乎完全消失者是重度营养不良。③身高。轻度营养不良儿的身体基本正常；中度营养不良儿的身高比正常值有所降低；重度营养不良儿的身高则明显低于正常值。

## 如何治疗和护理营养不良患儿

营养不良患儿的治疗和护理要根据原因进行对症治疗。①对于由疾病造成的营养不良儿和重度营养不良的婴儿，要及早发现、及早治疗，早期治疗对于此类营养不良儿非常关键。②对于轻、中度营养不良患儿，如果消化能力正常，只是由于喂养不合理造成的，可以不给予药物治疗，只需要调整喂养方法和饮食结构即可。③对于长期缺乏蛋白质造成的营养不良儿，应在原喂养的基础上，循序渐进地增加蛋白摄入量，之后逐步过渡到平衡合理的饮食结构。④对于由于热量缺乏造成的营养不良儿，要在平衡合理的饮食结构基础上，适当进行高热量喂养，如在提高母乳营养水平和喂养优质奶粉的基础上，添加面条、米粥等辅食，以及补充足够的维生素和矿物质，同时还要形成良好的饮食习惯，去掉挑食、偏食的坏毛病。

健康的宝宝在他需求得到满足后，精神饱满、不哭不闹，而且容易适应环境。

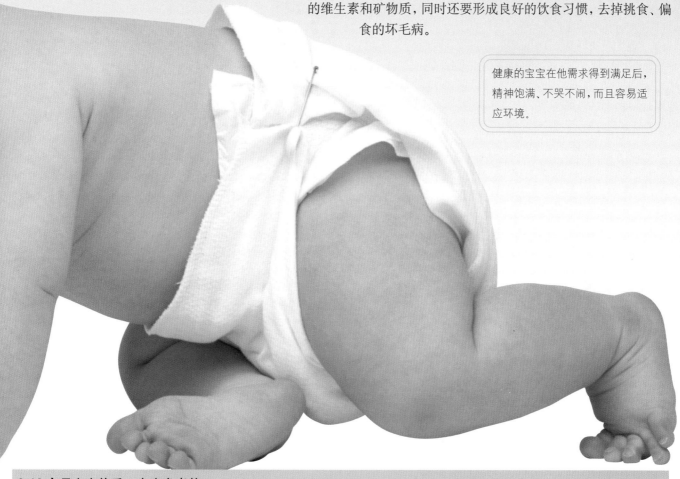

### 0-18个月宝宝体重、身高参考值

| 年龄 | 体重(千克) | | 身高(厘米) | |
|---|---|---|---|---|
| | 男 | 女 | 男 | 女 |
| 出生 | 2.9-3.8 | 2.7-3.6 | 48.2-52.8 | 47.7-52.0 |
| 1 月 | 3.6-5.0 | 3.4-4.5 | 52.1-57.0 | 51.2-55.8 |
| 2 月 | 4.3-6.0 | 4.0-5.4 | 55.5-60.7 | 54.4-59.2 |
| 3 月 | 5.0-6.9 | 4.7-6.2 | 58.5-63.7 | 57.1-59.5 |
| 4 月 | 5.7-7.6 | 5.3-6.9 | 61.0-66.4 | 59.4-64.5 |
| 5 月 | 6.3-8.2 | 5.8-7.5 | 63.2-68.6 | 61.5-66.7 |
| 6 月 | 6.9-8.8 | 6.3-8.1 | 65.1-70.5 | 63.3-68.6 |
| 8 月 | 7.8-9.8 | 7.2-9.1 | 68.3-73.6 | 66.4-71.8 |
| 10 月 | 8.6-10.6 | 7.9-9.9 | 71.0-76.3 | 69.0-74.5 |
| 12 月 | 9.1-11.3 | 8.5-10.6 | 73.4-78.8 | 71.5-77.1 |
| 15 月 | 9.8-12.0 | 9.1-11.3 | 76.6-82.3 | 74.8-80.7 |
| 18 月 | 10.3-12.7 | 9.7-12.0 | 79.4-85.4 | 77.9-84.0 |

# 佝偻病

佝偻病，是维生素D缺乏性佝偻病的简称，是由于维生素D不足所致的一种慢性营养素缺乏症，多发于3个月～2岁小儿。初期多在生后3个月左右发病，主要表现是非特异性神经精神症状，如烦躁、睡眠不安、容易受惊吓、夜间容易啼哭、与环境无关的多汗，尤其是头部多汗，宝宝常摇头摩擦枕头而使后脑部一圈头发减少，即医学上所说的枕秃。活动期主要表现为骨骼改变和运动发育落后，骨骼改变主要包括颅骨软化，即用手指轻压颞骨（太阳穴后上方）或枕骨（后脑勺）中央部位感觉颅骨内陷，并随手放松而弹回；方颅，即骨样组织增生使额骨及顶骨双侧对称性隆起而使患儿脑袋呈方形；前囟增大、闭合延迟；出牙延迟；鸡胸或漏斗胸；"O型腿"或"X型腿"。运动发育落后主要表现为头颈部软弱无力，坐、立、行等发育落后。严重患儿常常有免疫力下降，容易并发感染、消化功能紊乱等。如不经过及时治疗3岁以后常常会遗留不同程度的骨骼畸形。

## 为什么婴幼儿容易患佝偻病

婴幼儿容易患佝偻病是由于维生素D含量不足，而引起维生素D含量不足的原因主要包括以下几个方面：①日光照射不足。体内维生素D主要来源于皮肤内7-脱氢胆固醇经紫外线照射后生成，而紫外线不能通过普通玻璃，因此，婴幼儿若户外活动少，就容易患佝偻病。另外，冬季紫外线较弱，日照时间短，所以冬春季佝偻病发病率较多。②维生素D摄入不足。天然食物中维生素D含量少，如母乳中含维生素D4～100单位/升，牛乳中含3～40单位/升，蔬菜和水果中含量极微，不能够满足婴幼儿生长发育的需要。③食物中钙、磷含量过低或比例不当影响钙的吸收。如牛乳中虽然钙、磷含量高于母乳，但比例不当，

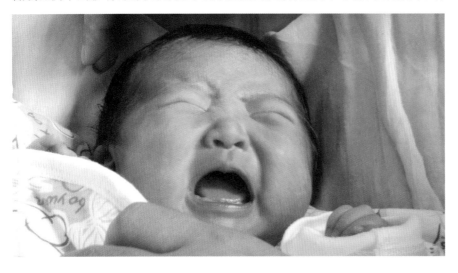

### 婴儿入睡后汗多就是缺钙吗

有的婴儿入睡后会出许多汗，甚至内衣都弄湿了。此时父母非常担心，以为宝宝缺钙。其实，婴儿入睡后出汗多是正常的生理现象。婴儿正处于生长发育时期，新陈代谢旺盛、产生的热量多、皮肤内血管丰富，出汗有助于体内热量的散发，维持体温的恒定。同时，出汗可以排出体内生理代谢产生的废物，有利于宝宝的健康。人体出汗是由中枢神经控制的，婴儿的神经系统还没有发育完善，入睡后交感神经会出现短时的兴奋，所以容易出许多汗。另外，婴儿穿盖过多、环境温度高也可能使宝宝出汗较多。因此婴儿如果仅仅是出汗较多，而其他情况良好，缺钙的可能性就很小。但如果除了出汗多外，宝宝还伴有睡眠不安、惊跳、枕部脱发等症状，就有可能是缺钙了，应及时到医院检查治疗。

所以牛乳喂养儿佝偻病发病率高于母乳喂养儿。④对维生素D的需要量增加。婴幼儿生长发育速度快，对维生素D的需要量大，故发病率高。⑤疾病影响。胃肠道或肝胆疾病，如婴儿肝炎综合症、脂肪泻、慢性腹泻等，会影响维生素D及钙磷的吸收。

## 如何预防佝偻病

预防佝偻病应从胎儿期入手。胎儿在孕期最后3个月对维生素D、钙和磷的需要量不断增加，因此，孕妇应该多晒太阳，孕期应多吃含有丰富维生素D、钙、磷等的食物。对于冬春季妊娠或体弱多病者，应在医生的指导下服用维生素D和钙剂。在新生儿期，要提倡母乳喂养，早产儿、双胎儿、人工喂养儿或冬季出生的宝宝可在生后2周补充维生素D和钙剂，母乳喂养儿可在生后1个月补充维生素D和钙剂。在婴幼儿期，要提倡坚持母乳喂养、及时添加辅食。人工喂养儿可选用维生素D强化奶，多晒太阳，平均每日户外活动应在1～2小时左右。一般维生素D的每日需要量为400国际单位，但注意应在医生的指导下服用维生素D制剂，以免发生维生素D中毒。

## 只吃钙片并不能预防佝偻病

人体对钙的吸收只能在肠道中进行，而肠道对钙的吸收必须要有维生素D的参与。人体食入维生素D后，经过肝脏、肾脏的代谢，转变为有活性的维生素D后，才能使肠道吸收钙、磷，进入血液，维生素D还有助于维持血液中钙的正常浓度，并能将钙、磷输送到骨骼。所以，只吃钙片不吃维生素D达不到预防佝偻病的目的。

## 佝偻病性低钙惊厥

佝偻病性低钙惊厥，又称为维生素D缺乏性手足搐搦症，是由于缺乏维生素D，血液中钙离子浓度降低，神经、肌肉的兴奋性增高而引起的，主要的表现有：①惊厥，即抽风。表现为突发的四肢抽动、两眼上翻、神志

不清，持续数秒钟到数分钟不等，发作停止后，意识恢复，精神萎靡而入睡，醒后一切如常，发作数由每日1次到每日数次不等，一般不伴有发热，此表现最常见。②手足搐搦。表现为突发的手足痉挛呈弓状，双手腕部屈曲、手指伸直、拇指向内屈曲、脚腕部伸直、足趾向下弯曲。③喉痉挛。婴儿多见，表现为喉部肌肉及声门突发痉挛，呼吸困难，严重时可发生窒息而死亡。若婴幼儿突发惊厥，而没有发热，并且经常反复发作，发作后一切又恢复正常，就需要考虑孩子是否患

有这种病，应及时到医院就诊。

## 为什么冬季出生的宝宝春初晒太阳时容易抽风

　　冬季出生的宝宝，由于天气寒冷，父母很少带宝宝出门晒太阳，如果又没有及时补充鱼肝油（维生素A和维生素D的混合制剂），宝宝体内维生素D的含量就会不足，钙就不能够被充分地利用去强骨健齿，但血液中的钙浓度尚能维持在正常水平。春暖花开时，如果猛晒太阳，体内维生素D的

> 夏天，天气炎热，宝宝出汗多，从汗液中丢失的钙增加，而天热食欲差，摄入的钙量下降。这一季节，更要适当增加钙的摄入。

含量就会迅速增加，血液中的钙被运送到骨骼中，加速骨骼的钙化，钙就会沉积在骨表面，而肠道吸收钙相对不足，使血液中的钙浓度下降，若下降达一定水平就会发生抽风（即维生素D缺乏性手足搐搦症）。因此，春天晒太阳时，不可过猛，同时要积极补钙。

## 维生素D中毒

当前，随着知识的普及，人们对补充维生素D可以预防和治疗佝偻病及低钙血症已有了一定的认识。但维生素D是一种脂溶性维生素，当摄入量超过机体需要量时，可在体内，尤其是肝脏内储存，若长期摄入量过多，则可引起维生素D中毒。因此，对于宝宝来说，适当补充维生素D是必需的，但是切记不可将维生素D当作营养品而长期大量给宝宝服用，尤其是当孩子患有佝偻病而需要用维生素D治疗时，一定要在医生的指导下服用或注射维生素D，切记不可自行加药。

## 维生素D中毒的表现

维生素D中毒的发病机制主要是由于过量的维生素D引起持续的高血钙症，继而钙盐沉积在各个器官组织，影响其功能而发病。早期表现主要有食欲下降、恶心、疲乏、烦躁不安、低热、腹泻、顽固性便秘、体重下降；严重时可以出现惊厥、头痛、血压升高、口渴频繁、排尿次数增加等，并继发呼吸道感染、肾功能衰竭、影响体格和智力发育等。因此，服用维生素D应在医生的指导下进行，对于需要长期、大量摄入维生素D的孩子尤其要警惕本病。

## 贫血

贫血是指末梢血液中单位容积内红细胞的数目或血红蛋白的量低于正常值。新生儿血红蛋白小于145克/升，1~4个月血红蛋白小于90克/升，4~6个月血红蛋白小于100克/升，6个月~6岁血红蛋白小于110克/升者就是贫血。血红蛋白的量一般通过取手指血做血常规化验而得到。贫血的常见表现有面色苍白、嘴唇、指甲颜色变淡等，呼吸、心率增快，食欲下降、恶心、腹胀、便秘，精神不振，注意力不集中，情绪易激动等，年长儿还会出现头痛、头晕、眼前有黑点等，患病时间长的患儿常常会出现容易疲劳、毛发干枯、生长发育落后等。如果孩子出现以上情况时，应积极到医院就诊。

## 缺铁性贫血

缺铁性贫血是因为体内铁缺乏使血红蛋白的合成减少而引起的一种贫血，是小儿贫血中最常见的一种。缺铁性贫血患儿以6个月~2岁最多见，由于发病比较缓慢而常常被家长忽略。缺铁性贫血的主要表现除了皮肤粘膜逐渐苍白，(嘴唇、指甲颜色表现最明显)、食欲降低、呕吐或腹泻以外，有的孩子还会出

> 经常观察宝宝嘴唇、指甲的颜色，尽早发现宝宝是否缺铁。如果宝宝缺铁，服用铁剂后，大便会变黑，这是正常现象，停药后消失，父母不必紧张。

现异食癖如喜欢吃泥土、墙皮等；精神萎靡或烦躁不安、注意力不集中、智力下降等。严重时会出现呼吸、心率增快、心脏扩大或出现免疫功能低下而容易合并感染。若家长发现孩子有以上表现时，应积极到医院就诊。

## 发生缺铁性贫血的原因

　　发生缺铁性贫血的原因主要有以下几个方面：①铁的储备不足。胎儿在妊娠最后3个月通过脐带从母体所获得的铁最多，正常足月新生儿体内所储存的铁以及出生后红细胞破坏所释放的铁足够出生后3～4个月内造血之需。但若母亲患严重的缺铁性贫血、早产或双胎使得婴儿出生体重过低等，都可造成新生儿贮存铁减少而容易发生缺铁性贫血。②铁的补充不足。人乳和牛乳中的含铁量均低，如不及时添加含铁较多的辅食，则易发生缺铁性贫血。③铁的吸收障碍。长期腹泻、消化道畸形或肠吸收不良等会引起铁的吸收障碍，也可导致缺铁性贫血。④铁的需要量增加。婴幼儿生长发育快，血容量增加也很快，如不及时添加含铁丰富的食物，则易患缺铁性贫血。⑤铁的丢失或消耗过多。正常婴儿每天排出的铁相对比成人多，此外，由于肠息肉、美克尔憩室、钩虫病等也可因引起肠道失血而丢失铁。若长期反复患感染性疾病，可因消耗增多而引起缺铁性贫血。

## 如何预防缺铁性贫血

　　缺铁性贫血的预防首要的是要做好卫生宣教工作，使年轻的父母认识到本病对宝宝的危害性和预防的重要性。具体的预防措施包括：①提倡母乳喂养，及时添加含铁丰富且容易消化吸收的辅食，如蛋黄、动物肝脏、鱼、瘦肉等，但要注意饮食的合理搭配以防消化功能紊乱。特别指出一点，如果是以牛奶喂养宝宝，必须将牛奶加热，以减少因牛奶过敏引起肠道少量失血，使铁丢失而导致缺铁性贫血。②早产儿、双胎儿及低出生体重儿可在

生后2个月左右补充铁剂，可以为婴幼儿选择铁剂强化食品。③预防感染性疾病，对疾病恢复期的患儿要注意补充铁剂等营养素。

## 如何治疗缺铁性贫血

　　缺铁性贫血治疗的原则是及时去除病因和补充铁剂。首先，对于饮食不当的患儿，应调整其饮食结构，合理安排饮食，并纠正其不好的饮食习惯。免疫功能低下而容易并发感染的患儿，应适当给予增强免疫力的治疗，尽量避免感染的发生。如果是由于肠道畸形、钩虫感染或慢性失血等引起的缺铁性贫血，应积极治疗原发病；其次，要给予铁剂治疗，一般选用二价铁盐口服，常用的制剂有硫酸亚铁、葡萄糖酸亚铁等。铁剂最好在两餐之间服用，这样既可以减少药物对胃粘膜的刺激，又有利于其吸收。同时口服维生素C可以促进铁的吸收。再次，对于重症患儿，应加强护理，避免感染，注意休息，若出现严重感染等并发症时，可给予输血治疗。但应注意，具体的治疗方案应由医生确定。

宝宝补铁不能过量。用量较大，可刺激胃肠黏膜，引起腹痛、腹泻等症状，严重者可能发生昏迷，甚至死亡。

### 婴儿补铁推荐食谱

婴儿补铁最适宜的辅食应是猪肝、鸡血和鸭血，不仅含铁量大大超过鸡蛋，而且容易被消化吸收，过敏反应也比鸡蛋少。如果婴儿每天吃10克猪肝，幼儿20克，便可有效地预防铁缺乏症，而且还不必补充维生素A。但用禽血补铁，要否补充维生素A应视具体情况而定。

| 名称 | 做法 |
| --- | --- |
| 四色肝末 | 猪肝洗净切碎；葱头剥去外皮切碎；胡萝卜洗净切碎；番茄用开水烫一下，剥去皮切碎；菠菜择洗干净，切碎待用。把切碎的猪肝、葱头、胡萝卜放入锅内加肉汤煮熟，最后加入番茄、菠菜、盐，继续煮片刻即可。 |
| 肝末 | 猪肝洗净，放入锅内，加入开水(以浸过猪肝为度)、大料、花椒、葱段、姜片、盐，开锅煮熟后捞出。将熟猪肝剁成极细的颗粒，即为肝末即可。 |
| 番茄肝末 | 猪肝洗净切碎；番茄用开水烫一下剥去皮切碎；葱头剥去皮洗净切碎待用。将猪肝、葱头同时放入锅内，加入水或肉汤煮，最后加入番茄和盐，使其具有淡淡的咸味即可。 |

## 婴儿腹泻的原因

小儿腹泻的发病率很高，同时还是由多种病原引起的疾病，患儿大多数是2岁以下的宝宝，6～11月的婴儿尤为高发。婴儿腹泻的常见原因有：①饮食不洁。由于奶具或餐具清洗消毒不彻底，受到细菌等的污染，使婴儿吃进不洁净的食物，引起胃肠道感染而引起腹泻。②季节性因素。有的婴儿在第1次经历夏、秋季节时，由于此时饮食中的病菌较多，而体内对一些病菌还没有产生抗体，因此极容易被感染而导致腹泻。夏季腹泻通常是由细菌感染所致，多为黏液便，具

有腥臭味；秋季腹泻多由轮状病毒引起，以稀水样大便多见，但没有腥臭味。③喂养不当。进食量过多或次数过多，加重了胃肠道的负担，使食物不能完全被消化；喂养不定时，胃肠道不能形成定时分泌消化液的条件反射，使机体消化功能降低等引起腹泻。④其他疾病诱发。婴儿患感冒、肝炎等疾病时，也可诱发腹泻。⑤大人传染。如果大人自己腹泻，但疏忽了个人卫生，也容易传染给孩子。腹泻的发病率仅次于急性呼吸道感染，如果不能及时、有效地进行治疗，死亡率也很高。

## 秋季腹泻

秋季腹泻，即轮状病毒肠炎，是轮状病毒感染引起的腹泻病，由于是小儿秋、冬季腹泻最常见的原因而得名。秋季腹泻常发生于6个月～2岁的婴幼儿，起病急，常同时伴有发热等上呼吸道感染的症状，在腹泻发生前往往先有呕吐。患儿大便次数增多，大多数每天的大便次数在10次以内，有时也可以在10次以上，每次量多，黄色或淡黄色，呈水样或蛋花汤样，大便没有腥臭味，大便镜检偶有少量白细胞。本病有一个自然过程，一般病程在3～8天，少数可以更长。由于秋季腹泻时大便次数多，而且量多，呈水性，因此患儿容易发生脱水、电解质紊乱等症状，所以家长应注意观察宝宝的病情变化，一旦出现异常，应及时到医院就诊。

## 如何预防婴儿腹泻

由于腹泻的危害也较大，因此要以预防为主，尽量减少发病的机会。主要应做到以下几点：①讲究卫生。在饮食卫生的基础上，还要勤对餐具、奶具、玩具以及其他婴儿用品进行清洗消毒。大人、婴儿都要勤洗澡、勤换衣物，做好个人卫生。②科学喂养。要科学合理地进行哺乳或添加辅食，逐步形成定时、定量的饮食习惯。③合理保暖。在春、冬季节要做好婴儿保暖，在季节交替时节要适时增减衣物，减少感冒等疾病的发生。在夏、秋季节要做好降温和防暑准备。④增强体质。要让宝宝多晒太阳，多活动，同时还可以进行按摩和做保健操，以增强宝宝的体质，提高抵抗力。

## 如何护理婴儿腹泻

护理婴儿腹泻要做好以下几点：①腹泻时不应禁食。腹泻时，在继续母乳喂养的同时，婴儿的饮食要清淡，应以淀粉类食物如软面、米粥、稀饭等为主，不宜吃鸡蛋、肉类等难以消化的食

> 每一次不合理地滥用一种药，就相当于给病菌增加一次抗药性的机会。

物。在腹泻症状缓解后，可给孩子适当地添加一些牛奶、鸡蛋等，补充营养。②腹泻时要注意补充水分。应给宝宝多喂水，或者给宝宝喂糖盐水、淡盐水等，在服用时要少量多次，以防脱水发生。③注意保暖。腹泻时要注意腹部保暖，可以用毛巾裹腹部或热水袋敷腹部。同时让婴儿多休息，排便后可用温水清洗臀部，防止臀红发生。如果小儿腹泻严重，伴有呕吐、发烧、眼窝和囟门凹陷、口唇发干、尿少，就说明已经引起脱水了，或者在家已经治疗了2~3天，但病情仍不见好转，都应该及时去医院治疗。

## 排便次数多就是腹泻吗

婴儿的排便次数多并不一定是腹泻，切不可急着服用止泻药。因为母乳喂养的婴儿还可能存在生理性腹泻。母乳喂养的婴儿在6个月以内，可能会出现大便次数多，每天少则4~6次，多则达到10余次，大便黄色较稀，无粘液和脓血。但小儿食欲、精神均好，体温正常，体重正常增加，这就是生理性腹泻。生理性腹泻并不需要给予特殊处理，一般到添加辅食后，大便的次数就会逐渐转至正常。因此婴儿腹泻时，父母一定搞清楚病因或到医院就诊后，再进行相应护理和治疗。

## 腹泻要吃抗生素吗

有的父母一见宝宝出现腹泻，就马上给服用抗生素。其实，腹泻除了可以是由细菌引起的外，还可以由病毒或霉菌等微生物引起。实际上小儿腹泻有一半以上都是病毒引起的，或者由于饮食不当引起的，例如秋季腹泻就是由轮状病毒感染引起的。这类腹泻服用抗生素后不仅没有效果，还会造成肠道菌群紊乱，导致更为严重的腹泻。有些抗生素甚至会对宝宝造成伤害。因此，腹泻时要去医院请医生诊治，不可自行乱用抗生素。

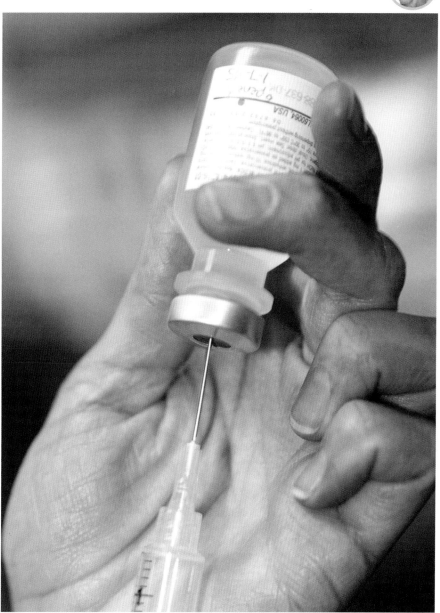

### 婴儿出现"地图舌"时怎么办

地图舌是指舌面上的舌苔厚薄不均、红白相间，形似地图。出现地图舌的宝宝大多数体质较弱，或者是与疲劳、消化不良、锌或B族维生素缺乏等有关。地图舌一般在2~3个月时就会出现，多数宝宝精神、食欲正常，没有明显的不舒服表现。地图舌可以持续长达数年，随着年龄的增长可自然消退；若宝宝出现精神萎靡、食欲欠佳、头发稀黄等症状，应注意缺锌的可能，应到医院做进一步检查。孩子出现地图舌后，要特别注意口腔卫生，吃饭前后要漱口，晚上睡觉前用淡盐水漱口；要多吃新鲜的蔬菜、水果以及富含蛋白质的食物，如鱼、肉、蛋、豆等；同时忌食煎炸、熏烤、油腻、辛辣、冷冻食物，少吃零食；适当补充B族维生素，必要时补锌。

### 婴儿出现"沟纹舌"时怎么办

沟纹舌，又称为裂纹舌，是指舌面上出现深浅不一、长短不等的纵向或横向裂纹。出现沟纹舌的宝宝一般没有什么不适表现，舌体柔软、运动自如、味觉正常存在。但如果舌体沟裂较深，其内会因存留食物残渣而引起微生物滋生，容易继发感染，出现轻度刺痛。目前，出现沟纹舌的原因不明，多认为是一种先天性的发育畸形，也有人认为和维生素缺乏等因素有关。出现沟纹舌的宝宝要特别注意口腔卫生，吃饭前后要漱口，晚上睡觉前用淡盐水漱口，防止口腔感染。

## 感冒

感冒，即急性上呼吸道感染，是由病原菌感染引起的鼻、鼻咽和咽部的炎症，是小儿最常见的疾病。病毒感染引起的感冒占90%以上，也可以继发细菌感染。感冒症状的轻重与年龄、病原体和机体的抵抗力有关，婴幼儿症状较重。患儿常在受凉后1~3天出现鼻堵、流涕、喷嚏、干咳、发热等表现；婴幼儿可以突然发病，出现高热、食欲减退、烦躁、咳嗽、呕吐、腹泻等，甚至有的患儿会出现高热惊厥。另外，部分患儿在发病早期还会出现脐周阵痛。

### 如何防治感冒

感冒是小儿最常见的疾病，预防感冒的关键在于增强抵抗力。增强抵抗力的具体方法有坚持母乳喂养、合理及时添加辅食、养成良好的饮食卫生习惯如避免偏食和挑食等、保证充足而全面的营养以预防佝偻病或营养不良等、加强体格锻炼增强抵御寒冷的能力，另外，护理宝宝时要注意个人卫生，避免感冒患者探视以防交叉感染，避免带宝宝到人多的公共场所等。对于已经患有"感冒"的宝宝，要注意加强护理，如及时通风保证居室空气新鲜、加强喂水、及时给予降温措施、饮食要给予容易消化的食物等；局部可以给予药物滴鼻缓解鼻堵，同时可给予感冒药、抗病毒药物口服，若合并细菌感染时需给予抗生素治疗，但具体的治疗方案应到医院就诊，由医生确定。

### 急性感染性喉炎

急性感染性喉炎是喉部粘膜的急性弥漫性炎症，常见于婴幼儿，冬春季多见。本病的主要特点是起病急、症状重（夜间因喉部肌肉松弛，分泌物潴留阻塞而使症状加重）、病情发展快，严重时会出现喉梗阻，若不及时处理会因吸气困难而窒息引起死亡。本病的主要表现是患儿咳嗽声音特殊，发空空声或类似于小狗叫，医学上称

为犬吠样咳嗽；声音有不同程度的嘶哑；吸气时可以听到喉鸣；不同程度的吸气性呼吸困难如呼吸增快、吸气时费力等；同时伴有发热，严重时患儿还会出现烦躁不安、面色苍白、口周青紫、心率增快等。若宝宝突然出现以上症状时，要及时就诊以免发生危险。

### 如何治疗急性感染性喉炎

急性感染性喉炎的治疗主要包括以下几个方面：①要注意保持呼吸道的通畅，如可以给予化痰药物泵吸，以促进痰液等分泌物的排出。同时要防止缺氧加重，及时给予氧气吸入。②积极控制感染，可以经静脉给予广谱抗生素如青霉素类、头孢类等。③肾上腺皮质激素的应用。肾上腺皮质激素与抗生素合并使用可以及时减轻喉头水肿，缓解喉梗阻。症状比较轻的患儿可以采用局部或口服给药，症状较重的患儿应采用静脉给药的方法。④其他治疗。如烦躁不安的患儿可适当给予镇静剂。特别需要指出的是，如果经过以上处理，患儿喉梗阻症状仍没有缓解时，应及时行气管切开术或进行气管插管呼吸机治疗。

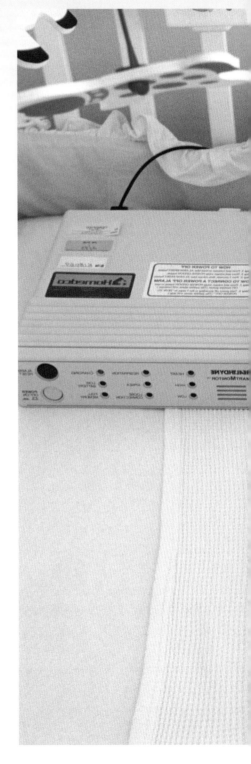

### 急性支气管炎

急性支气管炎是指支气管的急性炎症，常常气管也同时受累，所以实际上应称为急性气管、支气管炎。急性支气管炎大多数是继发于上呼吸道感染（即感冒）之后，凡是能够引起上呼吸道感染的病原体都可以引起急性支气管炎，即病原体是各种细菌或病毒，也可以是混合感染。患儿常常先有流涕、鼻堵等感冒症状，其中咳嗽是主要表现，一开始是干咳，之后有痰。婴幼儿患急性支气管炎时表现较重，常常出现发热、进食减少、呕吐、腹泻等表现。若宝宝出现以上表现或患感冒后咳嗽症状逐渐加重，应警惕发生本病的可能，积极到医院就诊。

### 喘息性支气管炎

喘息性支气管炎是支气管炎的一种特殊类型，常见于婴幼儿，是指有喘息发作的支气管炎。患儿除有发热、咳嗽等急性支气管炎的表现外，还有喘息发作、呼气费力等表现，医生听诊时两肺满布哮鸣音。患儿常常有湿疹史或其他过敏史，有反复发作的可能。有的随着年龄的增长而消失，但

有的在数年后会发展为支气管哮喘，因此，出现以上症状时，家长要积极带孩子就诊，并注意观察病情的发展变化。

## 如何治疗急性支气管炎

急性支气管炎的治疗包括以下几个方面：①加强护理。要及时通风保持居室空气新鲜、鼓励宝宝多饮水，并经常给宝宝变换体位，以促进呼吸道的分泌物排出、及时给予降温措施、饮食上要给予容易消化的食物等。②控制感染。对于年幼体弱儿或出现发热、痰液呈黄色等症状时，为预防和控制细菌感染应给予广谱抗生素药物治疗。③其他治疗。可以给予化痰药物以促进痰液的排出。一般情况下，不主张使用镇咳剂，以免使咳嗽反射受到抑制而影响痰液的排出。条件允许的话，可以采用泵吸或超声雾化局部治疗以稀释痰液而促进痰液的排出。有喘息发作的患儿，应给予氨茶碱等平喘药物治疗。

体质较差的婴儿感冒，染病较重或治疗不及时，就可能并发急性支气管炎、肺炎、病毒性心肌炎等疾病，严重者危及生命。

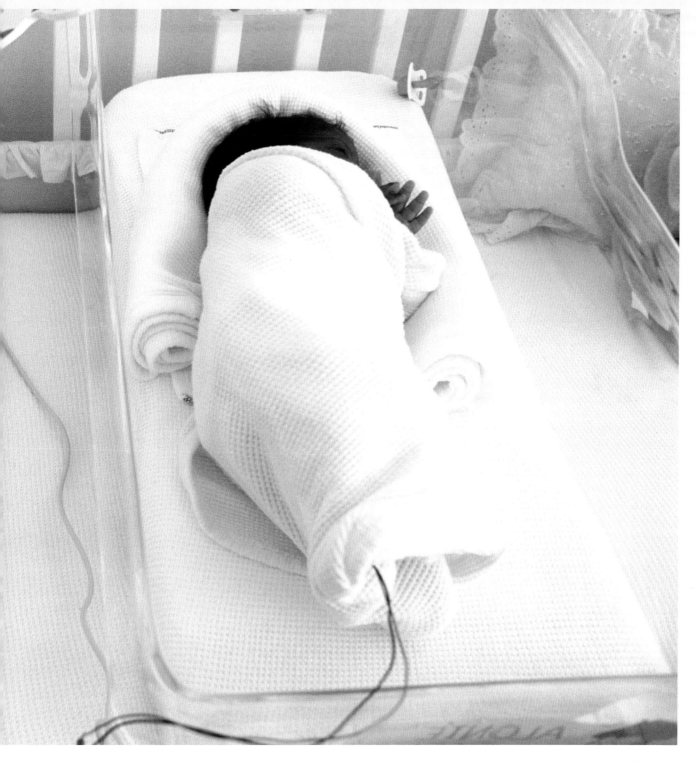

# 肺炎

肺炎是由细菌、病毒、支原体等不同病原体或其他因素引起的肺部炎症，按照解剖部位可以分为支气管肺炎、大叶性肺炎和间质性肺炎，其中支气管肺炎是小儿最常见的肺炎类型。在中国，肺炎患儿占住院总人数的一半左右，其中婴幼儿肺炎住院人数是学龄儿童的39.5倍。轻症的肺炎只累及呼吸系统，常常发病较急，主要表现是发热（高热或低热）、咳嗽（次数多，开始时是干咳，以后咳嗽有痰）、呼吸急促（呼吸频率每分钟40～80次），医生听诊时肺部可以听到固定的湿口罗音。严重的肺炎可同时累及其他系统而出现不同的表现，如果累及神经系统出现烦燥、嗜睡、抽风、昏迷等表现；累及循环系统出现面色苍白、心率加快等表现，严重时可并发心肌及心力衰竭；累及消化系统可出现食欲进食下降、呕吐、腹泻、腹胀等。如果出现以上表现时，应积极到医院就诊，以免延误治疗时机引起严重后果。

## 如何治疗肺炎

肺炎的治疗主要包括以下几个方面：①加强护理。保持居室内空气流通，室温应在20℃左右，湿度在60%较为适宜。保持呼吸道的通畅，要定

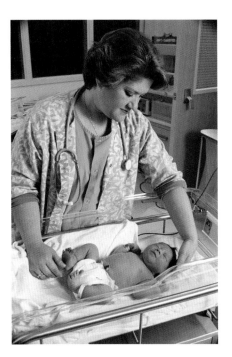

2个月左右的宝宝，有时能听到喉部或胸部发出呼噜呼噜的积痰声，这主要是由于支气管被分泌物轻微堵塞所致。其实，有的婴儿最早从出生后半个月起就会出现积痰现象。有积痰现象的宝宝在夜里有时还会咳嗽，伴随着咳嗽甚至会把乳汁吐出来。对于积痰而呼噜的宝宝，只要他精神很好，吃奶量正常，体重也正常增加，没有发热等症状，父母就没有必要担心，不要把宝宝当作病人来护理。但如果宝宝积痰症状比较明显时，就需要控制洗澡次数，因为洗澡可以加快血液循速度，使支气管分泌旺盛，增加积痰。如果天气良好时，要尽量带婴儿到室外进行空气浴，锻炼肌肉和支气管，增加自身体质。随着宝宝的成长，这种现象就会逐渐减弱并消失，只有极少部分缺乏锻炼的婴儿，才会在长大后患上哮喘。

时变换患儿体位如翻身、竖抱等，要勤于给患儿拍背，采取自下而上，由外向内的方式进行，这样可使小气道的分泌物松动而易于进入较大的气道，有利于痰液的排出，并可促进肺部的血液循环；痰液粘稠者应配合雾化吸入以湿化气道，促进痰液排出。饮食应选择容易消化的食物，少量多餐。②控制感染。应根据病原选择不同的药物治疗，如细菌感染应选用广谱且进入下呼吸道浓度高的抗生素（如青霉素等）；支原体感染应选用大环内酯类药物（如红霉素等）；病毒感染应选择抗病毒药物（如病毒唑等）。③其他治疗。积极降温、合理用氧、密切观察病情变化、及时处理并发症等。

## 腺病毒肺炎

腺病毒肺炎是由腺病毒感染引起的肺炎，腺病毒3、7型是主要的病原体，是婴幼儿肺炎的严重类型。本病多见于6～24个月的婴幼儿，主要表现有突然出现高热不退、精神萎靡、嗜睡、面色苍白、咳嗽剧烈（频繁或阵发性咳嗽）、喘憋明显、呼吸急促且费力、口周发青及手足末梢青紫等，发热3～5天后肺部开始听到湿口罗音，之后可以出现肺实变的表现，少数患儿会并发渗出性胸膜炎。胸片的特点是X线改变出现得早，表现为大小不等的片状阴影或融合成大病灶，肺气肿多见，但病灶吸收慢，完全吸收需要数周到数月的时间。

## 毛细支气管炎

毛细支气管炎，又称为喘憋性肺炎，是因感染呼吸道合胞病毒引起的，见于2岁以下的婴幼儿，以2～6个月婴儿多见，冬春季多发。毛细支气管炎除有发热、咳嗽、呼吸增快等表现外，喘憋是其突出的表现，医生听诊时双肺以喘鸣音为主，严重时患儿可以出现烦躁、食欲下降、呕吐、腹泻、明显呼吸困难等，并可发生心力衰竭而危及生命。目前随访研究表明，毛细支气管炎继发喘息的发病率是22%～66%，因此，患此病的孩子应注意随诊。

## 肺炎支原体肺炎

肺炎支原体是介于细菌和病毒之间的一种微生物，肺炎支原体肺炎就是由肺炎支原体感染引起的肺炎。肺炎支原体主要经呼吸道传染，约占小儿肺炎的50%左右，一年四季均可发生，以前认为本病多见于学龄儿，目前研究表明，近年婴幼儿感染率也近一半。肺炎支原体肺炎的主要表现是发热（高热或低热），发热时间1～3周；刺激性咳嗽，这是本病的突出表现，痰比较粘稠，肺内体征不明显，胸片表现为均一实变影、肺门阴影增重、支气管肺炎或间质性肺炎的改变等。婴幼儿的病情比年长儿重，发病比较急、病程长，主要表现是呼吸困难、喘憋等。部分患儿还会并发溶血性贫血、心肌炎、肝炎等。

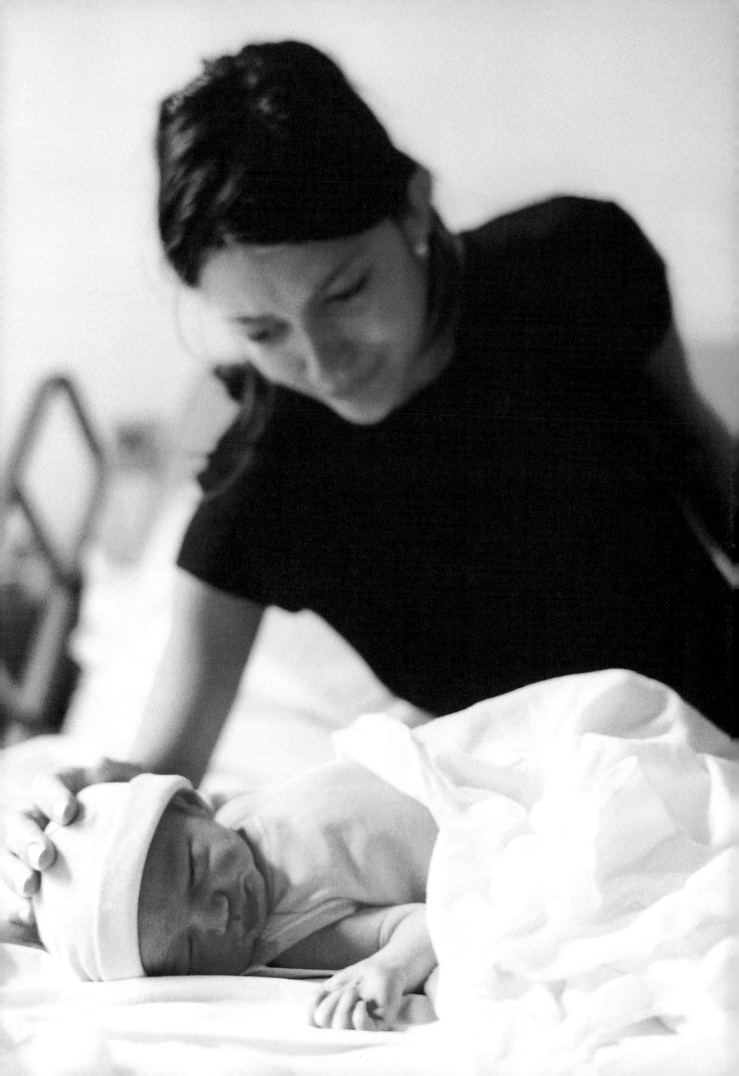

# 发热

发热就是指体温超过正常范围。目前测量体温的方法有口腔内测量法、腋下测量法和肛门内测量法，其中最常用的是腋下测量法。通常情况下，人体腋下的正常体温是36~37℃。正常体温具有一定的个体差异性，并且会经常受到机体内、外因素的影响而发生波动，如一天中下午的体温比早晨稍高，夏季、活动、哭闹或进食后体温会轻度增高，但一般波动的范围不会超过1℃。根据体温的高低可以将发热分为：低热，37.3~38℃；中等度热，38.1~39℃；高热39.1~41℃；超高热，41℃以上。

## 为什么婴儿容易发热

婴幼儿由于还处于生长发育期，身体的各个组织、器官还没有发育完善，因此抵抗力较弱，非常容易遭受病菌的感染而生病，并出现发热症状。首先，婴儿的消化系统还比较稚嫩，胃液的分泌比较少，酸性较低，因此杀菌的能力不如成人，而且婴儿的肠壁比较薄，通透性强，因此病菌较易进入血液，从而引发感染。其次，婴儿的皮肤比较娇嫩，很容易受到伤害，并引发感染。再次，婴儿自身的免疫系统还不完善，抵抗能力差，特别容易受到攻击。还有，婴儿大脑的体温调节中枢还不成熟，所以对体温的控制力较弱。因为以上原因，所以宝宝很容易在没有任何征兆的情况下，就被病菌侵犯而高烧起来。

## 发热的常见原因

发热的常见原因有：①感染性发热。由于各种病原体，如病毒、支原体、细菌、螺旋体、真菌、寄生虫等所引发的感染，均可出现发热症状。②非感染性发热。无菌性、机械性或物理性的损伤，如大手术后组织损伤、内出血、大面积烧伤等，组织坏死与细胞被破坏如癌、白血病、淋巴瘤、溶血反应等，都可以引起发热症状。③内分泌与代谢障碍。如甲状腺功能亢进、重度失水等也可导致发热。④皮肤散热减少如大面积皮炎、鱼鳞癣等。另外，婴儿接受疫苗注射后也有可能出现短暂的发热。

## 发热对婴儿的不利影响

人是一个恒温的生命体，人体的各个系统和器官只有在正常的体温条件下，才能进行正常的生理活动。如果发热过高或长期低热，就有可能使人体的各个器官发生功能性障碍或损害。发热会对婴儿产生的不利影响主要有：①降低机体的免疫力，使机体更容易遭受病毒的感染；②促使体内的代谢活动加快，体力消耗增大，消化能力降低，容易急速地消瘦；③体温突然、快速地升高，容易诱发抽风。

## 发热对婴儿的好处

首先，如果宝宝生病后不发热，那么我们就很难辨别出宝宝是否正在生病。而且，医生在诊治病情的过程中，体温变化情况是一个重要的参考因素。其次，宝宝在生病时如果发热，从一个侧面说明他的机体反应力良好。而且有研究证实，人体发热时能刺激自身的免疫系统，提高其免疫能力、使体内代谢加快，有利于代谢废物的排出。发热还可以使肝脏的解毒功能增加，抑制病菌的生长和繁殖。所以说，发热是机体固有的一种保护性反射。但如果发热持续过久，会使机体的调节功能紊乱，可以造成许多不良的反应，如氧耗量增加等，而且体温突然、迅速增高会使大脑皮层兴奋过度，引起小儿惊厥等。

## 婴儿发热时父母应如何处理

婴儿发热时，父母应该及时带宝宝去医院就诊检查，明确病因进行相应治疗。然而经常有些父母出于害怕宝宝被感染等原因而不愿去医院，只是在家里采取一些简单的降温措施或退烧药使宝宝的体温暂时降下来。这样做不仅治不好病，而且还有可能使一些严重的疾病不能及时被发现，从而延误病情。因此，及时到医院就诊十分重要。

## 婴儿发热时如何降温

如果婴儿发热时，父母还来不及去医院就诊，可以采取以下暂时性的降温措施：①保持空气流通，室温要适宜。房间温度宜控制在25~27℃。②可以用温水擦拭前额或颈旁、腹股沟、腋下等处。③如果宝宝四肢及手脚温热且全身出汗，就要脱掉过多的衣物，进行散热。④多给宝宝喝水，既可以防止脱水，又可以使体温下降。⑤当婴儿体温超过38.5℃时，应合理、适度使用退烧药，并及时到医院就诊。

### 婴儿发热时家长应注意什么

婴儿发热时家长应注意以下几点：①要勤给宝宝喂水。发热时身体出汗较多，造成体内缺水，同时尿量减少，影响了体内代谢废物的排出，因此补充水分非常重要。②食物要易于消化。发热时的食物以流食为主，如奶类、米糊、少油的荤汤等，不宜吃鸡蛋和油炸食物。同时，还要少量多餐。③如果发热伴有腹泻、呕吐，但症状较轻时，可以少量多次地加喂口服补液或糖盐水等。④要让宝宝多休息，多吃新鲜的水果和蔬菜，以补充维生素和矿物质。⑤高烧时，还要注意保护宝宝的眼睛。

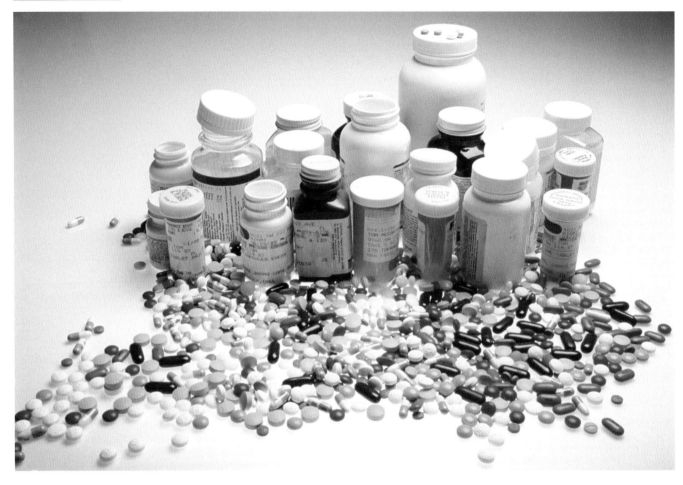

## 高热时要注意保护宝宝的眼睛

婴儿发高热时，家长通常只会注意高热情况，而对孩子双眼紧闭、眼屎增多却并不在意。然而，这个小小的疏忽却有可能带来灾难性的后果。婴儿发高热时，食欲较差，而且消化系统可能发生功能紊乱。然而婴儿此时体内的营养消耗却在增加，从而会发生营养障碍，导致维生素A缺乏，引发结膜、角膜病毒感染。眼睛白眼球（球结膜）出现干燥、充血，进而黑眼球（角膜）就会变浑浊，甚至溃疡、穿孔而失明。这种情况在婴幼儿中比较常见。所以高热时，家长要经常用干净的凉毛巾擦拭眼角，并滴些眼药水，以免发生角膜感染。发现异常变化时，应迅速去医院诊治。

## 发热对宝宝智力的影响

人们常以为发热会"烧"坏宝宝的大脑，影响宝宝的智力，因此宝宝发热时，家长非常着急。其实，发热不过是一种外在的表现，是疾病的一个普遍症状，而不是致病的原因。大脑的基本成分是蛋白质，而蛋白质通常只有在42℃以上才会逐渐地被破坏。一般的发烧很少超过这一温度，所以不必担心会烧坏大脑而影响智力。但是的确有极少数婴儿在高烧后，会显现得不聪明。但这并不是高烧造成的，而是因为婴儿患脑炎、脑膜炎等脑部感染后出现高烧，是那些肉眼看不见的病原微生物伤害了大脑，而不是高烧伤害了大脑。

## 发热导致婴儿食欲变差

婴儿发热时，在舌头上会长出一层厚厚的舌苔，它覆盖了舌头上感受食物味道的味蕾，使婴儿很难感受到食物的滋味，因此会使食欲减退。同时，发热时胃肠的活动也会减弱，消化酶、胃酸、胆汁的分泌也都相应减少，这样食物在胃部停留的时间就会增加，婴儿就不会感觉到饥饿，也就没有食欲了。另外，生病时宝宝的活动较平时大量减少，也会降低食欲。所以当儿童发烧时，父母不要给他们准备肉、蛋等荤腥食物，应多喝开水，多吃新鲜的蔬菜和水果。

## 婴儿发热时不能乱用退热药

婴儿发热时不能乱用退热药的原因有：①退热药只是短暂地把体温降下来，并不是真正的治病药物，达不到治病的效果，有时反而给人们以治好病的错觉，进行耽误治疗时机；②婴幼儿对药物的承受力无法和大人相比，乱用退热药，可能因为剂量过大用错药，不仅治不了病，有时反而会加重病情或引发其他疾病；③乱用退热药会掩盖病情的真象，影响医生对婴儿真实病情的诊断，从而延误治疗时机。

## 如何预防高热惊厥的发生

预防高热惊厥发生的关键是尽量减少或避免婴幼儿期急性发热性疾病的发生，这就要增强婴幼儿的抗病能力，具体方法有：首先，要养成良好的饮食习惯以保证充足而全面的营养、加强体格锻炼以增强抵御寒冷的能力、预防上呼吸道感染等疾病、清除慢性感染病灶等。其次，如果发生过高热惊厥的婴幼儿再次发热的话，应及时给予退热处理如温水擦浴、体温达38℃时就可以给予退热剂退热。再次，对于有复发危险因素的婴幼儿，如第1次发作的年龄在15个月以下、有高热惊厥或癫痫家族史等，或反复发作高热惊厥者，可在医生的指导下间歇或长期服用止惊药物。

## 小儿发热时容易发生惊厥

惊厥，俗称抽风，有研究表明，5岁以下的小儿中大约有2%～5%曾经发生过高热惊厥，高热惊厥是儿科急诊最常见的疾病之一。高热惊厥常发生于起病初期，高热后很快出现惊厥，表现为神志不清、呼之不应，双眼上翻或斜视，眼神发呆，眼球固定不动，四肢发硬、伸直，双手握拳，有时头后仰，憋气，口吐白沫，面色发青，持续数分钟后大多数患儿均可自行缓解，惊厥缓解后患儿精神反应好，玩耍如常。但下次发热时仍有可能发生惊厥。引起高热惊厥发生的原因目前尚不完全清楚，多数人认为是因为小儿神经系统的发育尚不完善，而高热又可以使小儿大脑处于过度兴奋状态，使其对外界刺激的敏感性增强。大脑稍受到刺激，就很容易使刺激扩散而发生惊厥。同时研究表明高热惊厥的发生具有一定的遗传性，但具体机制尚不清楚。

## 高热惊厥

高热惊厥是小儿最常见的惊厥之一，有研究表明高热惊厥占小儿各种惊厥的30%左右。目前对于高热惊厥的定义还没有一个统一的结论，中国大多数学者认为高热惊厥有以下特点：①第1次发作的年龄在3个月到四五岁之间；②发生在上呼吸道感染或其他传染病的初期；③体温在38℃以上时突然发生惊厥（即抽风）；④排除了颅内感染或其他引起惊厥的器质性（如颅内出血、占位病变等）或代谢性异常（如苯丙酮尿症等）；⑤以前没有无热惊厥史者。

## 发生高热惊厥时应注意什么

发生高热惊厥时要注意以下几点：①发生惊厥时，家长要镇静，应使患儿侧卧，尽快解开小儿的衣领纽扣及裤带，这样有利于保持气道通畅，有利于分泌物或呕吐物的排出而避免发生误吸，同时可用手指按压人中，条件允许的话，可以适当吸氧并积极就诊于医院；②如果惊厥持续不缓解，可以经静脉、直肠或肌肉给予止惊药物，同时要加强护理，保持呼吸道通畅如积极吸痰，吸氧，可以用纱布缠绕压舌板后放入患儿口中以防咬伤舌头。惊厥缓解后必要时仍需适当给予止惊药物；③积极给予温水擦浴或退热剂及时退热，并积极治疗原发病；④对于首次发生惊厥的患儿应积极寻找病因，排除其他引起惊厥的器质性或代谢性疾病；⑤密切观察患儿病情变化，积极给予退热等处理。

## 先天性心脏病的表现

先天性心脏病中最常见的类型有室间隔缺损、房间隔缺损、动脉导管未闭；其次是单纯性肺动脉瓣狭窄、法洛氏四联征等。轻症先天性心脏病患儿可以没有任何异常表现，生长发育、活动量等均与正常小儿相同，仅是在因其他原因就诊时，医生体检时发现心脏杂音才被偶然发现。但随着年龄的增长，先天性心脏病患儿的症状会逐渐明显，常表现为活动后心慌、呼吸增快、容易疲劳、咳嗽、咯血、甚至发生昏厥、心力衰竭等。重症患儿有的生后就会出现皮肤、黏膜青紫，呼吸急促，心力衰竭等，有的在婴儿期出现喂养困难、吸吮数口后就会停歇、呼吸急促、大量出汗等，如不及时诊断和治疗，很可能会夭折。

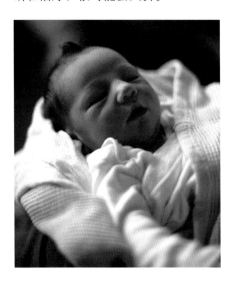

## 如何早期发现先天性心脏病

要早期发现先天性心脏病，首先，父母及家人应认真遵循医嘱，为宝宝做产后检查，并定期到医院做健康检查；其次，父母及家人在护理或照料宝宝的过程中，应注意观察以下几个主要方面：宝宝出生后脸色及肤色是否发青；宝宝吃奶或哭闹时是否会有面色发青的表现；宝宝是否有喂奶困难、拒食、呛咳或呼吸急促的表现；宝宝是否经常患感冒、支气管炎或肺炎；宝宝是否发育迟缓、消瘦、多汗；宝宝是否体力较差，易疲乏，轻微活动后会出现口周发青或长出气。

引起先天性心脏病的原因

先天性心脏病是由于胎儿时期心脏血管发育异常而导致的畸形，是小儿最常见的心脏病，有研究表明本病在生后第1年的发病率是0.69%左右。引起先天性心脏病的原因还没有完全明确，目前认为分为内在因素和外在因素两种。内在因素主要是与遗传有关，尤其是染色体畸形如21-三体综合征，18-三体综合征等；外在因素中最主要的是宫内感染，如风疹病毒、流行性腮腺炎病毒、柯萨奇病毒感染等，其他还有孕母接触大剂量放射线，患有代谢性疾病如糖尿病等，孕期服用某些药物如抗癌药物等，这些外在因素尤其在孕期前3个月对胎儿的影响最大。

## 如何护理先天性心脏病患儿

护理先天性心脏病患儿时应注意以下几点：①细心喂养。对于小的婴儿，喂奶时尤其要仔细、耐心，避免呛奶，并应少量多次进行。②注意休息。要避免做剧烈活动，注意保持患儿安静，避免大哭大闹而加重心脏负担。③保证营养。要多吃富含维生素、蛋白质及高能量的食物以增强患儿体质。④避免感染。应避免带患儿到人多的公共场所，不与发热或咳嗽的患者接触。⑤定期检查。患先天性心脏病的患儿应定期到医院就诊，监测病情变化。⑥及时就诊。若患儿出现发热、咳嗽、呼吸急促、面色发青等表现，说明病情加重或出现了并发症，应立即到医院就诊。

## 如何预防先天性心脏病

预防先天性心脏病的关键在孕期。首先要加强孕妇的保健工作，妊娠前要适当增加营养、加强体育锻炼，特别是在妊娠前3个月要积极预防风疹、流感等病毒性疾病。糖尿病、癫痫等患者应在医生的指导下决定结婚、怀孕的时间；其次，要避免接触与发病相关的因素，如避免接触放射线，如果工作中长期接触放射线或接受放射线治疗者应在脱离放射线至少半年以后再妊娠；夫妻双方都应戒烟、戒酒；经常接触农药、化学物品的妇女应加强防护措施；尽量避免使用四环素、磺胺和激素类药物等。

## 婴儿容易便秘的原因

婴儿便秘常常是困扰父母的一道难题，主要表现有排便次数减少，大便干燥，便排困难，甚至造成肛裂和排便疼痛。婴儿便秘的常见原因有：①饮食因素。婴儿饮食种类单调，特别是4个月以内人工喂养的宝宝只吃奶，食物中纤维素少而蛋白质成分较高，因此很容易发生便秘。②没有形成定时排便的习惯，常由于玩耍而忘记了排便，大便在肠内停留过久造成便秘。③疾病因素。先天性肠狭窄、肠功能不正常、营养不良等都可能造成便秘。④精神因素。突然的

婴儿大便有血时怎么办

家长在婴儿的大便中发现血丝时，心里都非常着急。其实，婴儿便血一般都不很严重，治疗也较容易。婴儿便血时，首先要到医院给宝宝做粪便化验，确认究竟是否是便血。实际上大便中像血一样的东西其实并不一定都是血，有时可能是食物或药物所致，这样经过化验就可以消除家长的疑虑了。其次，如果粪便中的确是血，也有可能是便秘造成的。便秘会造成肛裂，肛裂出血一般血液色鲜红色。如果确定是由便秘造成的，只需要按便秘加以护理，多吃水果、蔬菜以软化粪便，促进肛裂愈合。再有，感染引起的腹泻也有可能造成便血，这时需要按照医生的指导进行治疗。最后，如果便血时呈红果酱样或呈黑色柏油状，还常伴有阵发性哭闹和呕吐，就表明有可能患了肠套叠。这种病多见于8个月左右，长得较胖的宝宝，这时就需要进行紧急处理了。

精神刺激或生活环境及生活习惯的突然改变也可引起短时间的便秘。另外，便秘还可能与遗传因素有关。

## 如何护理婴儿便秘

便秘会让宝宝对排便产生恐惧心理，进而造成恶性循环，时间久了，可引起腹胀、食欲减退和营养不良等症状，影响宝宝的正常发育，因此需要及时进行护理。常见的护理方法有：①饮食调节。提倡母乳喂养，母乳喂养期间一般不会发生便秘，如果出现便秘，可以加喂白开水或少量水果汁和菜汁，特别是白菜汁、白萝卜汁等；在添加辅食后，适当添加蔬菜类食物，以增加膳食纤维，减轻便秘症状。②定时让宝宝排便。建立排便的条件反射，有利于养成良好的排便习惯。③多让宝宝活动或用手掌轻轻摩擦婴儿的腹部，促进肠蠕动，有利于大便的排出。④如果出现排便困难，可以用儿童开塞露或将肥皂切成圆柱状塞入肛门，保留5分钟，可暂时缓减症状。对于由于疾病引发的便秘或便秘症状严重时，要及时到医院就诊治疗。

## 百日咳的主要表现

百日咳的潜伏期是7～14天，典型患者整个病程约6～8周，可以分为3期：①卡他期。本期约1～2周，表现类似于感冒的症状，如低热、咳嗽、流涕等，3～4天后咳嗽加重而逐渐出现痉挛性咳嗽。②痉咳期。本期约2～4周或更久，阵发性痉挛性咳嗽是本期的特征。每次咳嗽连续十几声到几十声，如此反复多次，直到咳出粘稠痰液或吐出胃内容物为止，紧接着一次深长的吸气，因声门仍处于收缩状态，故发出鸡鸣样吸气性吼声，日轻夜重。阵咳时患儿往往两眼圆睁，面红耳赤，涕泪交流，面唇发绀，表情非常痛苦。少数患儿痉咳频繁可出现眼睑浮肿、眼结膜及鼻粘膜出血等。成人及年长儿童可没有典型痉咳。婴儿由于声门狭小，痉咳时可发生呼吸暂停，并可因脑缺氧而抽搐，甚至死亡。③恢复

百日咳的病程长，因而家庭护理显得尤其重要，主要包括以下几个方面：隔离治疗，隔离期为出现痉咳后30天，在此期间不应与其他小儿接触，以免将疾病传染给他人；良好的居室环境；加强营养；注意休息，轻者不必卧床休息，可让患儿在室内适度活动，避免兴奋、生气、哭闹而诱发剧咳。重者应卧床休息；加强口腔护理，每日用温盐水清洁口腔3～4次，咳嗽及呕吐后，要用温开水漱口，以保持口腔清洁；密切观察病情变化，若痰液粘稠不易咳出，可给予雾化吸入和祛痰剂，但应遵医嘱。若发现呼吸困难，口唇紫绀、抽风等，应立即到医院就诊。

期。此期一般为1～2周，阵发性痉咳逐渐减少至停止。但若出现中耳炎、百日咳脑病等并发症时，病程可长达数月。

## 如何预防百日咳

预防百日咳首先要控制传染源，及早发现并隔离患儿，对于密切接触者要进行医学观察21天；其次，要保护易感人群。由于人群对本病普遍易感，因此这一点就显得尤其重要，主要有以下两种方法：①主动免疫。接种三联疫苗（百日咳菌苗、白喉类毒素、破伤风类毒素）是中国计划免疫之一，应在生后3、4、5月时各接种1次，1.5～2岁时要再加强1次，预防效果约达90%。②药物预防。与患儿密切接触的家庭成员，尤其是儿童，应在医生指导下口服红霉素。

# 第7章
# 幼儿护理

　　1周岁后到满3周岁之前为幼儿期。此期小儿生长发育速度较前减慢，但活动范围渐广，接触周围事物的机会增多，智能发育较前突出，语言、思维和社会适应能力增强，自主性和独立性不断发展，但对危险的识别能力不足，应注意防止意外创伤和中毒；同时，由于接触外界较广，而自身免疫力仍低，传染病发病率仍较高，防病仍为保健重点。幼儿乳牙出齐，饮食已从乳汁转换为饭菜，并逐渐过渡到成人饮食，需注意防止营养缺乏和消化紊乱。

# 幼儿的日常护理

幼儿期日常护理非常重要，关系到幼儿体格、智能、心理的正常发育。随着幼儿运动能力的增强，活动范围也相应扩大，他将更多地接触到周围"陌生"的事物。这一时期，父母在关注孩子体格发育的同时，也应积极培养孩子的语言、思维、学习等能力。

## 幼儿期的特点

幼儿期是指1~3周岁的时期。幼儿期的主要特点有：①营养特点。在此期间，宝宝已经会走、会跑，活动量与婴儿期相比明显增加，因此对营养的需要也随之增高，在以奶为主的营养结构无法满足宝宝的发育需要时，应实行一日三餐的饮食结构；同时，这一时期的宝宝容易养成爱吃零食和挑食的不良习惯，要加以注意。②体格、智力发育特点。幼儿期宝宝体格发育速度减慢，呈稳步增长的趋势，由于会走、会跑，接触的外界事物日益增多；宝宝的语言发展很快，开始喜欢看图画、听故事、学儿歌，因此要特别重

### 15 个月宝宝的体格发育通常会达到以下水平：

| | | |
|---|---|---|
| 体重 | 男宝宝约为 10.4 千克 | 女宝宝约为 9.8 千克 |
| 身高 | 男宝宝约为 79.2 厘米 | 女宝宝约为 77.9 厘米 |
| 头围 | 男宝宝约为 46.8 厘米 | 女宝宝约为 45.8 厘米 |
| 胸围 | 男宝宝约为 47.1 厘米 | 女宝宝约为 45.9 厘米 |
| 坐高 | 男宝宝约为 49.3 厘米 | 女宝宝约为 48.3 厘米 |

已出牙 8 颗左右

视对宝宝智力的开发。另外，由于宝宝的活动范围增加，容易发生跌伤、食物或药物中毒等意外事故，所以需要特别看护。

## 15 个月宝宝的运动机能

此时宝宝已经有1岁3个月了，可以独自站稳，并逐步学会走路，但还走不稳，容易跌倒；宝宝在大人的牵引下，可以走路和上、下楼梯，但是他更愿意独自爬楼梯。在精细动作方面，如果父母以前进行过有意识地训练，此时宝宝可以用杯子喝水、用勺子吃饭，但动作的协调性和平衡能力都不够，宝宝会把水洒得满地都是，但他还是喜欢自己吃，如果大人要喂，他就会抢匙子。此时，宝宝还会学着翻书，但由于动作不熟练，常常一翻就是好几页，还会用手指在书纸上戳洞。

## 宝宝的胸围何时超过头围

生过宝宝的母亲都会对分娩的痛苦难以忘却，而分娩中最大的困难是胎儿头部的娩出。这是由于在胎儿期，宝宝的头部发育最快，因此胎儿出生时头部最大，要大于胸围。但在出生后的生长发育过程中，胸围的发育速度要快于头围，约在1岁左右时，胸围赶上并超过头围。胸围的大小是宝宝肺活量大小的重要标志，胸围的增长会使更多的氧气通过肺部交换输送到身体的各个部位，促进全身各个器官和系统的发育以及功能的正常运转。因此，父母要留意宝宝胸围的发育情况，并让宝宝做扩胸运动，这样对胸廓和肺的发育非常有益。

## 幼儿喝水要用杯子

宝宝1岁左右，就要逐渐培养他用杯子喝水。原因主要有：①长期使用奶瓶，容易影响幼儿颌骨的发育，严重时甚至会造成颌骨发育畸形，形成人们常说的"地包天"或"天包地"，这样不仅会影响宝宝的咀嚼能力，还会影响面容的美观；②根据幼儿生长发育的规律，此时宝宝已经可以用手拿住

多数宝宝在1岁以后胸围会超过头围。

杯子，而且宝宝本身也有自立的要求，因此要抓住时机锻炼他的生活自理能力；③让宝宝自己用杯子喝水，还可以锻炼宝宝的认知能力和手眼协调能力，对宝宝动作机能的发育非常有好处。

## 如何让宝宝学会用杯子

对那些已经习惯于用奶瓶吃奶或喝水的宝宝，要使他们学会并且习惯于用杯子，并不是一件容易的事，母亲一定要有耐心。刚开始时可以先使用一种专门供小孩练习喝水用的口杯，这种口杯有一双耳柄，杯口上有盖，盖上有"嘴"，将杯子像普通水杯一样抬高，水就会从"嘴"里流出来。等宝宝

能够熟练使用后，就可以把盖子取下来当作普通杯子来喝水了。开始练习时，杯子里的水要少，千万不能一次放过多的水，避免呛着宝宝。同时，宝宝拿杯子的动作可能还不协调，就需要大人帮助他端着杯子喝水，等他熟练以后就可以让他单独使用杯子喝水了。母亲要注意不厌其烦地训练宝宝，还要经常给予鼓励，例如说："宝宝可以自己端杯子喝水了，真能干！"等，这样能增强宝宝的自信心，当他做得不好时也不要批评。另外，要把杯子放在固定的位置，这样，使用时宝宝可以很容易拿到，而且杯子最好是不易破碎的塑料或不锈钢制品，以免伤害幼儿。

### 为何好几个月不见宝宝长新牙

宝宝长到1岁以后，有3~4个月左右的时间看不到有新牙长出，此时大多数父母都非常担心，怀疑是不是由于缺钙导致宝宝不长新牙。其实，父母不必要为此担心，这是一种正常的生理现象。宝宝长到1岁以后，出牙的速度开始减慢。小孩一般从6~7个月开始出牙，到1岁时（不到半年的时间）长出8~10颗乳牙，而在1~2岁（1年的时间里）仅会长出8颗牙齿。而且，牙齿的萌出也不是连续不断地进行，而是有一段间歇期，通常在1岁以后需要间歇4~5月左右的时间，所以在此期间见不到有新的牙齿长出。

## 训练宝宝自己穿衣服

宝宝长到15个月时，已经可以完成抬手臂、伸手和抬腿等肢体动作，此时就可以训练宝宝自己穿衣服了。训练小孩穿衣服，可以先用布娃娃做练习。母亲可以先教他给布娃娃脱衣服，然后再教他如何把衣服穿上。母亲要一边教，一边讲解，如"给宝宝脱衣服，要先解扣子，再弯胳膊"。这样一步步地教他完成每一个动作。宝宝每完成一步都要表扬他，并让他有充分的机会进行练习。在平时穿衣服的过程中，母亲要有耐心，要让宝宝主动参与进来，要配合着他的动作进行，而不要为图方便，自己包办所有的动作。这样坚持下去，就会培养出孩子自己穿衣服的好习惯。

## 幼儿选择衣服需注意些什么

幼儿期的宝宝仅同婴儿期相比不仅活动能力增强了，而且还要逐渐学会穿衣服，另外在衣服的选择上，男宝宝和女宝宝开始有所差别。因此，给幼儿选择衣服时需要注意以下几个方面：①大小适中，略为宽松。幼儿衣服不能太小，太小会限制宝宝的活动，进而影响肌肉、骨骼以及呼吸系统的发育。但也不宜太大，衣服过大，宝宝活动起来不方便，而且保温性也差。所以幼儿的衣服要大小适中，适当宽松一点，以给宝宝提供必要的活动余地。②简单整洁，容易穿洗。幼儿衣服不要为了追求样式和美观而繁繁复复、带带绊绊，这样不仅穿洗起来不方便，而且上面的带子、饰物还可能会伤着宝宝。③注意性别差异。

略为宽松的衣服对宝宝的肌肉、骨骼以及呼吸系统的发育是很有益的。

尽管幼儿还没有性别意识，但是还是要有所差别，这样才有利于宝宝正常的心理发育。

## 给幼儿选鞋时要慎重

1岁多时宝宝会走路了，因此为宝宝选择1双舒服、合脚的小鞋就显得格外重要。人体有206块骨骼，仅双脚就有52块，还包括66个关节、40条肌

给宝宝穿上一双舒适、合脚的鞋子。

肉和200多条韧带。人脚这种复杂灵巧的结构是任何动物都难以相比的。人类是惟一有足弓的动物，它可以保护大脑、脊椎以及胸腔、腹腔内的器官，被称为"天然的减震器"。但是在幼儿期，宝宝的足弓还没有形成，脚底比较平坦，因此选鞋时要非常小心。其次，婴幼儿的脚骨大部分还没有完全钙化，比较软，即使鞋穿着不合适，也没有特别痛苦的感觉，这样家长不容

### 为什么幼儿不宜穿开裆裤

在婴儿期，宝宝还不能控制大小便，而且饮食主要以乳汁为主，大小便的次数较多，需要不停地为宝宝排便和更换尿布。为了方便，父母常常给小婴儿穿开裆裤。随着宝宝渐渐长大，开始会爬、会走，接触的东西日渐增多，特别是宝宝长到1岁以后，就不宜再穿开裆裤了。因为：①这时宝宝的活动范围很大，而且经常在户外活动，穿开裆裤不仅会冻着小屁股，还会使冷风直接灌入腰腹部和大腿根部，容易使宝宝冻感冒。②穿开裆裤时，宝宝的臀部、阴部直接暴露在外面，容易诱发感染，尤其是女宝宝尿道短，更容易引起尿路感染。③穿开裆裤可以导致婴幼儿常见的肠道寄生虫病——蛲虫病的交叉感染。因此对较大的婴儿、幼儿，应尽早改穿满裆裤，这样既安全又卫生。

易发现宝宝的鞋是否存在问题。最后，正是由于幼儿的脚骨还没有完全钙化定型，脚踝稚嫩娇弱，穿鞋不合理不仅容易造成脚部永久性畸形，而且还可能使脊柱的生理弯曲发生变形，严重时甚至使大脑、心脏、腹腔的正常发育受到影响。因此，在给幼儿选鞋时一定要慎重，要仔细给宝宝选择1双舒适、合脚的鞋子。

## 给幼儿选鞋时要注意些什么

给幼儿选鞋时要注意以下几点：①大小适中，略大为宜。幼儿切忌鞋子偏小，偏小会挤压骨骼，影响生长发育，甚至可能磨破皮肤而引发感染。但也不宜过大，过大时双脚容易疲劳，还容易摔倒。②鞋面要软硬适度，略软为宜。由于儿童骨骼、关节、韧带以及肌肉正处于生长发育期，因此鞋面不能太硬；同时也不能太柔软，否则脚在鞋中得不到支撑，容易引起踝关节及韧带的损伤。③鞋底弯曲不宜过大。许多童鞋在脚心部有一块凸起的软垫，但是对于幼儿并不适合，因

为它缩小了足弓的伸展发育空间，时间长了可能会形成扁平足。鞋底还要有适当的厚度和软硬度，厚度应在5~8毫米左右。另外，幼儿鞋的面料以天然皮革，尤其是软牛皮、羊皮为好。因为它们具有良好的透气性和吸湿性。鞋衬尽量选择舒适、柔软的棉布织品。鞋底最好是选择弹性好、减震性高、防滑和耐磨性能优良的材料如牛筋底，它能够吸收地面对脚跟及大脑的震荡。

| **1.5 周岁宝宝的体格发育通常会达到以下水平** | |
|---|---|
| **体重** 男宝宝约为 10.9 千克 | 女宝宝约为 10.3 千克 |
| **身高** 男宝宝约为 81.6 厘米 | 女宝宝约为 80.4 厘米 |
| **头围** 男宝宝约为 47.4 厘米 | 女宝宝约为 46.2 厘米 |
| **胸围** 男宝宝约为 47.8 厘米 | 女宝宝约为 46.7 厘米 |
| **坐高** 男宝宝约为 50.4 厘米 | 女宝宝约为 49.6 厘米 |

已出牙 12 颗左右

## 18 个月宝宝的运动机能

1岁半的宝宝已经能够独走得很稳，常喜欢牵引着玩具行走，走路过程中还可以绕过障碍物。在行走过程中，开始学跑，有时会摔倒，但大多数情况下可以自己爬起来。宝宝可以用手扶着栏杆一级一级上楼梯，但是通常还是喜欢快速地往上爬，因此需要特别注意安全。在精细动作方面，宝宝可以用杯子喝水，而且往外洒得水很少，能够比较好地用匙子吃饭，开始自己独立进食。此时宝宝白天可以控制小便，一旦尿湿裤子会主动向父母示意。另外，此时的宝宝总是在不停地运动，在寻找新的东西，表现出强烈的"探险精神"。

## 宝宝的前囟门闭合了吗

宝宝出生时前囟门约有2厘米×2厘米大，在生后数月里随着颅骨的发育而增大，6个月时达到最大。在这之后，前囟门又开始逐渐封闭。正常情况下，宝宝1～1.5岁时前囟会逐渐闭合。如果宝宝1岁半时，前囟门仍然没有闭合，就有可能是头颅发育出现障碍或患有使颅内压力持续增高的疾病，如佝偻病、脑积水以及先天性心脏病或严重的营养不良等。如果出现这种情况，就要及时到医院进行检查治疗。

## 幼儿走不稳的原因

大多数小孩在出生后11个月左右学会站立，满1周岁时开始学会走路，到18个月时已经可以走得很稳。如果此时宝宝走路还不稳，可能有以下几种原因：①小孩从婴儿期开始，大运动的发育就较一般孩子慢，到此时，会走路的时间同样还是比别的孩子；②家长很少有意识地锻炼宝宝的运动能力，因此造成他此时走路还不稳；③家长的训练方法不正确，没有发挥作用，导致幼儿还走不稳；④幼儿患有轻度脑瘫，这样的幼儿在运动能力发育方面要明显落后于正常

的孩子。对于前3种原因，大人应注意采用正确的方法训练宝宝学走路。对于第4种原因，一定要到正规的医院进行干预及训练。另外，如果家长无法对幼儿走不稳的原因进行准确的判断，应及时到医院咨询和检查。

## 爱吃土的异食癖

有的父母可能会很奇怪，宝宝1岁多了，怎么突然爱吃土块和纸片等物品。有些父母可能会错误地认为这是由于宝宝没有吃饱饭，因此不时地给宝宝喂饭，却没有什么效果。其实，此时父母首先应想到宝宝可能是患了锌缺乏症。锌是1种人体所必需的微量元素，具有多种生理功能。幼儿缺锌的原因主要是：一方面可能是宝宝断奶以后食物中含锌量不足；另一方面宝宝生长发育过快，对锌的需求量较大。另外，幼儿体质较弱，消化吸收能力不好也可能造成缺锌。缺锌时幼儿的主要表现有：食欲不好、味觉减退、皮肤粘膜溃疡、头发稀疏、精神倦怠、异食癖如吃土、吃纸片等。如果想进一步确认宝宝是否真的缺锌可以到医院进行化验检查，血清锌正常参考值为60～130微克/分升。

## 幼儿爱吃土怎么办

如果幼儿爱吃土是由于缺锌，那么就需要补充锌。幼儿补锌方式同婴儿相比，有一定的差别。婴儿可以通过母乳补充锌，但1岁多的幼儿大部分已经断奶，只能通过食物或药物补充锌。不过，与婴儿相比，幼儿的优势是可以吃许多婴儿不能吃的、含锌丰富的食物，如海产品。含锌较为丰富的食品有贝壳类海产品如海蛎肉、鲜扇贝、虾等；红色肉类、动物内脏等；干果类如花生、杏仁等；另外谷类胚芽和麦麸也含有较丰富的锌。从饮食入手补锌时，可以每周安排幼儿吃1～2次海产品；吃1次肝；吃瘦肉3～4次。另外，还可以让宝宝喝花生露、杏仁露补充锌，但不宜让他吃花生仁和杏仁。如果宝宝缺锌症状比较严重，一

定要在医生的指导下进行药物补锌，以免补锌过多，造成锌中毒。

## 幼儿为什么爱玩生活用品

很多父母发现，宝宝对他们费尽心思买来的玩具不怎么感兴趣，而对日常生活用品，如锅、碗、瓢等生活用品的兴趣却有增无减。这是大多数宝宝在体智发育过程中的一个正常阶段。孩子长到1岁半以后，走路已经比较熟练，喜欢到处跑，见着什么就玩什么。而且，在幼儿的眼中还区分不清楚什么是玩具，什么不是玩具，只要他觉得好奇，在他的心目中就都是玩具。同时，此时小孩还爱模仿大人做事，大人做什么他就会学着做什么，既然大人日常都用这些东西，小孩当然也要跟着用了。因此，父母对于宝宝的这种行为没有必要强行制止，而且应在保证安全的前提下，尽量满足他的探索欲和好奇心，为促进宝宝智力和创造力的发育创造有利条件。

## 训练宝宝自己进餐的好处

我们经常会看到宝宝在前面跑，大人端着碗在后面追，追上了就喂一口，这种不良进餐习惯的形成主要是由父母造成的。父母在教育孩子时，没有重视其生活自理能力的培养，甚至在有意或无意之中，还剥夺了宝宝自己进餐的权利。有的父母嫌孩子吃得慢，有的嫌孩子吃得满地都是，因此不给宝宝自己锻炼的机会。还有，父母喂餐时，小孩不需要自己拿勺或筷子，小手正好空出来，而小孩的手天生是闲不住的，正好可以边吃饭边玩耍。边吃边玩会使其注意力分散，抑制体内消化液的分泌，从而不能很好地消化食物，长期下去会影响孩子营养的摄取和生长发育，对健康产生不利影响。另外，不让宝宝自己动手用匙或筷子吃饭，对大脑及智力的发育也很不利。有研究证明，运用筷子夹东西时，需要动用肩、手臂、手腕、手指等部位30多个关节和50多条肌肉才能完成，而这些关节和肌肉的活动需

要在中枢神经系统的协调配合下进行。因此，让宝宝自己进餐不仅可以培养他的生活自理能力和独立精神，还可以达到"健脑益智"的效果。

## 何时训练宝宝自己进餐

当孩子长到一岁半左右时，动作发育上已经能够握住匙吃饭，这时就可以训练他自己进餐，到2岁就可以训练他用筷子进餐了。家长要抓住时机，尽量让宝宝自己进餐，培养他们的自理能力和独立精神。在刚开始训练进餐的一段时间里，不能整餐都让宝宝自己吃，因为这时他们的动作还很不协调，进餐时会把饭菜洒得到处都是，而自己吃进去的却很少，无法满足其生长发育的需要。这时父母可以把一小部分饭菜放到小碗里让宝宝自己吃，

剩下的大部分还是由父母来喂。这样既锻炼了宝宝自己进餐的本领，还可以保证他的进食量。等宝宝自己能够熟练地进餐时，就可以让他自己来完成整个进餐过程。当宝宝大一些时，尽量让他和大人同桌吃饭，还要创造一个良好的进餐气氛，大人可以用语言诱导孩子吃些有营养的饭菜，但千万不可用斥责和恐吓的办法来迫使宝宝自己进餐。

## 为幼儿选择餐具

俗话说"病从口入"，小孩每天都用餐具吃饭，因此餐具的安全、卫生要求就显得非常重要；另外幼儿的抗病能力和安全保护意识要比成人低许多，因此不能按照成人的标准来为宝宝选择餐具。在为幼儿选择餐具时，应考虑以下几方面的因素：①防止铅中毒。在彩釉餐具和油漆餐具中都有铅元素，遇到酸性物质时，铅就有可能从中分离出来，同食物一起进入幼儿体内，时间长了，就可能造成铅中毒。因此不要让幼儿使用彩釉餐具，最好选用原木或原竹的筷子。②安全因素。餐具光滑，不能有尖锐的棱角，以免刺伤宝宝；③卫生因素。给幼儿使用的餐具最好可以方便地进行清洗和消毒，可以给幼儿使用厚一点的不锈钢碗、匙，这样既不容易打碎，还可以定期进行煮沸消毒。

### 如何给宝宝做口腔护理

到1岁半左右时，幼儿一般已经长出8~12颗乳牙。家长千万不要以为既然乳牙最终要被恒牙取代，因此就没有必要进行保护了。这种认识是非常错误的，因为如果乳牙护理不好，就会出现龋齿，从而会给宝宝造成很大的健康隐患。龋齿可以引发牙痛、牙髓病、牙周炎，影响宝宝的咀嚼能力，进而会造成宝宝营养方面的问题，严重时还会影响恒牙的萌出，并可能成为其他某些疾病的根源。因此，在幼儿期除了要教宝宝学刷牙外，还需要家长帮助宝宝做好口腔护理：①平时少给宝宝吃甜食，特别是比较粘的甜食；②每次饭后或吃水果以后，让宝宝喝几口开水，清洁一下口腔；③每天睡觉前，可以用干净的棉纱布沾上淡盐水擦洗宝宝的牙齿周围。

### 21个月的宝宝体格通常会达到以下水平

| | | |
|---|---|---|
| **体重** | 男宝宝约为 11.4 千克 | 女宝宝约为 10.9 千克 |
| **身高** | 男宝宝约为 84.4 厘米 | 女宝宝约为 83.1 厘米 |
| **头围** | 男宝宝约为 47.8 厘米 | 女宝宝为 46.7 厘米 |
| **胸围** | 男宝宝约为 48.4 厘米 | 女宝宝约为 47.3 厘米 |
| **坐高** | 男宝宝约为 51.7 厘米 | 女宝宝约为 50.8 厘米 |

已出牙 12 颗左右

母婴同室在婴儿期是必须的，到幼儿期时就要注意培养宝宝独睡的习惯了。

## 21个月宝宝的运动机能

此时，宝宝可以自己用手扶着栏杆、双脚熟练地交替上、下楼梯；可以拉着玩具快速地往前跑。在前进过程中，遇到过低的障碍时，可以一脚跨过去。由于幼儿运动发育有先向前、后向后的规律，所以此时宝宝在后退过程中，动作协调起来还比较困难。父母可以通过游戏锻炼他向后退的能力，培养宝宝运动的稳定性和协调性。在精细动作方面，宝宝此时可以把东西熟练地放到杯子里，能够玩2~3块的积木游戏，还会在纸上画一些简单的线条。

## 为什么提倡母子分室独睡

在婴儿期，为了哺乳和照顾小宝宝，我们提倡母婴同室。到了幼儿期，特别是宝宝接近2周岁时，就要提倡母子分室，让宝宝单独睡了。这是由于：①母子分室有利于宝宝形成早睡早起的好习惯，保证幼儿有充足的睡眠时间。幼儿脑细胞的发育还不完善，容易疲劳，需要充足的睡眠时间来保证他的正常发育。②让宝宝分室独睡，也有利于父母的生活和休息。幼儿一般睡得比较早，而父母有时还需做许多事。如果睡在同一个房间，父母为了不影响宝宝休息，不得不小心翼翼，很不方便。③让宝宝分室独睡，还有利于培养他的独立性。幼儿经常和父母睡，会使他养成睡觉时离不开妈妈，过分依赖父母的坏习惯。另外，有些宝宝3岁要进入幼儿园，就可能会住在集体宿舍，更需要提前培养其独睡习惯了。

## 让宝宝养成独睡的好习惯

有些妈妈经常为宝宝不愿意单独睡觉而苦恼。的确，让已经习惯和父母一起睡的幼儿单独睡不是一件容易的事。以下方法也许对培养宝宝独睡有帮助：①可以根据他的爱好布置房内设施。例如按照宝宝的喜好装上一个光线较暗的小夜灯，给她买一个布娃娃陪她睡等。②开始时可以先陪宝宝

睡一会,等他睡着后再离开房间。③如果宝宝过于担心和害怕,可以给他讲勇敢小英雄的故事,消除他的恐惧心理。④适当地向他许个愿。例如宝宝想要买某个玩具,可以告诉他,如果宝宝能够单独睡几晚,就会给他买。相信经过一段时间的努力,这个问题都是可以得到解决的,到那时想让宝宝和你一起睡,他还不愿意呢。

给孩子提供一个良好的独睡环境

养成独睡习惯的宝宝在 5 岁以后,一般不会在"纠缠"着与父母同睡,他变得独立、勇敢。

### 2 周岁宝宝的体格发育通常会达到以下水平

| 体重 | 男宝宝约为 12.2 千克 | 女宝宝约为 11.7 千克 |
|---|---|---|
| 身高 | 男宝宝约为 87.9 厘米 | 女宝宝约为 86.6 厘米 |
| 头围 | 男宝宝约为 48.2 厘米 | 女宝宝约为 47.2 厘米 |
| 胸围 | 男宝宝约为 49.4 厘米 | 女宝宝约为 48.2 厘米 |
| 坐高 | 男宝宝约为 53.3 厘米 | 女宝宝约为 52.4 厘米 |

已出牙 16 颗左右

## 幼儿如何擤鼻涕

父母千万不要以为擤鼻涕是件小事。要知道幼儿正处于生长发育期,鼻腔、鼓膜都非常脆弱,如果没有掌握正确的擤鼻涕的方法,而是经常模仿大人把鼻孔全部堵上后擤鼻涕,这样很容易造成鼓膜穿孔、形成化脓性感染,进而造成听力的损伤,感冒时尤其容易发生。所以幼儿父母一定要教会宝宝如何正确地擤鼻涕。正确擤鼻涕的方法是:先吸气,然后用手绢或餐巾纸压住一侧鼻孔,然后出气,将鼻涕从另一侧鼻孔擤出;然后用相同方法再擤另一侧。切不可让宝宝用手捏紧双侧鼻孔用力擤鼻涕,以免增加鼻、鼻咽部的压力,使鼻涕和细菌进入鼻窦,并通过咽鼓管返流至中耳,进而诱发鼻窦炎和中耳炎。另外,还要注意擤鼻涕时,不可用力过猛。

## 为什么幼儿不可挖鼻孔

幼儿鼻子的分泌物较多,很容易形成鼻痂,小孩觉得鼻子痒时就会用手去抠。于是,不少小孩就养成了挖鼻孔的不良习惯。有的父母对此不以为然,认为这不是什么大问题。其实,这种行为是很危险的。因为鼻子是人体呼吸道的"门户",鼻腔内有丰富的毛细血管和许多鼻毛,它们宛如一道屏障,可以将吸入的空气中的灰尘、病菌进行粘附和过滤。如果常用手挖鼻孔,很可能把细菌带入鼻内,并会损伤鼻孔内的绒毛,引起鼻炎或其他疾病。而且,从鼻根到嘴角两侧和上唇之间的地方,医学上称为面部的危险三角区,因为这里血管丰富,如果孩子把这个地区抠破,很容易使病菌随着静脉血流入颅内,从而引发颅内静脉炎、脑膜炎、颅内脓肿等危害极大的并发症,有时甚至会危及生命。因此,一定要改掉幼儿的这种不良习惯。父母可以教育宝宝说这样做是很危险的,让孩子在脑子里形成鼻子是不可以随意挖的意识。如果三角区内出现破损,要立即进行治疗,以免引发感染。

## 2 岁宝宝的运动机能

2 周岁的宝宝,已经可以独立、熟练地行走和跑步,但在止步和转向时还是有点困难。如果发现地上有好玩的东西,宝宝会熟练地蹲下去把它捡起来。这时的宝宝非常喜欢做跑、跳、蹦、踢球、跳舞等大运动,喜欢和大人玩运动类游戏。另外,此时的宝宝会非常淘气,会爬到桌子、椅子上拿东西,而且精力非常旺盛,总也闲不住,男宝宝会对自行车发生兴趣。宝宝在精细动作方面已经相当发达,可以用一只手拿着杯子喝水;能够搭6~7块积木;会做串珠子游戏和一页一页地翻书;会转动门把手;会在纸上画直线和圆圈。

幼儿期的宝宝对球类表现出特别的兴趣。

## 幼儿何时学刷牙

宝宝长到 2 岁后，父母就应该教他学刷牙了。这是由于一方面刷牙和进餐一样，是一项协调性很高的活动，宝宝太小时很难"胜任"这一工作；另一方面，在此之前，宝宝长出的乳牙还比较少，还不宜用牙刷刷牙，而只需要进行口腔清洁护理就可以了。到 2 岁时，宝宝已经长出 16～20 颗洁白的小乳牙，此时就应该使用牙刷了。同时，幼儿的口腔跟成人一样，是消化道和呼吸道的入口，此时他的饮食已经和成人相似，同样会存在许多细菌，口腔内的温度又适合细菌的繁殖。而且，白嫩的乳牙更容易受到腐蚀破坏，而每刷 1 次牙可以减少口腔中 70%～80% 的细菌。由此可见，刷牙对于幼儿的牙齿以及身体的健康是非常重要的。另外，刷牙还有按摩牙龈、促进血液循环、进而增强抗病能力的作用。因此，父母应该从 2 岁起就教宝宝学刷牙，这样到 3 岁时，他就可以独自刷牙了。

## 如何为幼儿选择牙刷

给宝宝科学地选择 1 套漂亮的牙具，不仅可以培养他的刷牙兴趣，而且对宝宝的健康也有益处。一般情况下，牙具包括牙刷、牙膏和牙杯，其中关键是选择牙刷和牙膏。幼儿的口腔黏膜丰富而且娇嫩，因此要选用刷头较小、刷毛较软，并且刷毛尖端经过磨制处理过的牙刷。牙刷的尺寸可以根据孩子的年龄及口腔的大小来选择。1 支牙刷的使用时间最长不应超过 3 个月，到时应及时更换。而且，幼儿患了感冒和口腔疾病时，要对牙刷及时进行消毒和更换，以免造成病菌感染和扩散。

## 如何为幼儿选择牙膏

儿童易患龋齿，使用含氟牙膏是防治龋齿最理想的手段，但 3 岁以下的幼儿应禁止使用含氟牙膏。这是由于幼儿的吞咽功能还不完善，不会将牙膏泡沫完全吐出，部分泡沫会被吞入

体内。摄入微量元素氟过量会在牙齿上形成一些斑点，严重时还会使牙齿变黄、表面粗糙，容易缺损，即患上氟牙症。因此，3 岁以下的幼儿应禁止使用含氟牙膏；4～6 岁的儿童应在家长或医生的指导下慎重使用，每次挤出量要如黄豆大小，不可多用，因为此时儿童偶尔也会将牙膏泡沫吞服。7 岁以上的儿童可以使用含氟牙膏，但要注意不能将牙膏泡沫吞进腹中。因此，幼儿可以选择有水果香味，而又不含任何药物成分的普通儿童牙膏。

## 教宝宝刷牙

教宝宝正确刷牙，可以采用如下方法：①让幼儿站立或坐在小凳上，母亲站在他的的背后或侧面，用一只手固定幼儿头部，另一只手先将牙刷用温开水沾湿，再挤上黄豆大小的牙膏；②将牙刷的刷毛放在靠近牙龈部位，刷毛与牙面呈 45°角，上牙从上向下刷，下牙从下往上刷，刷完外侧面再

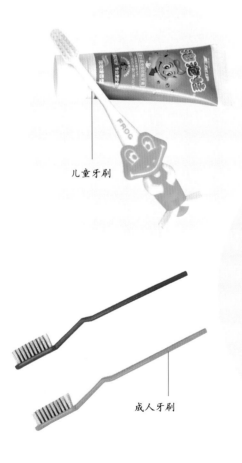

儿童牙刷

成人牙刷

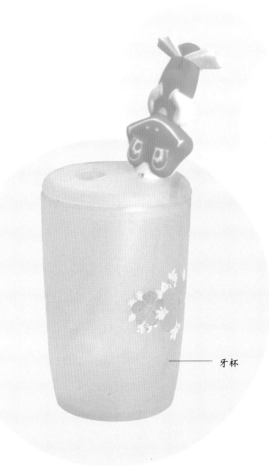

牙杯

牙膏

牙膏有含氟的和不含氟的。3 岁以下幼儿不要使用含氟牙膏。

刷内侧面和咬合面。每个面要刷8～10次。刷牙时间在2分钟左右，切忌不要采用拉锯式横刷的方式，这样既不能有效地清洁牙齿，还容易损害牙龈，引发口腔疾病。③让宝宝用清水漱口，尽量将泡沫吐干净。另外，为了让宝宝明白和尽快学会刷牙，可以对着镜子教刷牙。为了培养孩子的刷牙兴趣，平时大人刷牙的时候，可以让他站在旁边观看，还可以教他唱刷牙歌、开展刷牙比赛等。父母还应注意，3岁以下幼儿还不能自己独立完成牙齿清洁，还须要由成人帮助刷牙；3～6岁的儿童应在成人的指导下开始自己刷牙，但仍需大人的帮助才能将牙齿刷干净。

## 乳牙咬合不全能长好吗

宝宝长到2岁左右时，上、下腭分别会长出8颗左右的牙齿，到了2.5～3岁时上、下腭可以各出齐10颗乳牙。此时，宝宝的乳牙虽然已经出齐，但是由于上下腭仍处于发育期，同时还会有所生长，所以宝宝4岁以前牙腭部仍然会有些变化。因此，即使此时宝宝的牙缝比较宽，或者牙齿长得高低

幼儿出现模仿大人刷牙的行为时，也是教幼儿学习刷牙的好时机，每次父母刷牙的时候叫上宝宝一起刷，他会学得更好更快。

幼儿好动，理发时很容易造成疼痛，怕疼也就成为幼儿不愿理发的一个原因。如果孩子不愿理发不要强迫。如果头发太长，遮住了眼睛，可适当剪掉一些，不必非得理成"小板寸"。

不齐，父母也不要过于担心，因为在以后的生长发育过程中，牙齿长好的可能性还是很大的。但是如果4岁以后宝宝的牙齿还是长得很不整齐，就需要及时到小儿牙科进行检查治疗了。

## "对付"不爱理发的幼儿

经常可以看到许多小宝宝在理发时哭天喊地，挣扎着不愿意理发，这种现象在1～3岁的幼儿中最常见。造成小孩不愿意理发的原因有：最开始理发时弄伤了他的皮肤；或者是头发茬掉在身上使他不舒服；也可能是由于洗头时洗发水伤了他的眼睛；还有可能是剃头刀较凉，宝宝觉得不舒服。在尽量避免出现以上情况的基础上，父母主要还是要消除孩子的恐惧心理，增强他的勇气，如带他和别的小朋友一起去理发，对他说"你看小哥哥多勇敢呀，宝宝比他还勇敢"，或者自己先理发给他起带头作用。千万不要采取强制手段，这样做会加重他的恐惧心理，对宝宝的心理健康很不利。

| 2.5 岁的宝宝体格通常会达到以下水平 | | |
| --- | --- | --- |
| **体重** | 男宝宝约为 13.1 千克 | 女宝宝约为 12.6 千克 |
| **身高** | 男宝宝约为 91.7 厘米 | 女宝宝约为 90.3 厘米 |
| **头围** | 男宝宝约为 48.8 厘米 | 女宝宝约为 47.7 厘米 |
| **胸围** | 男宝宝约为 50.2 厘米 | 女宝宝约为 49.1 厘米 |
| **坐高** | 男宝宝约为 54.8 厘米 | 女宝宝约为 53.9 厘米 |

已出牙 20 颗左右

## 2.5 岁宝宝的运动机能

此时宝宝已经长大了许多，为了适应跑、跳的需要，全身的肌肉，特别是下肢、臀部以及背部的肌肉开始发达起来。这时宝宝能够双脚同时离地跳跃，或者单腿向前跨跃一大步，还可以单腿独立数秒种，并能够一步一步地交替上楼梯，或者并着双脚同时跳下一个台阶。在精细动作方面，宝宝的双手更加灵

对于一些"好静"不喜动的宝宝，妈妈可以带他到室外去和别的宝宝一起玩，或者自己与宝宝做游戏动一会，歇一会，循序渐进地训练宝宝的运动能力。

活，此时用杯子喝水时已经非常自如，可以做到一滴不洒。宝宝已经能够自己去厕所大、小便，并学会自己脱下松紧带裤子坐在便盆上。

## 幼儿坐、走要姿势端正

宝宝 2~3 岁时，骨骼还比较软，弹性很大，可塑性很强，容易发生弯曲变形。而且，幼儿肌肉中水分多，蛋白质、无机盐等较少，容易发生疲劳和损伤。如果宝宝坐和走的姿势不正确，或者长时间保持一种姿势，很容易造成肌肉的疲劳，并引起脊柱变形，形成驼背或侧曲。这样既不利于宝宝正常的生长发育，还会影响美观，并且还对宝宝未来的成长产生许多不利影响。因此，宝宝在坐和走的过程中，姿势一定要端正，连续保持一种姿势不要超过半个小时。父母在日常生活中，多提醒宝宝，多起表率作用，对幼儿养成好习惯非常重要。

## 怎样使宝宝不尿床

有些宝宝到了 2~3 岁时还尿床，父母感到很不安，担心宝宝是否患病了。其实 2~3 岁时，在夜间偶尔或经常出现尿床的宝宝并不少见。因此，父母没有必要因此而担心。幼儿尿床的原因有多种，此时宝宝的排尿系统如膀胱、尿道括约肌还没有发育完全，睡眠中无法完全控制自己的排尿行为。还有一些宝宝是由于紧张、焦虑而尿床。另外，如果宝宝白天活动量大，晚上睡得太沉，也会出现尿床。此时，父母所要做的是，不要责备幼儿，而应通过精心的照料来预防和减少宝宝尿床的机会。首先，在睡觉前 1 小时内最好不要让宝宝喝过多的水，不要吃流食，睡前应排小便。其次，要掌握宝宝尿尿的规律，在夜间及时叫醒宝宝起来尿尿。最后，也是最关键的是，不要因此而责备和嘲笑他，不要向外人提起这件事，以免给宝宝造成紧张和羞愧的心理，否则会加重尿床现象。另外，如果宝宝突然出现尿频、尿急以及尿痛等症状，那就不是普通的尿床现象了，需要及时就诊治疗。

带孩子到野外玩耍时，也要注意宝宝的安全问题，防止发生意外。

## 幼儿吮吸手指头正常吗

　　婴儿期宝宝吮吸手指头是正常的生理现象，这时宝宝吮吸手指头，一方面是想通过嘴和手的接触来满足自己的探索需要，另一方面是对宝宝饥饿时吮吸不到乳头的一种补偿。但若宝宝长到1.5～2岁以后，仍然吸吮手指头就不正常了，就是一种很不卫生的习惯。如果过了3岁还不停地吸吮手指，就可能演变成一种病态心理，是内心孤独、不安的外在表现。而且，吸吮手指头还对幼儿的健康不利。幼儿的活动空间特别大，经常会接触各种物品，如玩具、沙土等，很容易沾上大量的病菌和虫卵，吸吮手指头会使它们进入体内，从而使宝宝患胃肠病和寄生虫病等。另外，幼儿吮吸手指还会影响其面容、恒牙形态以及指头发育等。因此要及时采取措施，改掉这种不良习惯。

## 幼儿期需要防止发生哪些意外

　　幼儿期正是宝宝活蹦乱跳、喜欢四处走动的时期，而这个时期的宝宝又缺乏自我保护的能力，因此需要父母的精心照顾，以免发生意外。在这个时期内，需要防止宝宝发生的意外主要有：①异物误吸入气管。不要给宝宝吃花生、瓜子等坚果，孩子吃饭时不要逗乐，以免食物误入气管而发生窒息。②烧、烫伤。防止孩子被热水、热饭或明火烧、烫伤。③跌、摔伤。防止孩子从楼梯、床上、桌上或高楼等处跌、摔下来造成伤害。④刺、扎伤。防止尖锐的器具如刀、剪以及筷子等扎伤孩子。⑤误服药或中毒。家中的药品以及有毒、有害的物品要收藏好，放到孩子拿不到的地方，以免孩子误服。⑥触电。现代家庭中都有许多插座、电器，一定要密封好，关闭好，防止发生触电事故。另外，还要防止发生走失、溺水、煤气中毒等重大意外事故。

### 让幼儿改掉吮吸手指头的不良习惯

　　要想让幼儿改掉吮吸手指头的不良习惯，就要根据造成幼儿吸吮手指头的原因而采取相应的对策。造成幼儿吮吸手指头的原因主要有生活环境发生重大变化、孤独、不安等，因此可以采取如下对策：①对于幼儿生活环境发生重大变化如父母离异、入托或变换住所等，要尽量给宝宝重新创造一个良好的生活氛围，从生理和感情两方面来关心宝宝，让他逐渐适应新的环境。②对于由于和老人生活在一起或刚入托同小朋友不熟悉等原因造成的孤独，要给宝宝多准备一些玩具，或者给他找一些小伙伴，使他忙碌起来，自然也就没有时间吮吸手指头了，而且经常和同龄小朋友玩耍还可以使他从内心明白这样做不好，将更有利于他改掉这种坏习惯。③要消除造成幼儿产生惊吓、恐惧和不安等的因素，使宝宝自由自在地快乐生活，这也有助于纠正吮吸手指头的坏习惯。另外，还可以采取一些强制措施，如在手指头上涂上黄连水等等难吃的东西，也可以帮助宝宝戒除吮吸手指头的不良习惯。

# 幼儿的营养护理

幼儿营养护理的基本原则是，根据幼儿的年龄特点、季节变化及生长发育规律，合理地选择和搭配食物，尽可能做到多样、平衡、适量，谷为主，菜为助，果为充，畜为益。

## 1～1.5岁幼儿的饮食特点

满1周岁时，宝宝已经有5～8颗牙齿了，与婴儿相比其咀嚼能力和消化能力都有了明显提高，但消化系统仍然比较弱，无法和成人相比，因此，此时宝宝的饭菜还要单独做，应做得软、烂、碎，特别是对于不容易消化的肉类和植物纤维类食物更应仔细进行加工。在保证一日三餐主食的同时，还要保证幼儿每天喝2次奶，总量应保持在400～500毫升。这是由于奶类不仅可以为宝宝提供优质蛋白，而且还可以补充钙质，满足宝宝骨骼生长的需要。

## 如何调配幼儿成长所需"三大营养素"的比例

与婴儿期相比，幼儿期宝宝的生育速度开始有所减慢，因此三大营养素的比例同婴儿期相比有所不同。合理的调配比例应该是：①碳水化合物应占总能量来源的55%～65%（婴儿为50%～60%）。②脂肪应占总能量来源的25%～30%（婴儿是30%-·35%）。③蛋白质应占总能量来源的12%～14%（婴儿是12%～15%）。只有在碳水化合物和脂肪所提供的能量能够满足机体需要的前提下，才能够保证蛋

白质不被转化为热能而消耗掉，也才能充分地用于组织的生长和修复。因此，一定要给幼儿提供平衡、充分的营养。如果幼儿不注意吃米饭、面条等主食，那么势必会用蛋白质来提供能量，时间一长，就会影响宝宝的健康了。

## 1～2岁应补充多少蛋白质

蛋白质是生命的物质基础，没有蛋白质就没有生命。幼儿正处于生长发育期，对蛋白质的需要量相对要高于成年人，而且应供给足够的优质蛋白，幼儿每日摄入的优质蛋白应占蛋白质供给总量的2/3左右。蛋白质分为动物蛋白和植物蛋白，动物蛋白比植物蛋白更符合人体的需要，属于优质蛋白。在动物蛋白中，鱼、虾的蛋白质最好，其次是鸡、鸭肉，接下来是牛、羊肉，最后是猪肉。在植物蛋白中，大豆蛋白也属于优质蛋白，豆腐、豆皮等豆制品很容易被幼儿吸收，鸡蛋也是极易被消化吸收的优质蛋白，非常适合幼儿食用。1～2岁的幼儿每天需要蛋白质35～40克。就蛋白质的需要而言，幼儿每天进食250毫升牛奶，1个鸡蛋，30克瘦肉就可以了。为

了使食物多样化，可以每周吃1次鱼、虾，2次豆制品，平时可以鸡、鸭、牛、猪肉变换着吃。

## 幼儿补充蛋白质过量的危害

幼儿摄入牛奶、鸡蛋、瘦肉、奶酪等含蛋白质丰富的食物过多，会造成蛋白质补充过量，不仅不利于幼儿的健康，而且还会对其健康造成危害。不加控制地、过多地摄入含蛋白质丰富的食物，会增加胃肠道的负担，造成消化功能紊乱，时间久了还会引发消化不良和厌食等，而且还会加重肝、肾负担，使钙质排出增加，影响幼儿的生长发育，严重时还会引发便秘、肠胃病、口臭等。因此，为幼儿补充蛋白质应适量，一般应控制蛋白质的摄入量在每天每千克体重4克左右。

## 1～2岁幼儿应补充多少脂肪

脂肪可以提供人体活动所需要的热量、调节体温、促进维生素的吸收，脂肪中的脂肪酸还是婴幼儿大脑发育所必需的营养物质。脂肪分为动物性脂肪和植物性脂肪。植物性脂肪主要来自植物油，动物性脂肪主要来自肉类，其中绝大部分来自肥肉。这两种脂肪对幼儿来说都很重要。在幼儿早期（1～2岁），每天需要脂肪约30～40克，可满足其生长发育的需要。

## 幼儿如何合理补充脂肪

幼儿补充脂肪时，应通过食用奶类食品，如鲜牛奶、全脂奶粉、奶酪

---

**幼儿的饮食原则**

幼儿饮食的总原则是：提供充分、平衡的营养。在总原则的指导下，应注意做到"四个搭配"：①荤素搭配。幼儿的每顿食物都要既有荤菜又有素菜，不应只吃肉而不吃蔬菜。②粗细搭配。幼儿每天的主食都要既有细粮又有粗粮。③干稀搭配。每天3顿饭都要既有干粮，还要有汤或粥，并要重视喝牛奶和补充水分。④果蔬搭配。既要多吃水果，还要多吃蔬菜，放弃任何一种食物都是不合理的。另外，幼儿的饮食还要以清淡为主，不要吃咸和辛辣的食物，不要多吃甜食。

等获得大部分脂肪，还可以通过食用少量的植物油获得植物性脂肪。幼儿吃肉时应当吃瘦肉，不可吃肥肉，原因在于宝宝的消化系统还比较脆弱，肥肉比较难消化。为了保证幼儿获得充分的脂肪，5岁以下的宝宝不应食用脱脂奶。另外，有些小孩非常喜欢吃薯条，虽说其中所含的脂肪很丰富，但是其他方面的营养价值并不高，因此不宜多吃这类食物。

## 幼儿应食用植物油

中国居民所摄入的脂肪中，约一半来自食物本身，另一半来自食用油。食用油分为植物油和动物油。常用的植物油有芝麻油、豆油、花生油等，它们的主要成份是不饱和脂肪酸，又称为必需脂肪酸，不仅可以降低胆固醇的水平，而且可以预防动脉硬化、心律失常，保证大脑发育和皮肤健康等。另外，植物油还容易被消化，并含有脂溶性维生素A、D、E等。与此相反，动物油中含饱和脂肪酸较多，如果摄入饱和脂肪酸过多，胆固醇就会增高，心血管疾病的发病率也就会增高。而且动物油不易被消化，食用过多还会影响机体对其他营养素的吸收，不利于宝宝的健康。所以对于幼儿来说，主要应选用植物油，同时可以适当地食用少量动物油，做到荤素搭配、营养均衡。幼儿每天食用的食用油总量应保持在10～15克。

幼儿活动量增大的同时，食物喂养量也应增多，以保证他体内有充足的热量。

## 1～2岁应补充多少碳水化合物

在幼儿期，宝宝已经会跑、会跳，整天都非常活跃，这么大的活动量必须要有充足的热量来维持。如果热量供给不足，必然会影响宝宝正常的生长发育。人体的热量主要来自碳水化合物，而碳水化合物又主要来自谷类、面粉、薯类等，即我们平时所说的主食。1～2岁的宝宝每天大约需要热量1000～1200千卡，相当于需要碳水化合物100～150克，即每顿需要吃1两左右的主食。

## 幼儿补充脂肪过多的危害

2岁左右的幼儿对脂肪丰富的食物，如肥肉特别喜欢，原因在于这类食物比较柔软、味道比较鲜美，而且此时幼儿对脂肪的油腻感反应也较迟钝，因此宝宝食用这类食物时，就会吃得特别多。但如果不加限制地让幼儿食用含脂肪丰富的食物，对宝宝健康的危害非常大。有资料显示，如果幼儿期宝宝进食脂肪类食物过多，成年后体型肥胖者占74.8%，其中患冠心病的比例高达80%左右。而且脂肪摄入过量，容易造成脂肪在身体各个部位堆积，如果在脑组织中的堆积达到一定量时，就会形成"肥胖脑"，影响宝宝的智力发育。因此从幼儿期开始，就要科学、合理的为幼儿补充脂肪。

脂肪补充过多，会致使宝宝过度肥胖，对宝宝健康有很大影响。所以，科学合理地为幼儿补充脂肪很有必要。如果宝宝过度肥胖引起疾病，应及时到医院向医生咨询。

## 1.5~2岁幼儿的饮食特点

宝宝到1.5岁时，随着其消化功能的不断完善，饮食的种类和制做方法开始逐渐向成人过渡，以粮食、蔬菜、肉类为主的食物开始成为幼儿的主食。不过，此时的饮食还是需要注意营养平衡和易于消化，不能完全吃成人的食物。给宝宝做饭时要将食物做得软些，早餐时不要让宝宝吃油煎的食品如油条、油饼等，而要吃面包或饼干、鸡蛋、牛奶等，每天的奶量最好控制在250毫升左右。在奶量减少后，每天要给宝宝吃两次点心，时间可以安排在下午和晚上，但不要吃得过多，否则会影响宝宝的食欲和食量，时间长了，会引起孩子营养不良。

## 幼儿早期应选择喝什么奶

目前常见的奶类有鲜牛奶、普通奶粉、配方奶粉和酸牛奶。在为宝宝选择奶类时，要考虑幼儿的生理特点和宝宝的具体情况。对于纯母乳喂养的宝宝，如果是刚刚断奶，可以先喝一段时间的配方奶。这是因为同鲜牛奶和普通奶粉相比，配方奶经过加工后颗粒较细，同时还进行了各种营养素的合理调整，与母乳较为接近。另外，对于少食、偏食、挑食的幼儿也可以选用配方奶。对于那些食欲良好，已经习惯了喝鲜奶的宝宝，可以继续饮用鲜牛奶，这样既方便又经济。如果宝宝的消化能力较弱，出现腹泻症状时，可以选

用酸牛奶，因为酸奶中含有大量的乳酸菌，有利于对食物的消化和吸收。

## 不可以喝果奶代替喝牛奶

目前市面出售的果奶并不属于奶类，它们的主要成分只是水和糖，另外添加了一些营养素如钙、维生素A、

### 粗粮对幼儿健康成长的益处

在幼儿的饮食中合理、适量地加入粗粮，可以弥补细粮中某些营养成分缺乏的不足，从而实现宝宝营养均衡、全面。细粮的主要成分是淀粉，蛋白质、脂肪、维生素的含量相对较少，这是因为粮食加工得越精细，在加工的过程中维生素、无机盐和微量元素的损失就会越大，就会越容易导致营养素缺乏症。比如维生素$B_1$缺乏时，可以引起脚气病，孩子会出现头痛、失眠等症状，严重时还会出现多发性神经炎，导致全身浮肿、表情淡漠等。通过合理搭配各种粗粮，可以弥补这些缺陷，比如豆类食品中蛋白质、脂肪的含量较多；谷类食物中含有相当量的磷、钙、铁、镁等微量元素，其粗糙的外皮中含有丰富的维生素；小麦中含有丰富的钙质；小米中的铁和维生素B的含量较高；糯米、玉米、红小豆、绿豆等的营养成分也各有所长。另外，常吃粗粮还有利于锻炼宝宝的咀嚼能力，对乳牙的成长非常有益。

高于3.0%；纯牛奶的蛋白质含量应当在3.0%以上。而果奶属于含乳饮料，是牛奶添加2倍水，再加入糖、香精、增稠剂及其他配料制成，按照中国标准，其蛋白质含量不低于1%即可，营养价值大大低于真正的牛奶。因此并不能用它们来代替牛奶。而且，有些果奶的果味并不是真正的水果味，而来自于人工添加剂，长期食用对宝宝的健康非常不利。同时这些饮料中含有较多的糖分，经常饮用会造成宝宝食欲不振，甚至患上厌食症等。

## 2～2.5岁幼儿的饮食特点

宝宝2岁以后，应该不断地增加食物的品种和花样，这样既可以激发宝宝对食物的兴趣，又可以保证饮食均衡。在保证食物新鲜，色、香、味俱全以增进宝宝食欲的同时，还要把食物切碎、煮烂，以利于幼儿对食物的咀嚼、吞咽和消化。还要注意去除原料中的鱼刺、硬骨、硬核等，烹调手段应以蒸、煮、炖、炒为主，口味宜清淡。另外，要注意给宝宝补充含碘丰富的食物，如海带、紫菜等。因为碘是人体制造甲状腺素所必需的成分，甲状腺素可以调节新陈代谢、促进幼儿神经系统和智力的发育。

## 幼儿饮食必须注重粗细搭配

人们所吃的粮食大体分为粗、细两种。粗粮指玉米、小米、高粱、豆类等，细粮指精制的大米及面粉。1～3周岁的幼儿仍处于快速生长发育期，在此期间，保证饮食平衡合理对他的健康成长至关重要。有些父母错误地认为越精细、越高级的食物越有营养，因此在给幼儿制做食物时总是"不厌其精"，不加控制地给宝宝补充高热量、高蛋白的食物，从而使许多幼儿营养过剩，患上了"儿童肥胖症"。另外，食物经过精细加工后，会失去多种营养成分，从而容易造成营养成分单一，这与幼儿成长对营养多样化的要求不相符合。所以，幼儿饮食，必须要注意精细搭配。

## 2～3岁幼儿的饮食特点

在此期间，宝宝出齐了20颗乳牙，咀嚼能力大大增强，可以直接吃许多大人的食物了，如馒头、面条、饺子、鱼肉等。但是根据中国营养专家的研究，6岁儿童的咀嚼能力只能达到成人的40%，10岁时也只能达到75%。因此，在制作食物方面还需要给予特殊照顾，此时，对于较硬的食物仍然不能食用，有些食物还需要为宝宝单独做，如米饭要焖得软一点，肉要切得碎点、炖得烂点，千万别为了省心而造成宝宝营养不良。2岁半时，幼儿仍处于快速生长期，肌肉的发育非常明显，尤其腹部、臀部和背部的肌肉更为突出，因此，为了满足宝宝生长发育的需要，应该注意给宝宝补充充足的营养素。另外，如果此时营养素补充不足，宝宝还容易患贫血、佝偻病等。

## 2～3岁幼儿每天需要补充多少营养素

这个时期的宝宝，活动能力已经相当大，所需要的热量同幼儿早期相比要增多，每天所需的热量大约为1200～1500千卡。为了保证宝宝每天能够获得充足的热量，需要科学地安排好日常饮食。每天需要补充主食150～180克、蛋白质40～50克、脂肪30～50克、牛奶400毫升、新鲜蔬菜200～250克以及水果150～200克。如果宝宝每次的进餐量达不到以上要求，而活动量又比较大，就需要在主餐之外再补充点心，如饼干、糕点等。

宝宝成长的各阶段，对营养的需求有差异。妈妈在给孩子安排好日常饮食的同时，也需要掌握一套宝宝的同步营养方案。

因为开水具有特别的消除疲劳的功能，又因为大多饮料并不适合幼儿饮用，所以开水成为婴幼儿最好的饮料，父母应注意培养宝宝喝温开水的习惯。

## 幼儿不宜多吃冷饮

很多幼儿在夏季非常喜欢吃冷饮，并且是一吃起来就没个够，其实这样对身体健康是非常不利的。因为大量的冷食进入体内后，会对胃肠等内脏器官和咽部造成强烈的刺激，进而引发腹痛、腹泻或咽部疼痛、声音嘶哑等症状，同时还会诱发咳嗽和其他疾病，甚至会引发肠套叠。而且，多数冷饮中都含有人工合成的色素、香精、防腐剂等食品添加剂，其中有些食用色素会影响神经递质的传导，引起小儿多动症，而香精可以引发多种过敏。因此专家建议：如果天气炎热，可通过饮用西瓜水、绿豆汤等为幼儿消暑；对于已经养成贪吃冷饮习惯的宝宝，应教育孩子不要暴饮暴食冷冻食品，每次以100毫升或1根雪糕为宜，不要连续多吃。

## 幼儿不宜饮用哪些饮料

市场上大多数饮料只适合成人饮用，幼儿的体质同成人相比还比较弱，饮用这些饮料会对健康造成危害。不适合幼儿饮用的饮料种类主要有：①兴奋类饮料：如咖啡、可乐等，其中含有咖啡碱，对幼儿的中枢神经系统有兴奋作用，会影响脑的发育。②酒精类饮料：酒精会刺激胃肠粘膜，影响正常的消化吸收功能。另外，酒精对肝细胞有损害作用，严重时会使转氨酶升高。③浓茶类饮料：有些幼儿对茶碱较为敏感，易出现神经兴奋、心跳加快、尿多、睡眠不安等症状。而且茶叶中所含的鞣质能够和食物中的蛋白质结合，从而影响了蛋白质的消化和吸收。④汽水类饮料：这类饮料中含有小苏打，会中和胃酸。胃酸减少时，容易使孩子患胃肠道感染性疾病。同时汽水中还含有磷酸盐，会影响铁的吸收而成为引发贫血的原因。

## 开水是婴幼儿最好的饮料

目前各种各样新奇的饮料层出不穷，使父母眼花缭乱。那么，让宝宝喝什么好呢？正确的答案是温开水。水是人体的六大营养素之一，是人体重要的组成成分，是保持人体内环境稳定的基础，在保持体温和维持新陈代谢等方面，发挥着非常重要的作用。有关研究表明，与各种饮料相比，温开水能够提高脏器中乳酸脱氢酶的活性，有利于较快地降低肌肉中的"疲劳素"——乳酸的含量，从而达到消除疲劳、焕发精神的效果。而且，开水中不含有任何人工色素和添加剂，是一种最经济、最安全的天然饮料。

## 婴幼儿喝什么水好

现在，即使是饮用水也有多种类型，如自来水、矿泉水、纯净水等，在为宝宝选择喝哪种水时，许多父母都会犯难，"连喝水也成问题了。"在为婴幼儿选择饮用水时，要坚持两个原则：一是安全；二是营养。首先，如果当地自来水的质量有保证，最好将自来水煮沸后给宝宝喝，即喝白开水，这是既安全又经济的选择。其次，如果自来水的质量无法保证，可以给宝宝喝优质的桶装矿泉水，但千万不要喝质量无法保证的矿泉水，而且1桶水最好只喝1周，最长不要超过10天，同时每半个月还要对饮水机进行清洗和消毒。另外，婴幼儿不宜长期饮用纯

适宜幼儿饮用，对健康有益的饮料。

净水，因为纯净水中不含矿物质，对孩子的生长发育不利。

## 酸性食物和碱性食物

酸性食品是指能够在体内形成酸性的无机盐（如磷、硫和氯等）或其他营养素，从而使体液呈酸性的食品。我们常吃的精米、白糖、各种肉类、鱼类、蛋黄和啤酒等均为酸性食品。相反，可以使体液呈碱性的食品，称为碱性食品，如我们常吃的各种蔬菜、水果和牛奶等。人们在健康情况下，体液呈弱碱性，如正常人血液的pH值在7.35～7.45之间。人体这个稳定的、弱碱性的内环境是非常重要的，因为只有在这个基础上，机体才可以维持正常的生理功能和进行正常的日常活动。由于幼儿调节体内酸碱平衡的能力相对较低，因此更应重视饮食的平衡，不可偏食，应多吃水果和蔬菜。

## 酸味食物都是酸性食物吗

食物是酸性食物还是碱性食物，并不是按照食物的味道来确定的，而是根据食物在体内经过消化吸收、代谢分解后产物的酸碱性来决定的。红果、柠檬、西红柿虽然吃起来带有酸味，但由于它们在人体内的代谢产物呈碱性，因此属于碱性食物。奶类属于碱性食物，酸奶虽然也有酸味，但应归于碱性食物。糖类尽管带有甜味，但是在体内的代谢产物呈酸性，因此属于酸性食物。

## 食物的酸碱性对宝宝的智力的影响

现在，人们生活水平提高了，许多宝宝经常吃精米、白面、大鱼大肉，而且又非常喜欢吃甜食，不愿意吃蔬菜。这样就会使幼儿体内的酸性物质积聚，内环境恶化，出现不健康的"酸性体质"，孩子出现头晕、焦燥、便秘、失眠、容易疲劳、抵抗力下降、容易患感冒等表现。近年来的研究还发现，

儿童孤独症与过量食用酸性食物有着密切的联系。而且，食用酸性食物过量，还会破坏钾、钙、镁、锌等碱性微量元素，而这些微量元素对维持大脑正常的生理功能有着重要的作用，因此食用酸性食物过量会影响宝宝的智力发育。因此对平时喜欢吃肉类食物的宝宝，就需要鼓励他多吃一些蔬菜、水果、豆类以及菌类等食物，这样有助于宝宝的智力发育。但必须指出，儿童还处于长身体的时期，需要各种蛋白质、脂肪、维生素及矿物质，而这些必需营养素大多数在动物性食物中比较丰富。因此，还要合理安排宝宝的饮食，尽量做到荤素搭配、酸碱平衡，以利于宝宝的的健康成长。

牛奶、水果、蔬菜这类碱性食品幼儿应多吃。

## 为什么要让幼儿多吃蔬菜

　　许多宝宝对肉类食品特别偏爱，对蔬菜却不喜欢。但是，从有益健康考虑，还是要让孩子多吃蔬菜。因为，虽然肉类食品中含有丰富的蛋白质、脂肪、无机盐、微量元素等多种营养成分，但缺乏维生素，尤其是维生素C和纤维素，而且维生素C不能在体内存留，必须每天从膳食中补充。维生素C有利于铁的吸收，有利于提高机体的免疫能力，纤维素有助于锻炼幼儿的咀嚼能力，促进消化液的分泌，特别是胰液的分泌，进而有利于油脂类食物的消化吸收。有的宝宝胃口不好，往往也和不爱吃蔬菜、体内缺乏纤维素有关。另外，纤维素还能够刺激肠蠕动，可以避免发生便秘。因此，为了满足幼儿对维生素C和纤维素的需要，应该让宝宝多吃蔬菜。

## 训练宝宝吃蔬菜

　　许多父母都为孩子不爱吃蔬菜而发愁，不知道怎样才能让宝宝喜欢上营养丰富的蔬菜。其实，孩子不爱吃蔬菜的原因，多数情况下是由于父母的喂养方法不当造成的。因此要解决这个问题，还要从培养正确的喂养方法入手。具体可以从以下几个方面入手：①尽早行动，循序渐进。从宝宝出生后1个月开始，就要给他喂菜汁，然后逐渐过渡到菜泥、菜末，循序渐进，不知不觉中宝宝就会爱上蔬菜了。②花样翻新，先入为主。父母在烹调蔬菜时，要不断地更换品种，变化制作方法，同时在进餐的时候，要先上蔬菜再上肉蛋，这种方法非常有效。③以身作则，谆谆教导。有些父母自己不爱吃蔬菜，而要让宝宝多吃蔬菜，这是非常困难的。父母应该从自身做起，多吃蔬菜。宝宝懂事后，还要不断向他灌输吃蔬菜的好处。我们有理由相信，经过这些努力之后，宝宝一定会喜欢上蔬菜的。

## 烹调蔬菜时的注意事项

　　蔬菜是婴幼儿获取维生素、矿物质和纤维素的主要来源，但是维生素在烹调过程中很容易丢失。因此，为了尽可能地保留蔬菜的营养成分，在烹调过程中应注意以下几点：①选购新鲜的蔬菜。蔬菜应现买现吃，因为在蔬菜的储存过程中，维生素会因发生氧化而被破坏。②先洗后切。由于维生素C易溶于水，而且化学性能不稳定，所以不要切碎后再洗，而应尽量切成大块后再进行清洗。清洗后既不能切得过大，也不宜切成菜末，因为太碎了不利于锻炼幼儿的咀嚼能力，通常切成小碎块即可。③切好即炒，炒好即吃。蔬菜切好后应立即进行烹调，炒好后立即食用，因为放置的时间越长，维生素的损失就会越多。④旺火快炒，少加水。尽量减少烹调时间，这样可以充分保存蔬菜中的维生素。另外，在烹调时可加少量醋，这样能够起到保护维生素C的作用。

## 烹调肉类时的注意事项

　　肉类中含有丰富的蛋白质，烹调时可以先在淀粉中搅拌一下，这样既可以减少蛋白质的丢失，还可以使肉质鲜美。幼儿的咀嚼和消化能力还无法同成人相比，因此在切肉时应切成细丝、薄片或小丁等。在烹调肉类时最好用铁锅，这样对预防宝宝患贫血有一定的好处。对于质地较硬的肉，如牛肉需要切成小块，炖烂后再让宝宝食用。制作鱼肉时，由于幼儿还不能熟练地吐出鱼刺，所以一定要先将鱼刺去除干净后，再进行烹调。另外，在烧鱼或炖骨头时最好加点醋，这样有利于幼儿对钙的吸收。

## 水果可以替代蔬菜吗

　　有些宝宝不爱吃蔬菜，父母让宝宝多吃水果，以为这样就可以代替吃蔬菜了。其实，水果是不能完全替代

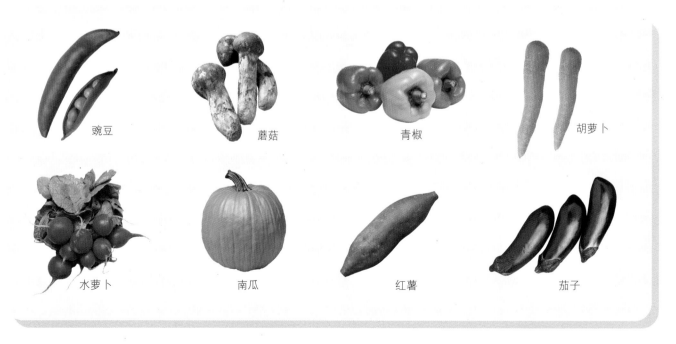

豌豆　　　　蘑菇　　　　青椒　　　　胡萝卜

水萝卜　　　　南瓜　　　　红薯　　　　茄子

蔬菜的。首先，蔬菜中无机盐和维生素的含量一般来说比水果中的丰富。例如人们常吃的香蕉、苹果和梨中，所含的维生素并不多。其次，蔬菜中含有的纤维素要比水果多。纤维素可以刺激肠的蠕动，减少肠道对体内毒素的吸收，可以起到促进排毒的作用。另外，蔬菜中所含的糖分以多糖为主，进入人体后需要经各种酶的作用，水解成单糖后才能被缓慢地吸收，不会使血糖浓度骤然升高。

## 要经常给幼儿吃水果

幼儿常吃水果对身体健康是非常有益的：①水果的营养价值同蔬菜接近，而且可以生着吃，营养素不会像蔬菜那样会经过烹调被破坏。②水果种类丰富，不同种类的水果在营养方面各有所长。例如鲜枣、红果等含维生素较多；桃、杏等含铁较多；橘柑、桔子等含胡萝卜素较多。③水果中还含有机酸，如柠檬酸、酒石酸和苹果酸等，可以帮助消化，促进其他营养素的吸收。另外，水果中的果胶可以帮助人体排出过多的胆固醇。不过，幼儿在吃水果时，不可偏食、多食，还要随着季节变化，吃应季水果，不宜吃与季节不合的水果。

## 幼儿不宜吃水果过量

水果虽然营养丰富，但并不是吃得越多越好，尤其是幼儿。因为吃水果过量，不仅对健康无益，反而会造成伤害。幼儿的胃肠功能较差，食用水果过量，会加重消化器官的负担，导致消化障碍和功能紊乱。而且，水果中大量的糖分需要从肾脏排出，会加重肾脏的负担，严重时，甚至会引起病理性改变。另外，水果的特性各异，过量食用后，表现的症状各不相同，如吃桃过量会引起发热、腹胀、食欲下降；吃梨过量会伤脾胃，引起腹泻；吃柿子过量会出现大便干燥；吃荔枝多了会表现四肢冰冷、乏力、多汗，或腹痛、腹泻等症状，甚至还会出现中毒性休克。

## 幼儿可以吃果冻吗

果冻布丁由于其晶莹剔透、味道鲜美、口感好，而成为许多小宝宝喜爱的食品。其实果冻类食品，虽然名字以"果"字开头，却并不是来源于水果，而是采用海藻酸钠、琼脂、明胶、卡拉胶等增稠剂，加入少量人工合成的香精、人工着食剂、甜味剂、酸味剂等配制而成。果冻的主要成分海藻酸钠，虽然来源于海藻和其他植物，但在提取过程中，经过酸、碱、漂白等处理，许多维生素、矿物质等营养素几乎完全损失。海藻酸钠、琼脂等虽属膳食纤维类，但食用过多会影响人体对脂肪、蛋白质以及铁、锌等无机盐的吸收。而且，果冻中的人工合成色素、香精、甜味剂、酸味剂等，对孩子的生长发育和健康也没有好处。另外，幼儿吃果冻时，还容易将果冻吸入气管内，一旦进入气管，柔软的果冻可以随气管的舒缩而变化形状，不易被排出，进而形成阻塞，使小孩窒息，甚至会危及生命。因此，尽量不要让幼儿吃果冻。

## 抗氧化营养素

在人体正常的生命活动中,机体受到高能辐射、某些药物及致癌物质等的侵害时,可以产生许多具有高度化学活性的自由基。在化学中,那些常常聚在一起的原子群被称为"基"。这种原子群或基通常作为一个整体参加化学反应,并可以在不同的分子之间移动。在一些能量极高的化学反应中,这些基会失去一个电子,开始在机体内到处漫游,成为"自由基"。自由基由于失去了电子,很不稳定,而且又具有很高的能量,往往就会从健康的细胞中夺取电子,使人体的健康细胞被氧化破坏,进而使人体出现衰老和产生各种疾病。抗氧化剂和自由基是一对矛盾体。抗氧化剂具有独特的分子结构,它可以释放电子给自由基,而自身又不会形成有害物质,从而实现清除自由基,保护人体正常的细胞、组织不被氧化破坏,达到抗氧化的目的,它就如同一个"活雷锋",通过牺牲自己而保护了他人。通常,人们把能够担当抗氧化剂角色的营养素叫做抗氧化营养素。

### 常见的抗氧化营养物有哪些

重要的抗氧化性营养物包括部分维生素、微量元素和酶。维生素C是一种自由基清除剂,能发挥抗氧化功能,从而增强机体的免疫力,提高人体对疾病的抵抗能力,同时维生素C还有解毒功能。另外,维生素E也是一种抗氧化营养素。微量元素不是直接的抗

黑葡萄营养丰富,保健功效也很明显,可以适当地让宝宝多吃一些。

氧化剂,但有些微量元素是人体合成抗氧化酶所必需的成分。这些矿物质包括硒、铁、锰、铜和锌等。婴幼儿及儿童的免疫系统还没有发育完善,机体自身的抵抗力较差,因此需要通过饮食补充足量的维生素和微量元素。

### 幼儿可以多吃"黑色食品"

"黑色食品"主要是指表面颜色呈黑色或深颜色的粮食、水果、蔬菜等食品。常见的黑色食品有:黑米、黑芝麻、黑木耳、紫菜、海带、黑枣、黑葡萄等。黑色食品营养和保健功能十分明显。例如黑米是中国稻米中的珍品,古代曾经作为"贡米"献给皇帝。据科学测定,黑米中含有人体需要的多种氨基酸,还含有丰富的铁、钙、锰、

锌等微量元素,经常食用可以显著提高人体内血色素和血红蛋白的含量,对心血管系统能够起到保健作用,而且还有利于儿童的智力发育。因此条件允许的话,可以适当给宝宝多吃一些黑色食品,这对宝宝的健康是非常有好处的。

### 为宝宝补充维生素E

维生素E在人体的生理活动中具有很重要的作用:①抗氧化功能。维生素E是最重要的天然抗氧化剂,是一种强有效的自由基清除剂,可以保护人体细胞膜的结构和功能,可以保护细胞骨架、蛋白质等不受自由基的攻击。②提高机体免疫力的功能。维生素E缺乏会使得吞噬细胞吞噬细菌的功能受到抑制,在构成人体免疫系统的白细胞中,维生素E的含量是红细胞的30倍,维生素E还可以刺激机体产生抗体。③维护生育功能。维生素E与人体性器官的成熟和胚胎的发育有关,因此又叫生育酚。对婴幼儿来说,维生素E的补充非常重要,它可以提高婴幼儿的免疫力,从而预防疾病的发生。植物油和谷物是人体获得维生素E的主要来源。另外,绿色蔬菜、豆类中维生素E的含量也很丰富。

### 幼儿不宜吃巧克力

巧克力味道鲜美,因而许多家长都喜欢给宝宝吃巧克力。事实上,巧克力中所含营养素的构成比例并不符合儿童生长发育的需要。平均每100克巧克力中含糖65克、脂肪27克、蛋白质5克、钙95毫克、磷190毫克、铁3毫克和极少量的维生素$B_1$、$B_2$,通过以上数据可以看出,巧克力的主要成分是糖和脂肪,而儿童生长发育所需要的营养素主要是蛋白质、维生素、无机盐等。另外,巧克力中的脂肪含量偏高,如果摄入巧克力过多,就会使宝宝产生饱胀感,进而会影响他对其他营养素的吸收,孩子会出现食欲减退、大便干结、发胖等表现。而且,巧克力中还含有能够使神经系统兴奋的物质,会使孩子兴奋,不易入睡。因此儿童不宜多吃巧克力,特别是对3岁以下的幼儿,最好不要吃巧克力。

## 幼儿不宜多吃油炸食物

人们平常爱吃油条、油饼、炸鱼、炸肉及炸鸡蛋等油炸食物，由于这些食物色、香、味俱佳，所以一些小孩也非常喜欢吃，但是这些食物只可以用来给宝宝调节口味，却不能经常吃，更不应成为幼儿日常的早餐。原因在于：首先，油炸食物经过高温制作，其中维生素等营养成分会受到严重破坏，经常吃这类食物，会造成维生素等营养物质缺乏。其次，有些食物如鱼、肉类等，动物性脂肪、蛋白质经过高温油炸后，还会产生一些有害物质。最后，油炸食物表面包着一层脂质，不容易被消化吸收。而幼儿的胃肠消化能力较弱，吃油炸食物太多，胃肠道负担会太重，进而造成消化不良、腹泻、食欲下降等症状。

## 幼儿不宜吃汤泡饭

很多家长在吃饭时想让孩子吃得快一点，容易消化一点，就在米饭中加一些汤或水泡着吃。这种做法很不科学。因为用汤泡过的米饭在口中还没有被充分嚼烂，就连同汤一起被咽下去，这样不仅加重了胃的负担，而且过量的汤水又会将胃液冲淡，从而影响胃的消化功能。长期吃汤泡饭甚至还会引发胃病。所以，父母千万不要让孩子养成吃汤泡饭的习惯，吃饭时不要催促，要让孩子养成细嚼慢咽的好习惯。

## 幼儿不宜吃坚果

坚果类食物，如花生、瓜子、开心果、榛子、核桃仁等，含有较丰富的油脂和人体需要的必需脂肪酸、B族维生素、微量元素锌等，而且经过加工制作后，吃起来味道又特别香美，因此受到大多数儿童的喜爱。但是，由于幼儿年龄小，咀嚼功能发育不完善，而这类食物的硬度较大，咀嚼起来非常困难，而且不小心还容易被幼儿吸入气管，导致呼吸困难、窒息，甚至可能会危及生命。因此，3岁以下的幼儿不宜吃坚果，如果想要给宝宝补充这类营养，可以购买由这些食物制作的糊状食品，如核桃粉、花生奶等。但需要注意的是，这类食物油脂含量高，大孩子也不宜多吃。

花生、核仁等坚果类食物含有人体需要的脂肪酸。除可购买糊状食品外，给幼儿食用，家长还可自己加工，比如将其弄碎、泡软后再让宝宝吃。

## 幼儿多吃零食坏处多

有不少家长抱怨自己的宝宝非常嘴馋，一看见零食就会走不动路，一吃起来就没够。吃零食过多对宝宝的健康和生长发育是非常不利的。首先，零食吃多了，宝宝在正常的进食过程中，自然就会没有食欲，因此时间长了就很容易造成厌食。其次，通常零食的营养成分是根本无法同主食相比的，如果长时间过量地吃零食，就会使宝宝患营养缺乏症，影响宝宝的健康和生长发育。最后，那些非正规厂家生产的，以及街头巷尾叫卖的零食，不仅可能含有各种添加成分，而且产品本身也难以保证质量，如果常常吃这些零食，会容易引起宝宝出现胃肠功能紊乱、肝肾功能受损，甚至有可能诱发癌症。

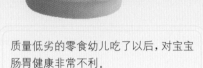

质量低劣的零食幼儿吃了以后，对宝宝肠胃健康非常不利。

## 如何给宝宝合理安排零食

因为幼儿的胃容量较小，活动量却较大，又处于生长发育期，所以对食物的消化吸收特别快，有些父母会发现宝宝只要活动一会儿就会喊饿。因此，适时、适量地给宝宝吃点零食，可以满足宝宝对营养的需要，对宝宝的成长是有益的。对幼儿来说，零食不是不可以吃，而是要进行科学的选择和合理的安排。首先，为宝宝选择零食时，如果条件允许，应尽可能自己为宝宝制作一些零食，如豆包、面点、干果等，这样既经济又安全，还能保证宝宝营养均衡。其次，如果要购买零食，一定要选择正规厂家生产的，并且在保质期内的零食；再有，吃零食的时间安排要合理，零食应安排在两餐之间或较大运动量的活动之后，这样能够起到补充营养的作用。但在正餐前、临睡前、看电视时则不宜吃零食。最后，吃零食一定要适度，不可过量，以免影响正常就餐和宝宝的食欲。

### 吃甜食过多会影响食欲

通常，人们吃甜食时感觉到有甜味，是由于食物中含有一定量的蔗糖。蔗糖是一种双糖，由两个分子的单糖缩合而形成。蔗糖进入人体后，只需要很短的时间就可以分解成两个分子的单糖即葡萄糖，之后葡萄糖被吸收进行血液，血糖浓度迅速上升，刺激人体的食欲中枢，产生饱感。因此，如果吃甜食过多，就会影响食欲。与此相反，人们通常吃的主食如大米，面粉等的主要成分是淀粉，淀粉是一种多糖，在人体消化道内需要经过较长时间才能被缓慢地分解成葡萄糖，进而被人体所吸收，所以不会很快产生饱感而影响食欲。因此，在饭前，特别是在饭前半个小时内最好不要给幼儿吃甜食。另外，吃甜食不宜过多，否则会对宝宝的健康产生不利影响，并且容易患龋齿。

### 纯热量食物——蔗糖

我们说蔗糖，即平时所说的白糖，是一种纯热量食物，是由于它除了能够供给人体热量以外，不能再给人体补充其他的营养素。与蔗糖营养成分单一不同，我们平时吃的大多数食物都含有多种营养成分，如谷类，除了含有淀粉外，还含有人体必须的植物纤维和蛋白质，而且粗米中还含有维生素 $B_1$、$B_6$ 以及钙、磷等微量元素。因此，幼儿如果营养充足、平衡，就不要多吃蔗糖

宝宝吃冰激凌之类的冷饮甜食要适量或少吃，吃太多对宝宝的健康不利。

类食物，特别是身体较肥胖的宝宝，更不应该多吃甜食。通常，幼儿每天蔗糖的摄入量不应超过15克。但幼儿可以适量服用红糖，这样既可以增加食欲，又可以补充身体必需的核黄素、胡萝卜素以及钙、锌、铁等营养素。

## 幼儿多吃甜食容易患龋齿

幼儿多吃甜食容易患龋齿的原因在于：甜食中含有较多的蔗糖，蔗糖很容易附着在幼儿的牙齿上，而且糖的粘度又比较大，很难清除掉，有利于细菌的滋生和繁殖。而且这些糖份在细菌的作用下很快会变成酸，而幼儿的乳牙刚刚萌出，发育还不完善，钙化程度低，耐酸性差，自然就更容易被腐蚀。另外，幼儿乳牙硬组织的厚度只有2毫米，龋洞很容易穿透牙齿表层进入深层，因此一旦牙齿发生病变，其进展速度要比成人快得多。所以如果宝宝患了龋牙，一定要及时治疗。

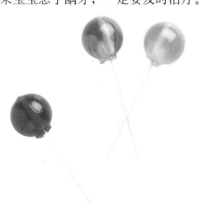

有些甜食含有添加剂，父母要限制宝宝多吃。

## 幼儿不宜常喝葡萄糖

日常生活中,有许多父母误认为葡萄糖营养丰富而把它当作幼儿饮食的滋补品,无论是喝牛奶,或是吃粥,甚至喝水时都要放点葡萄糖,认为这样对宝宝的健康有好处。其实,这种做法并不科学,而且还对宝宝的健康不利。人体所摄入的各种碳水化合物(包括糖和淀粉)都不能被直接吸收,需要在肠道内经过消化酶的作用后分解成葡萄糖,才能够被人体所吸收。如果直接饮用葡萄糖,就可以不必经过消化酶的作用,直接被吸收而进入血液。如果长期给幼儿饮用葡萄糖,就会破坏人体正常的消化机能、减少消化酶分泌的机会,使消化系统的功能减退,影响宝宝对日常食物的消化吸收。因此,不可以长期给宝宝饮用葡萄糖。

## 幼儿为什么会厌食

父母经常会碰到这样的问题:到了用餐时间,宝宝总是拖拖拉拉,吃什么都不香,连哄带骗也不起作用,甚至出现偏食、拒食。造成幼儿厌食有多种因素:①疾病因素。消化道疾病可以直接影响宝宝的消化功能,进而引发厌食,如胃炎、肠炎、肝胆疾病等。微量元素如铁、锌和维生素 $B_1$ 等缺乏时,会引起幼儿食欲降低,甚至导致厌食。另外,长期感染或慢性疾病如克汀病,也可引起厌食。②不良的饮食习惯。幼儿吃零食、甜食、油腻食物过多,都会导致厌食。需要指出的是,不良的饮食习惯也是引发幼儿厌食最常见的原因。③活动不够。受现代居住环境的限制,幼儿之间的交往活动不如过去频繁,缺乏足够的户外活动,能量消耗少,自然吃得就少。④心理精神因素。许多幼儿厌食是因为家长过分溺爱或教导不当,缺乏正常进食的心理所致。例如听任孩子边吃饭边看电视;在吃饭时间批评、责骂孩子等。另外,宝宝在1周岁以后,随着生长发育速度的减缓,食欲也会有所降低。

## 为什么幼儿适宜常吃醋

食醋中含有多种营养素,其中含有的醋酸可以抑制多种细菌的生长和繁殖,能够起到杀菌防病的作用。同时,食醋还有帮助消化、增强食欲,开胃保健的作用。在烹调蔬菜的过程,如果加点醋,还可以起到保护维生素C的作用,使大部分维生素C都可以保留下来。在煮、炖食物的过程中加点醋,可以使骨质中的钙、磷等微量元素最大限度地溶解在汤里,有利于食物中营养素的吸收和利用。另外,食醋还有利于机体的新陈代谢,调节体内的酸碱平衡。因此在幼儿的膳食中应经常添加点醋,但由于食醋有一定的刺激性,因此不可过量。

## 幼儿为什么会偏食

从2岁开始,孩子开始对某些食物产生偏爱,而对其他食物不感兴趣,甚至拒绝吃他不喜欢的食物。常见的偏爱现象有:只爱吃肉类,不爱吃米饭和蔬菜;或只爱吃素菜,而不爱吃肉类;还有只爱吃水果,而不爱吃蔬菜等。造成幼儿偏食的原因有:①父母的影响,这是幼儿偏食最常见的原因。有些父母自身就有偏食习惯,经常在宝宝面前挑这挑那,孩子在这些不良习惯的影响下,不知不觉也就养成了偏食的习惯。②过份溺爱。现在人们的生活水平提高了,食物品种日益丰富,大多数宝宝又是独生子女,因此宝宝想吃啥就买啥,跟着孩子的感觉走,这样很容易造成偏食。③食物过于单调。有些年轻父母不够勤快或工作忙,经常只做几种饭菜,孩子要么吃腻了,要么习惯了,偏食也就形成了。

## 正确对待幼儿偏食

俗话说:"偏食的孩子饿不着",如果幼儿有偏食现象,但只要能够获得充分、平衡的营养,不影响孩子正常的生长发育,那么这只不过是一种不良习惯,对宝宝的健康并没有什么危害,父母也就没有必要过份担心了,只需要在日常饮食中注意以下几点:①父母要从自身做起,消除自己在饮食上的挑食行为,孩子自然也就不挑食了。②按照平衡饮食的要求,注重食物的相互搭配和多样化。③有意识地消除孩子对某些食物的恐惧心理,引发他对某些食物的兴趣。例如有些宝宝怕被鱼骨刺伤,因此,家长应当着孩子的面把鱼刺去掉,并带头吃鱼。如果偏食现象严重,影响到孩子的健康,出现营养不良、便秘、贫血等症状时,就需要在医生的指导下进行治疗了。

幼儿偏食如果处理不当,对幼儿的心理影响也很大。

## 培养幼儿形成良好的饮食习惯

培养幼儿形成良好的饮食习惯应注意：①培养孩子对食物的兴趣和好感。幼儿期的宝宝已经不像婴儿期那样没有好恶感了，因此大人不要当着他的面指责某些食物不好吃、没有营养，以免引起他对这些食物的厌恶感，养成挑剔饭菜的坏习惯。相反，要经常给宝宝讲解各种食物的好处，培养他对食物的兴趣。②不断变换食物的种类和制作方式，培养宝宝对各种各样食物的爱好。③幼儿的进餐时间不宜过长，不要边吃边玩，应尽可能地让他与大人一起进餐，形成良好的进餐氛围。④饭前不要吃零食，尤其不要吃甜食，以免影响食欲。⑤要从小培养孩子形成饮食讲卫生的好习惯，如饭前要洗手、水果要洗净后再吃等。另外，还要训练幼儿自己用勺、筷进餐，尽早养成独立进餐的习惯。

## 为宝宝创造一个良好的进餐氛围

给幼儿创造一个良好的进餐氛围，使他在欢快、轻松的情绪下进食可以促进消化酶的分泌，并提高其活性，从而增进孩子的食欲，避免出现厌食、偏食现象。父母可以从以下几个方面来努力：①饭前要让宝宝保持愉快和稳定的情绪，不要做影响宝宝情绪的事情，如不要让他在饭前猛玩，如果宝宝比较疲劳，可以先休息一会再就餐。②吃饭时千万不要训斥孩子，同时父母之间也不要讲一些不愉快的事情，否则这些不好的情绪也会传染给孩子。③父母不要为了刻意创造"愉快"的气氛，在吃饭时逗宝宝笑，这样不仅会使孩子的消化液分泌减少，影响食欲，而且还可能使宝宝将食物呛入气管而发生意外。④如果孩子

已经有挑食、厌食的习惯，在进餐时不要大惊小怪，而应顺其自然。要在平时进行教育，同时在饮食结构上进行合理的调整。另外，对孩子进餐时的一些好的行为要及时加以赞扬，以提高其进餐的积极性。

## 幼儿饮食宜清淡

幼儿的饮食要以清淡为主，不能加盐过多。原因在于幼儿的肾脏还没有发育完全，如果在饮食中加盐过多，就会加重肾脏的负担，对宝宝的肾功能造成损害。而且，食盐的钠离子能够促进钾离子的排出，吃盐过多，会造成钾离子的流失，使宝宝出现疲劳、倦怠和嗜睡等症状。营养学家建议，1～6岁的儿童每天食用食盐的量不应超过2克。从幼儿起，就应让宝宝习惯食用清淡口味的饮食，这对他的未来健康非常有益，可以预防高血压、肾

脏病、动脉硬化等疾病的发生。另外，还应该尽量避免让幼儿吃腌制食品、食用罐头和含钠高的人工食品。

## 蛋黄是补铁佳品吗

微量元素铁在人体细胞的能量代谢中发挥着举足轻重的作用，而且在神经细胞的生长、增殖、分化等过程中也发挥着重要作用。缺铁会引起儿童贫血，影响宝宝的体格发育，甚至还可能会影响其智力发育。蛋黄中含铁量较高，但是铁的吸收率较差。婴儿期，宝宝的消化功能差，蛋黄质地细腻，易于消化，而且做法简单，所以在添加辅食的过程中居于主导地位。但是随着宝宝的长大，蛋黄就不能再作为补铁的首选了。

蛋黄

## 幼儿如何补充铁

随着幼儿体重的不断增加，体内的血容量和红细胞数量也在不断地增多，而且红细胞的寿命只有120天，因此需要不断地有新的红细胞来替换衰老的红细胞。红细胞的主要成分是血红蛋白，而血红蛋白需要靠食物中的蛋白质和铁来合成，因此需要持续不断地给幼儿补充含有血红素铁的食物。瘦肉和动物内脏中含有丰富的血红素铁，而且吸收利用率高，是补铁的最佳食品。一般来说，肉类的颜色越红，其中所含的血红素铁就越多。其中心、肝、肾等内脏和动物血中所含的血红素铁最为丰富。因此，幼儿需要经常吃一些瘦肉及动物内脏来补充铁。

## 幼儿饮食对智力发展的影响

脑是人体的神经中枢，是人类的智慧之源。研究表明，决定脑功能优劣的因素，虽然与遗传、环境、智力训练等有关，但80%以上还是取决于营养。进一步的研究发现，有8种营养素对脑的健全发育发挥着很重要的作用：充足的脂肪可以使脑的功能发育健全；充足的维生素C可使脑保持敏锐力；充足的钙能使大脑持续工作；糖是脑活动的主要能源，而过量又会影响脑的正常发育；蛋白质是脑智力活动的物质基础；维生素B族物质可以预防精神障碍；维生素A能促进大脑发育；维生素E能保持脑的活力。另外，其他各种营养素如牛磺酸、卵磷脂、碘、铁、锌等在脑的发育中也发挥着重要作用。幼儿正处于脑发育期，为了提高其智力水平，保证脑的健康发育，需要有平衡、充分的饮食来保证，让宝宝"吃"出聪明来。

# 强化食品和营养补充品的使用

目前强化食品的种类很多，家长面对琳琅满目的食品，不知买哪种好。挑选强化食品时有一些原则家长需要注意。

## 如何选择营养强化食品或营养补充品

宝宝是否需要食用营养强化食品或营养补充品？如果需要，应该为宝宝选择哪一种呢？这需要根据宝宝的自身情况有的放矢地进行选择，切忌盲目地追随广告滥用营养强化食品或营养补充品。选择营养强化食品和营养补充品最好的方法是带着宝宝到营养咨询机构或者有能力进行儿童营养状况评价的医院，对孩子营养状况作一个全面的评价，了解宝宝的具体情况，再针对评价中出现的具体问题购买和使用相应的营养强化食品或营养补充品。在选择营养强化食品和营养补充品的时候，重要的是看产品是否能满足宝宝的需要，以及产品是否符合卫生学及营养学标准，如果是保健食品，还要注意是否有卫生部颁发的统一保健食品的标识。

## 维生素强化剂

目前在中国应用较多的维生素类强化剂包括维生素A、D、$B_1$、$B_2$、C和尼克酸等。一般以维生素A醋酸酯及维生素A棕榈酸酯作为强化维生素A的原料，通常以植物油、人造奶油、乳制品、婴幼儿食品等为载体。如近年来，用维生素A、D强化奶防治维生素A缺乏症和小儿佝偻病，取得了很好的效果。现在国产的婴儿配方奶粉、断奶期配方食品、豆乳粉等食品中普遍强化了维生素A。维生素C不稳定，在食品加工过程中易被大量破坏，需要适当强化，强化的载体可选择饮料、果泥、婴幼儿食品等。维生素$B_1$、$B_2$主要强化谷物及其制品和婴幼儿食品。

## 日常食品能被营养强化食品取代吗

需要指出的是，营养强化食品和营养补充品与日常食品是两个不同的概念，绝对不能用这两类食品代替儿童的日常食物。婴幼儿生长发育所需营养成分的主要来源应当是日常合理的膳食。目前市售的营养补充品多是以糖浆为基质的口服液，并且多数情况下其作用并不像产品宣传的那样好。由于大多数产品的含糖量过高，会影响幼儿一日三餐的胃口，对婴幼儿的生长发育没有好处。因此，对绝大多数正常生长发育的幼儿，应为他们提供平衡的膳食。建议用购买营养补品的钱，去购买肉、蛋、奶、新鲜蔬菜和水果等食品更好。

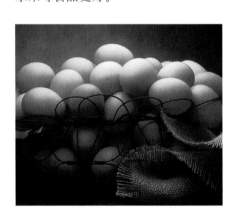

## 为什么要生产强化食品

强化食品就是往普通食品中添加一定比例的营养素，使其中某种或某些营养成分得到强化，从而满足人体的特别需要。根据抽样调查，中国人口普遍存在营养素缺乏或是营养素摄入不平衡问题。以铁为例，中国人群中缺铁人数将近40%。针对这种状况，在联合国儿童基金会、亚洲开发银行

的协助下，卫生部、国家计委等国家八部委联合制定了"公众营养改善项目"，旨在通过推广强化食品来提高中国公众的营养健康状况。该项目共包含4项内容：食用油中添加维生素A；面粉中添加营养素；酱油中添加铁；婴幼儿食品中添加营养素。经过多年调查研究确定的面粉、食用油、酱油、食盐和儿童辅助食品的营养强化，确定维生素A、维生素$B_1$、维生素$B_2$、叶酸、铁、碘、锌、钙等9种营养素为添加的主要强化剂。

## 不能滥用强化食品

不少父母认为，给宝宝添加营养素越多越好，其实这种观点是错误的，专家告诫，营养素在人体内都有一定的含量和比例，如果超出正常的数值，就会出现一些副作用。如维生素A、D食用过量，可引起毒性反应；维生素D和钙同时吃，会形成钙的沉积，严重的会造成肾衰竭；氨基酸长期不平衡，会降低人的抵抗力。因此，食品中哪些营养成分需要强化，必须根据食品的营养成分与宝宝必需营养素的合理构成来决定。食用强化食品的儿童需具有食用强化食品的适应症，应通过医学鉴定确认某种营养缺乏，并确定选用何种强化食品。而食用强化食品还有时间限制，如已解除某种营养素的缺乏，即应及时停用，否则会造成某种营养素过多而导致中毒症。

## 宝宝该不该吃强化食品

生长发育所需要的养分应首先来自于自然食品，这是为儿童提供营养所应遵循的基本原则。这些食物包括

粮食类（粗、细粮搭配吃），畜与禽类的肉与内脏，鱼、蛋类、奶类、蔬菜及水果等，而且应按一定的比例搭配，并采用符合儿童消化能力的烹调方式，尽量让孩子吃好。只要做到食物品种多样化、数量足、质量高、营养全、食物营养素含量比例合适，烹调、制作科学合理，加上不挑食、不偏食，孩子完全可以均衡地获得机体所需要的各种营养物质，无需使用强化食品。当然，由于儿童个体之间有较大的差异，有的孩子生长发育过快，需要的营养素较多；有的孩子胃肠道吸收功能较差；而有的孩子可能存在挑食、偏食等不良饮食习惯，导致食谱狭窄，出现营养素缺乏的情况，如缺钙、缺锌、缺铁等，此时合理地选购强化食品，扩充孩子的营养补充渠道，就有必要了。由此可见，给不给孩子吃强化食品不能一刀切，应根据孩子的具体情况来决定。

## 选购强化食品的原则

选购强化食品的原则：①是针对性，即补充的务必是孩子所需要或者缺乏的养分。人工喂养的婴儿，理想的食物是牛奶，但牛奶中维生素D不足，不妨选用强化维生素A、D的牛奶，可以有效地增强宝宝的抗病能力，并且还能预防佝偻病的发生。如果孩子偏食、挑食或膳食中某种或几种营养素供给不足或缺乏时，除增加富有这种营养素的食品外，还可以采用添加这种营养素的食品，如B族维生素强化的面粉、面包等。孩子究竟缺乏哪种营养，应经过医生检查、确诊，然后再选用相应的强化食品。②是平衡性，即强调各种养分的补充比例必须合理，不能偏补或过补。食物中各种营养素之间有着十分复杂的关系，如过多的铁摄入会加快维生素E的氧化；过多的钙摄入会影响锌的吸收，因此原则上小儿要吃平衡膳食。③是安全性，即注重所选购的强化食品质量合格，符合卫生标准。家长购买强化食品一定要去正规商场，选用国家批准、卫生部门验收合格、生产日期不过期的品牌。总之，强化食品既不是营养药，也不是防病的保健品，家长不应随意购买，当作一般食品给孩子吃，要主动接受医生的指导，以防出现偏差。

## 孩子成长是不是不补不行

在中国城市儿童消费中，营养保健品竟占到20%左右，说明少儿食用保健品正逐渐成为时尚。父母对孩子健康舍得投入的比例增大，儿童进补的标准化问题显得日益突出。首先，儿童是否需要进补？应该到医院检查，通过科学诊断才能决定。其次，补什么，什么时候补，补多大剂量？不要轻信广告，应当遵医嘱。有一种"吃钙长个儿"说法的，是不确切的。父母如果怀疑孩子缺钙，可先到医院查查血钙水平、骨密度，根据具体情况决定补充的剂量。有些广告一定程度上的误导和父母认识上的误区，造成目前少儿"进补"保健品热，许多专家都对此表示担忧。其实，儿童营养不平衡主要是由于不良的饮食习惯造成的，其所缺微量元素最好从饮食中摄入，而非单纯药补。

## 补充多种营养素的效果优于单一补充吗

有很多营养素之间会发生相互作用，还有一些营养素在摄入过多时可能会出现中毒症状，同时还会干扰其他营养素的吸收利用，所以在选择营养强化食品和营养补充品时应该注意营养品之间的搭配和剂量问题。为儿童选择营养强化食品和营养补充品时，一定要注意该产品中强化营养素的剂量和合理搭配。特别是同时服用多种营养强化食品或营养补充品时，应该计算通过1日所吃的全部营养强化食品或营养补充品（有时还要包括日常食品中的营养素）中摄入各种营养素的总量，不能按各自单独计算。这就是说每日仅服用1～2种营养强化食品或营养补充品，强化营养素的摄入量不至于过高，但是如果数种营养强化食品和营养补充品同时服用，就会导致某种营养素的摄入量过高，时间长了还可能会发生中毒，这样的问题特别需要引起父母的注意。

## 氨基酸及含氮化合物的作用

在宝宝所必需的8种氨基酸中，有1种供给不足或缺乏就会破坏体内氨基酸的平衡，影响蛋白质的合成过程。宝宝的膳食以植物性食物为主，谷类食物仍是目前膳食蛋白质的基本来源。谷类食物中赖氨酸含量很少，特别是玉米蛋白中赖氨酸和色氨酸缺乏的情况最为突出。为解决谷类赖氨酸的不足，提高蛋白质的利用率，可在各类谷物中强化赖氨酸。在面粉中加入0.2%赖氨酸，可使面粉中可利用蛋白质由3.2%提高到5.3%；在大米和玉米中强化0.3%的赖氨酸，可将其可利用的蛋白质分别由4.5%和3.0%提高到7.6%和5.1%。需要注意的是，添加的赖氨酸不宜过量，以免造成新的氨基酸不平衡。除赖氨酸外，也可以强化其他几种必需氨基酸，但是添加的量不宜过高。

## 碘的安全使用

碘缺乏对宝宝健康的最大威胁是造成程度不同的脑发育落后。通过食盐加碘防治碘缺乏病是预防碘缺乏的主要途径。加碘盐被证明是最有效的改善宝宝碘营养状况的方式。使用的碘源通常是碘化钾和碘酸钾，用于加工碘盐的食盐必须符合国家标准。碘化钾溶解度很大，使用方便，含碘量高，但很不稳定，容易损失。碘酸钾非常稳定，在水中溶解度较低，不易从碘盐里丢失。由于通过碘盐摄入的碘已能满足人体需要，故不提倡摄入其他的补碘营养品。

## 宝宝为什么要补钙

有些宝宝的膳食组成以植物性食物为主，含钙量丰富的食物不多，植物性食物含磷较高导致钙磷比值不适当，不利于钙的吸收利用；同时植物性食物中存在较多的植酸、草酸等不利于钙吸收的因素，这就使本来含钙就偏低的膳食中的钙更不能很好的吸收利用。如不改变膳食习惯，增加乳及乳制品的摄入量，单纯依靠食物来源，难以满足宝宝机体对钙的需要量。强化钙源较多，有碳酸钙、乳酸钙、磷酸氢钙、葡萄糖酸钙、磷酸钙等。也可利用符合卫生标准的骨粉、蛋壳粉等。可以选择的载体有谷类及其制品，如饼干、面包，方便面，可按一定比例把碳酸钙添加到面粉中；也可以选择饮料和婴儿食品等作为载体。

## 含钙丰富的食物

奶类是含钙丰富的食品，所含的钙也容易被人体吸收。绿叶蔬菜含钙质较高，如油菜、雪里蕻、空心菜等，食后吸收也比较好，蔬菜中的草酸与钙结合成草酸钙，影响钙的吸收，给孩子食用绿叶菜时，最好在洗净后用开水烫一下，这样可以去掉大部分草酸，有利于钙的吸收。海产品、豆类及豆制品含钙也比较丰富，每100克黄豆中含钙360毫克，每100克的豆皮含钙质284毫克，此外，芝麻酱含钙也较多。蛋白质可促进钙的吸收，所以还应多吃些富含蛋白质的食物，特别是动物性食物。

## 如何补充钙剂和维生素D

宝宝在婴幼儿时期是生长发育最迅速的时期，尤其是骨骼增长很快，及时补充钙剂和维生素D预防佝偻病的发生就显得尤为重要。如何补充钙片和鱼肝油滴剂呢？纯母乳喂养的婴儿在4个月以内是不需添加任何营养素的（包括钙和维生素D），母乳中所含的营养成分完全可以满足4个月内的婴儿需要。如果是人工喂养的宝宝应在出生后两周就开始补充鱼肝油和钙剂。鱼肝油中含有丰富的维生素A和D，我们通常使用的是浓缩鱼肝油，开始时可每日1次，每次2滴，根据宝宝的消化状况，如果食欲、大小便等无异常改变，逐渐增至每日2次，每次2～3滴，平均每日5～6滴，维生素D的补充每日不能超过800国际单位，否则长期过量补充会发生中毒反应。如果是早产儿更应及时、足量补充。补充鱼肝油滴剂时，可以用滴管直接滴入宝宝口中。

## 需要添加含蛋白质丰富的食物吗

蛋白质是构成人体的重要物质，身体中各种组织、肌肉、骨骼、皮肤、神经等都含有蛋白质。宝宝生长的物质基础是蛋白质，因此，就要多给宝宝添加含蛋白质丰富的食品。含蛋白质多的食物包括：牲畜的奶，如牛奶、羊奶、马奶等；畜肉，如牛、羊、猪、狗肉等；禽肉，如鸡、鸭、鹅、鹌鹑、驼鸟等；蛋类，如鸡蛋、鸭蛋、鹌鹑蛋等及鱼、虾、蟹等；大豆类，包括黄豆、大青豆和黑豆等，其中以黄豆的营养价值最高，它是婴幼儿食品中优质的蛋白质来源之一。给宝宝添加辅食时，以上食品都是可供选择的，还可以根据当地的特产，因地制宜地为宝宝提供蛋白质高的食物。

## 儿童疾病与食品添加剂有关

近年患紫癜病的儿童明显增多，研究表明，儿童患紫癜可能与多种食品添加剂有关。紫癜是一种免疫系统疾病，可引起人体全身性出血，严重者出现呼吸道、胃肠道出血，并累及肾脏、大脑等关键器官，不易治愈。通过儿童患者的跟踪调查和流行病学研究发现，这些患儿都爱吃膨化小食品，有的竟以小食品代替一日三餐。医生们禁止这些患儿再吃小食品，并辅以药物治疗，结果90%以上的患儿痊愈或症状减轻。食品添加剂分天然和人工合成两大类。目前，不少小食品加工厂和"黑加工点"为了减低成本、牟取暴利，常常用人工合成添加剂代替天然添加剂，或超量添加，以使小食品达到香、酥、脆等特殊效果。而超量使用人工合成添加剂可导致过敏、畸型或细胞突变。由于儿童尤其是婴幼儿的免疫系统发育尚不成熟，肝脏的解毒能力较弱，极容易对小食品中的添加剂产生过敏反应。

### 维生素——不容忽视的助长因素

宝宝每天需要的各种维生素的数量虽然极少，但缺少了某一种维生素就会发生疾病。维生素A促进机体生长发育，缺乏会发生干眼症、夜盲症、皮肤和粘膜角化症、骨骼和牙釉发育障碍。维生素D促使骨骼正常发育，缺乏会发生佝偻病和骨质软化症。鱼肝油以及动物肝脏、蛋、奶中含有较多的维生素A和维生素D。维生素$B_1$可增进食欲和促进生长发育，缺乏可发生"脚气病"，出现食欲减退、水肿、血压下降、抽搐和心力衰竭，吃糙米或粗面可以得到较多的维生素$B_1$。维生素$B_2$促进身体的氧化过程，缺乏时可发生口角炎、舌炎、眼睛角膜混浊或长期腹泻。肝、蛋、乳、肉、豆腐中含有较多维生素$B_2$，绿叶蔬菜中含少量维生素$B_2$，酵母中含量极高。维生素C功能很多，它能保护血管壁细胞，促进铁吸收，抗御传染病，维持牙齿、骨骼的健康，缺乏维生素C易发生贫血和坏血症，使机体抵抗力下降，易感染。新鲜的水果、蔬菜含有丰富的维生素C。

## 宝宝进食的量满足营养需求吗

怎样知道宝宝进食的量是否满足营养需求，最简单的方法就是监测体重增长。如果宝宝体重增长明显变缓或停止，在没有原因（如疾病）可解释的情况下，孩子就可能存在营养摄入不足，应尽早带孩子去医院检查。体重正常增长的孩子，通常能够建立正常的反馈机制来感知饥饱，并调节对食物的需求量。家长应尊重孩子的要求，当孩子说吃饱了以后，千万不要强迫或哄骗孩子多吃。家长应该注意的是，学龄前儿童由于胃容量较小，每次的进食量少，有必要少食多餐。

## 宝宝营养不良导致心绪不定

许多宝宝由于营养不良常常会引起抑郁、忧愁、紧张等不稳定情绪。因此，家长平时应多关心宝宝的营养，促进宝宝健康成长。儿童和成人所需要的营养数量并不是按体重比例计算的。儿童摄取食物，除了需要丰富热量外，由于发育时期身体组织长得快，还需要大量的蛋白质。此外，像钙、铁和各种维生素，按体重比例计算，也都比成人需要量大。如果这些必须的营养供应不足，宝宝便会因为营养不良而出现情绪不稳定，有的甚至还会引发疾病。

## 宝宝营养不良的症状

宝宝营养不良常常表现为：①蛋白质缺乏：宝宝容易疲劳，常伴有贫血，体重减轻，生长发育迟缓，以及对传染病的抵抗力下降等。②脂肪缺乏：宝宝容易患脂溶性维生素缺乏症，包括维生素A、维生素D的缺乏等。③糖类缺乏：宝宝容易发生低血糖，常表现为疲劳、生长发育迟缓。④钙不足：宝宝容易发生佝偻病、骨骼牙齿发育异常，有些患儿可发生低钙抽搐等。⑤钾不足：宝宝常出现肌肉无力，严重的可发生心律失常。⑥食物纤维不足：常表现为便秘等。

宝宝营养好，有健康的身体、灿烂的笑容，父母就开心了。

## 宝宝胃口不好是什么原因

宝宝胃口不好的原因是多方面的，最多见于饮食行为习惯不合理。有的孩子被娇惯得十分任性，想吃就多吃，不想吃就一口不吃，随心所欲。有的家长经常给孩子吃高级糖果、巧克力等，使孩子体内的热量过剩，正餐时食欲也必然会有所减退；有的孩子喜欢吃冷饮，无节制地吃大量冰淇淋，也会影响食欲，影响胃口；有的孩子辅食加得太晚，除了奶之外，其他食品吃不进去。以上种种情况，家长如不及时纠正，日久天长，消化功能受影响，营养素摄入不足，出现营养不良后又加重胃口不好。家长要及时调整教方式，纠正孩子偏食、挑食、吃零食的饮食行为，及时改变孩子边吃边玩的坏毛病，养成定时进餐专心吃饭的良好习惯。

## 要根据宝宝体重调节饮食

体重轻的宝宝，可以在食谱中多安排一些高热量的食物，配上西红柿蛋汤、酸菜汤或虾皮紫菜汤等，开胃又有营养，有利于宝宝体重的增加。已经超重的宝宝，食谱中要减少吃高热量食物的次数，多安排一些粥、汤面、蔬菜等占体积的食物。包饺子和包馅饼时要多放菜，少放肉，减少脂肪的摄入量，而且要皮薄馅大，减少碳水化合物的入量，吃得太多要适当限量。超重的宝宝要减少甜食，不吃巧克力，不喝含糖的饮料，冰淇淋也要少吃，下午的小点心可以减少。但无论宝宝体重过轻还是超重，食谱中的蛋白质一定要保证，包括牛奶、鸡蛋、鱼、瘦肉、鸡肉、豆制品等轮换提供。蔬菜、水果每日也必不可少。

## 宝宝缺了碘怎么办

由于碘在地球表面的分布不均匀，因此碘缺乏也具有地区性，如果宝宝缺碘后果更为严重。碘缺乏最明显的症状是甲状腺肿大，也就是人们常说的大脖子病。在地方性甲状腺肿大流行的地区，宝宝常发生碘缺乏，严重的还会发生克汀病。这种病对宝宝有严重的长期不良影响，包括智力发育障碍、耳聋和聋哑、生长停滞、侏儒和精神异常等。在碘缺乏地区，建议使用碘盐进行有效的预防。缺碘宝宝可以选择含碘丰富的营养强化食品和营养补充品。但是，在非缺碘地区的宝宝通过食盐所摄入的碘已经能够满足机体需要，不需再额外使用碘强化食品和碘补充品，以免造成碘中毒。

## 宝宝缺锌有哪些表现

宝宝在锌缺乏时，可以选择使用含锌较多的营养强化食品和营养补充品。锌是体内许多酶的组成成份或酶的激活剂，缺锌可直接影响机体代谢，使孩子的生长发育受到干扰。主要表现为：①生长发育迟缓或停滞，骨骼发育障碍；②口腔粘膜增生、角化不全和易于脱落，致使味觉下降，直接影响食欲，有的宝宝还会出现异食癖③机体抵抗力下降，创口愈合不良，增加了对感染性疾病的易感性。锌缺乏的儿童由于体内蛋白质的合成少，身高明显低于正常儿童。如果宝宝有上述表现，应前往医院进行一次血的微量元素检查，重点是血锌水平的检查。在预防上，主要是提倡母乳喂养和及时添加辅食，注意动物食品和植物食品的有效搭配，防止锌的缺乏。

## 宝宝缺维生素A怎么办

宝宝缺维生素A常表现为体格发育迟缓，皮肤干燥角化脱屑，夜盲，结膜干燥，抵抗力下降，易患呼吸道和消化道感染性疾病。这时可以选择一些富含维生素A或胡萝卜素的食品；也可在医生的指导下，选择营养强化食品和营养补充剂，如鱼肝油等。

## 宝宝缺乏维生素B₂怎么办

宝宝缺乏维生素 $B_2$ 主要表现为眼、口腔、皮肤的炎症反应。眼部症状为结膜充血，角膜周围血管增生，睑缘炎、畏光、视物模糊、流泪。口腔症状为口角湿白、裂隙、疼痛、溃疡、唇肿胀、以及舌疼痛、肿胀、红斑及舌乳头萎缩。典型症状为全舌呈紫红色，中间出现红斑，如地图样变化，所以又称为地图舌。皮肤症状主要表现为，一些皮脂分泌旺盛部位如鼻唇沟、下颌、眉间以及腹股沟等处皮脂分泌过多，出现黄色鳞片。维生素 $B_2$ 缺乏还可干扰铁在体内的吸收、贮存及动员，加重铁缺乏，严重者可出现缺铁性贫血。预防的方法是，选择一些富含维生素 $B_2$ 的食物或营养补充品和营养强化食品。

## 维生素C缺乏怎么办

维生素C又称抗坏血酸。如从饮食中得到的维生素C不能满足需要，

择一些富含维生素C的营养补充品和营养强化食品。

## 宝宝缺乏维生素 B₁ 的危害

维生素B₁缺乏的初期症状主要有淡漠、疲乏、食欲差、恶心、急躁、腿麻木等症状。症状程度和性质与缺乏程度、急慢性有关。宝宝有维生素B₁缺乏症状时，可选择一些富含维生素B₁的营养补充品和营养强化食品。

## 宝宝维生素 B₆ 缺乏的危害

维生素B₆缺乏对婴幼儿的影响比成人大。缺乏时宝宝出现烦躁、肌肉抽搐和惊厥、呕吐、腹痛及体重下降等。在这种情况下，可选择一些富含维生素B₆的营养补充品和营养强化食品。

## 维生素 D 中毒有哪些危害

有些人害怕自己的宝宝患佝偻病，未去医院就诊，又弄不清维生素D正确使用方法，就自己给宝宝乱用浓缩鱼肝油或其他维生素D制剂，并且认为是营养药多用无害，所以造成宝宝大量食用维生素D。有的人则把出牙晚、走路迟误认为佝偻病而给予维生素D治疗，结果导致维生素D中毒。轻度中毒宝宝会出现食欲减退、厌食、烦躁、哭闹、精神不振，并有恶心、呕吐、腹泻或便秘、烦渴、尿频、夜尿增多。年龄大的宝宝会出现头痛。重度中毒可出现精神抑郁，运动失调，肾脏衰竭，甚至死亡。长期慢性中毒影响身体和智力的发育。

## 预防缺铁性贫血

一般来说，贫血常发生在宝宝出生6个月以后。症状为面色苍白，疲倦，乏力，精神萎靡，食欲不好。较严重者嘴唇及眼结膜色淡红，牙床、手掌缺乏血色，毛发枯黄；检查可发现体重不增，肝脾肿大。血色素降低，6岁以下儿童每升血中血色素低于110克，即可确定为贫血。治疗和预防贫血要注意以下几点：①坚持母乳喂养，母乳中的铁比牛奶易吸收利用。②根据

医学专家试验表明，孕妇因缺少阳光照射而造成维生素D缺乏，会影响胎儿的大脑发育。为获得维生素D，出生前的胎儿与出生后的宝宝都需要充足的阳光照射。

宝宝会缺乏维生素C，这可导致维生素C缺乏症又叫坏血病。坏血病的早期症状是倦怠、疲乏、急躁、呼吸急促、牙龈疼痛出血、伤口愈合不良、关节肌肉疼痛，易骨折等。典型症状为牙龈肿胀出血、牙床溃烂、牙齿松动，毛细血管脆性增加。严重时可导致皮下、肌肉关节处血肿形成，出现贫血等症状。宝宝长期食用缺乏维生素C的食品可以引起坏血病，尤其需要特别重视。此时可选

### 宝宝慎服鱼肝油

鱼肝油主要含有维生素A和D。由于母乳中维生素D含量较低，所以婴儿从出生后第1～3月开始就应酌情添加鱼肝油以促进钙磷的吸收。但是鱼肝油的摄入不能过量，维生素A过量引发中毒发病缓慢，常表现为毛发脱落、皮肤干燥皲裂、奇痒难忍、食欲不振、易于激动以及肝脾肿大。有些儿童还会出现维生素D中毒，表现为食欲不振、恶心呕吐，同时伴有血钙增高以及肾功能受损。这两种情况可以统称为"鱼肝油中毒"，一旦确诊就应立即停药。由于过量服药会带来这些危害，所以治疗应在医生指导下进行，谨慎选择剂型，并及时调整药量及服药期限。小儿鱼肝油用量需随月龄逐渐增加。此外，户外活动多时可以酌减用量。一些婴儿食品中已强化维生素A、D，如果规律服用也需减少鱼肝油用量。

月龄及时添加含铁丰富的辅食：蛋黄，鱼，肝泥，肉末，动物血，绿色蔬菜泥，豆腐等。动物性食物中的铁吸收利用率比植物性食物要高。菠菜含草酸多，妨碍铁吸收，应煮开，过滤后吃。③多吃新鲜蔬菜、水果等含维生素C较丰富的食物，以促进食物中铁的吸收。④提倡用铁锅、铁铲做菜，可增加铁的供给。⑤贫血严重的孩子可在医生的指导下吃强化铁的食品，如强化铁的酱油、饼干、面粉等。⑥定期测血色素，1岁内婴儿可3个月测1次，1岁后半年测1次，2岁后1年测1次，并每月测体重1次，体重不增要查明原因。

## 宝宝补钙莫过量

营养学家指出，儿童对钙的需求量并不大，1岁之内每天仅为500毫克，1岁以上逐渐增多，13岁以后达到1200毫克，与成人相似。只要坚持平衡膳食的原则，如每天喝1~2杯牛奶，加上蔬菜、水果、豆制品，所摄入的钙就可以满足儿童身体所需，不必再另外补充钙片。如果盲目进食钙片，导致体内钙含量过高，不仅造成浪费，还可致病。儿童长期吃钙过多会使血压偏低，增加日后患心脏病的危险。体内钙浓度升高，就能成为多种疾病的祸根。如眼内房水中钙浓度过高，可能会引起白内障而失明；尿液中钙度过高，在膀胱中容易形成结石，给尿路埋下隐患。尤其是在同时摄取较多维生素D时，可能会将肝、肾等重要生命器官像骨骼一样"钙化"，丧失功能，后果不堪设想。因此，家里的孩子是否需要补钙，补多补少，家长应去请儿科医生指导，决不可滥补。

## 铅中毒的症状

铅中毒主要影响儿童的智能发育和体格生长。铅中毒的症状如下：①神经系统：易激惹、多动、注意力短暂、有攻击性行为、反应迟钝、嗜睡、运动失调。严重者有狂躁、神志错乱、迷惑、语无伦次、不安宁、激动等特

征并时常带有妄想或幻觉的暂时性神经失常、视觉障碍、颅神经瘫痪等。血铅水平在1000微克/升左右时，可出现头疼、呕吐、惊厥、昏迷等铅性脑病的表现，甚至死亡。②消化系统：腹痛、便秘、腹泻、恶心、呕吐等。③血液系统：小细胞低色素性贫血等。④心血管系统：高血压和心律失常。⑤泌尿系统：早期氨基酸尿、糖尿、高磷尿，在晚期病人可见到氮质血症等肾功能衰竭的表现。儿童铅中毒没有明显的足以引起家长和儿科医生注意的临床表现，往往容易被忽视，待发现时，铅毒性作用已难逆转，所以家长在平时的生活中要引起注意。

## 哪些食品可驱铅

由于铅在体内的吸收途径可与钙、铁、锌、硒发生竞争，所以宝宝膳食中含钙、铁、锌、硒丰富，就可以减少铅的吸收。特别是牛奶，其所含蛋白质能与体内铅结合成一种不溶性化合物，从而使肌体对铅的吸收量大大减少。另外，维生素C可在肠道与铅形成溶解度较低的抗坏血酸铅盐，随粪便排出体外，以减少铅在肠道的吸收。所以，多吃含维生素C丰富的蔬菜、水果也有助于体内铅的排出。含铁和锌丰富的食物有：海带、动物肝脏、动物血、肉类、蛋类等。含维生素C丰

富的食物有油菜、卷心菜、苦瓜、猕猴桃、沙棘、枣、芦柑等。

## 吃维生素越多越好吗

宝宝补充维生素不是越多越好，过量的维生素贮存在体内，能引起副作用或严重中毒。维生素A摄入过多时，会出现恶心，皮肤瘙痒，骨痛，并伴有手腕部和膝盖部位肿胀。维生素D服用过量，也能造成孩子不思饮食、低热、呕吐、腹泻、烦躁、头痛，临床检查时会发现孩子的血钙水平急剧升高，出现软组织钙化等症状。若在短期内反复注射多量的维生素$D_3$，会导致幼儿发烧、多饮、多尿，肾功能损害。维生素B过量，会引起头痛、眼花、心慌、失眠等。长期大量服用维生素C，易形成肾和膀胱结石。当长期服用维生素C突然停药可引起类似坏血病的症状，这是因为长期服用维生素C，使体内分解维生素C的酶活力增强，而停药后，反而易出现维生素C缺乏。维生素K使用不当时，也能导致宝宝出现不良症状。因此，只要宝宝食入均衡饮食，不缺乏水果和蔬菜，无需额外补充维生素，在缺乏阳光，无水果和蔬菜，或长期有消耗性疾病时，需在医生指导下，根据患儿的病情，适量补充某种维生素，决不可随意乱用。

# 幼儿的疾病防治与护理

■ 1~3岁幼儿接触外界较广，自身免疫力仍低，传染病发病率较高，防病依然是幼儿期保健的重点。其实，很多疾病的发生、发展都有自己的规律，我们可以尽最大努力防患于未然，或采取科学方法进行治疗，使宝宝尽快痊愈。

## 弱视

弱视是一种严重危害儿童视功能的常见眼病，主要是由于在生长发育过程中，大脑的视觉区没有接受到足够的刺激、停止了发育而引起的。3岁之前是视觉发育的关键期，因此弱视常见于儿童、特别是婴幼儿。中华眼科学会儿童弱视斜视防治学组对弱视的定义是：凡是眼部没有明显器质性病变，以功能因素为主引起的、远视力经过矫正后仍低于或等于0.8者均为弱视。也就是说，如果孩子的眼睛看起来不红不肿、炯炯有神，而且眼科医生用常规的检查方法，如裂隙灯、眼底镜等也不能发现眼球本身有明显的病变，但是经过散瞳验光、配戴合适的矫正眼镜后，视力仍不能够达到正常的，被称为弱视眼。中国约有3亿儿童，大约有1000万以上的儿童患有弱视，严重影响着他们的生活，因此一定要重视弱视这一问题。

## 引起弱视的常见原因

常见的引起弱视的原因主要有：①屈光不正。这是导致本病最常见的原因。患儿生来就有高度远视、散光，少数有高度近视，如果不配戴合适的眼镜，看到的世界总是模模糊糊的，通过眼睛传到大脑的冲动较正常眼弱，使得眼到大脑皮层视觉中枢的神经通路发育不良，产生弱视。②屈光参差。屈光参差是指两个眼睛都有屈光不正，但一眼度数低，一眼度数高。这样就容易使度数深的那只眼形成单眼弱视。③斜视。患有斜视的孩子看东西时，常有重影和视觉紊乱，孩子感到很不舒服，于是大脑皮层会主动地抑制从斜眼传来的冲动，使斜眼视力下降而成为弱视眼。④形觉剥夺。出生时由于某些原因，如先天性白内障，先天性上睑下垂以及其他不适当的遮盖影响了进入眼睛的光刺激，眼睛不能产生正常的冲动，使视觉通路的发育受到影响，从而产生弱视。⑤先天性弱视。这是一种少见的弱视，造成先天性弱视的原因至今仍不清楚。

## 如何治疗小儿弱视

治疗弱视首先要明确引起弱视的原因，针对病因进行治疗。对患有先天性白内障或单眼完全性上眼睑下垂的婴幼儿，应尽早进行手术；斜视性弱视者应先矫正斜视。其次，弱视患儿要用阿托品散瞳验光后，佩戴合适的眼镜以矫正屈光不正，这样就可以使物体在视网膜上形成一个清晰的图像，给视觉功能发育一个良好的刺激，为提高视力创造基础。并且，弱视的其他治疗都应在屈光不正矫正的基础上进行。其次，在医生的指导下，可以进行遮盖疗法（即一侧视力极差时，把视力好的眼睛遮盖上，强迫弱视眼多用）、压抑疗法（适用于一些年龄偏大而不愿意遮盖的患儿，通过散瞳和

弱视与近视两种病有本质不同，虽然近视戴镜后矫正视力多可恢复正常，但预防儿童近视，让他们从小养成良好的用眼习惯仍需要引起家庭和社会的广泛关注。

配戴眼镜，以达到弱视眼看物体比视力好的一侧眼睛更清楚的效果)、功能疗法（即患儿用弱视的眼睛多做一些精细工作，如描画、穿珠子、剪纸、穿针等)、弱视治疗仪治疗及药物疗法等。

## 如何早发现小儿弱视

要早期发现小儿弱视，父母的重视起着不可忽视的作用。首先，家长要注意观察孩子平时的表现，如果发现孩子看东西时喜欢凑得很近、看东西时歪头、爱眨眼睛或眯着眼睛等视力不良现象时，要及时到医院就诊。其次，家长也可以进行一些简单的测试。如可以把比较醒目的玩具放在孩子面前，看孩子能否及时发现；拿着玩具在孩子面前移动，看孩子是否有追随反应；注意观察孩子能否稳定地注视物体等，如果发现孩子不能及时发现玩具、不能追随移动的玩具或是稳定地看物体时，则应注意是否患有弱视，要立即到医院就诊，以免错过最佳的治疗时期。最后，孩子3岁时应进行1次视力保健检查，以后每半年应到医院眼科做1次视力保健检查。

## 为什么要早发现小儿弱视

弱视是发生在小儿生长发育过程中的，严重危害少年儿童视觉发育的眼病之一。弱视的危害不仅仅是弱视的患儿一眼或双眼的视力低下，更重要的是，弱视患儿看东西时，没有完整的立体视觉，医学上称为"体视盲"，这将会给儿童的学习、生活和以后的工作带来很多不利的影响。由于弱视主要是由于在生长发育过程中，大脑

幼儿如果患上弱视，会从别人的评价中知道自己与众不同，小小年龄就承受很大的心理压力，从而导致孩子性格孤僻。此外，由于弱视，孩子将来在报考大学的时候不能选择需要精细的专业，成年之后许多需要立体视觉的职业也无法胜任，所以，治疗儿童弱视越早越好，婴幼儿和学龄前就是最佳的治疗时期。

的视觉区没有接受到足够的刺激、停止了发育而引起的，而双眼视觉的发育一般在6～8岁时已经基本趋于完善，因此弱视发现得越早，治疗效果才会越好。一般认为，弱视最好能够在3～5岁以前进行治疗，如果过了视觉发育的敏感期，进入成熟期后，弱视的治愈率很低。

## 配合医生对幼儿进行弱视治疗

弱视的治疗是一项耗费时间长、疗效慢、艰巨但又有重大意义的医疗工作，需要家长的密切配合。可从以下几个方面着手：①家长要对弱视有足够的认识和重视，要充分认识到弱视对孩子的生长发育和未来的危害和重大影响，要切实认识到治疗弱视的必要性，切不可抱无所谓态度。②家长一定要做好督促工作。因为弱视的治疗过程很漫长，而孩子的年龄小、耐性差，总做一件事情容易产生厌烦情绪，因此家长要加以督促，以使训练能够持之以恒。③要遵循医嘱，定期复诊，调整治疗方案。④家长还应和老师取得联系，争取老师的帮助，督促孩子在学校也戴好眼镜、眼罩，并且请老师在同学中宣传防治弱视的重要性，不许同学取笑患儿。

### 幼儿"口吃"是病吗

儿童的语言功能是从出生后5个月左右开始发育的，最初只能说几个简单的叠音词，如"爸爸"、"妈妈"等。1～1.5岁后说话开始具有一定的目的性，接下来就进入语言的快速发展期，2～3周岁是儿童学习语言的关键时期。如果儿童在语言发育过程中出现障碍，说话过程出现中断、重复或不连续等症状，就表示患上了"口吃"。口吃，俗称"结巴"，是一种常见的语言障碍，在儿童中比较常见，患病儿童约占儿童总人数的5%，多发于2～5岁的儿童。因为口吃与人体的语言中枢神经有关，而神经系统又是人体最为复杂的系统，因此口吃被认为是世界上"最奇怪、最复杂"的疾病中的一种。但在中国，由于许多家长错误地认为口吃不是病，并且还不愿意及时带孩子就医，因此有许多患儿错过了最佳的治疗时机，造成了终生的遗憾。所以，幼儿口吃应该早发现、早治疗。

## 幼儿为什么会口吃

造成幼儿口吃的原因有多种，常见的原因有：①思维发育速度快。在幼儿开始学说话时，思维发育的速度要比说话的速度快，即"心比嘴快"，也就是心里想好了，却不知如何用语言来表达，或者仅能断断续续地表达一部分，于是出现了口吃。②学习和模仿。在语言的学习阶段，幼儿对外界所有的事物都会感到好奇，特别是那些与众不同的事物更能引发他的兴趣。如果与他经常接触的人中有口吃患者，出于强烈的好奇心和模仿兴趣，就可能进行模仿和学习，时间长了便也会成为口吃患者。③疾病。比如癫痫、麻疹、鼻炎、扁桃体炎或扁桃体肥大等都有可能使孩子患上口吃。④某些特殊因素。如长期精神过度紧张，火灾、地震以及失去亲人等过度刺激都可能使小孩子患上口吃。

## 如何预防幼儿患口吃

预防幼儿患口吃，就要针对口吃产生的原因来采取措施。除了按时进行预防接种，防止各种传染疾病对幼儿的语言功能造成伤害外，主要是给幼儿创造一个有利于语言功能正常发育的好环境：①教宝宝学习语言时要有耐心，要让他自己开口说出想说的话，而不要催他开口说话，否则就会"揠苗助长"，造成口吃。②不要给孩子施加压力，制造紧张情绪；③避免让宝宝长期接触有口吃的人。家中如果有人患有口吃，最好纠正后再与孩子说话。一旦孩子有口吃症状，如果症状较轻，父母不必担心，只要多加注意一般都可以治好。这时首先要做的是，不要过分强化口吃问题，减少孩子学习语言的压力；其次要有耐心，要放慢学习语言的进程，转移孩子的注意力，如可以多到外面玩耍、做游戏等，把语言的学习放在轻松、愉快的环境中进行。最后，练习唱儿歌，对于防治口吃非常有帮助。当然，如果宝宝的口吃症状比较严重，就需要到专门的机构进行矫正治疗，最佳的治疗时期在3～6岁。

## 如何对咳嗽患儿进行家庭护理

对咳嗽患儿进行家庭护理时，应注意以下几个方面：①居室环境因素。室内要注意通风，保持空气新鲜，温度控制在20～24℃，湿度在50%～60%之间，在干燥的房间中，可以经常洒水、用湿拖布拖地或使用加湿器来增加空气的湿度。另外，家人在家中应避免吸烟。②衣着因素。给宝宝穿衣要适宜，避免过多或过少，衣服应宽松，松紧带的裤子不应过紧或穿至胸部，以免影响宝宝的呼吸。③饮食因素。应注意给宝宝补充足够的水分，以有利于痰液的咳出。饮食应尽量清淡，不要吃油腻、过咸、过甜的食物；而且应忌食冷、酸、辣食物；花生、瓜子、巧克力等食品含油脂较多而容易生痰，所以应少吃。④咳嗽有痰时，应口服止咳化痰药，或进行雾化治疗，以湿化呼吸道，稀释痰液。在雾化吸入时，可在医生的指导下，加入一些抗生素及支气管解痉药，这样可有助于减轻炎症、扩张支气管，使痰液容易咳出。但不可使用镇咳药，因镇咳药会影响痰液的排出而使病情加重。

## 宝宝咳嗽时应如何就诊

引起宝宝咳嗽的原因多种多样，就诊时应根据咳嗽的不同特点选择不同的科室，以达到"因病施治"的目的。通常有以下几种情形及办法：①如果咳嗽急性起病，表现为单声性咳嗽或是阵发性咳嗽，并伴发热、鼻堵、流涕、多痰等症状，很可能是患了上呼吸道感染或肺炎，应到呼吸科就诊。②如果咳嗽急性起病，表现为咳嗽时声音较空，像小狗叫，而且多在夜间发作，并伴有吸气性呼吸困难，说明宝宝得了急性喉炎，应立即到耳鼻喉科或急诊科就诊。③如果咳嗽急性起病，咳嗽时呈刺激性，并伴有呼气性呼吸困难，应警惕是哮喘发作，应到呼吸科就诊。④如果咳嗽急性发作，呈现痉挛状，而且发生在进食零食或哭闹后，应警惕是否有异物进入气管或支气管异物，应及时到耳鼻喉科就诊。⑤如果咳嗽时间较长，而且不断反复，并伴有低热、食欲减退、体重减轻等症状，就可能是患了肺结核，应到结核病防治所就诊。另外，在婴儿期出现痉挛性咳嗽，日轻夜重，剧烈咳嗽后经常出现青紫，应注意百日咳，应到传染科就诊。

对咳嗽患儿进行家庭护理应随时留心观察孩子的病情。

## 婴幼儿哮喘

婴幼儿哮喘是支气管哮喘的一种，具有以下特点：①患儿年龄一般小于3岁，喘息发作次数大于或等于3次。②发作时，在呼气的过程中，用听诊器可以在双肺听到"吱、吱"的哮鸣音，严重时，不用听诊器也可以听到呼气性哮鸣音，呼气时间与平时相比明显延长。③宝宝有过敏性体质，如过敏性湿疹、过敏性鼻炎等。④父母有哮喘病等过敏史。如果宝宝出现以上表现或具有以上特点时，就可能是患了婴幼儿哮喘，应积极到医院诊治。

## 咳嗽变应性哮喘

咳嗽变应性哮喘，又称为过敏性咳嗽。本病的主要特点有：①宝宝的咳嗽持续或反复发作的时间超过1个月，常常伴有夜间或清晨的发作性（突然发生的）咳嗽，痰少，运动后加重。②宝宝没有发热、精神萎靡、食欲下降等感染表现，或是经过较长时间抗生素的治疗没有效果。③使用支气管扩张剂治疗后，可以使咳嗽症状减轻，这是确诊本病的一个基本条件。另外，个人或家族过敏史、过敏原的检测等可以作为本病辅助诊断的依据。

## 预防婴幼儿哮喘

绝大多数的婴幼儿哮喘都是由螨虫引起的，因此预防婴幼儿哮喘尤其要注意个人卫生、防止居室螨虫污染。主要应注意以下几点：首先，要注意个人卫生，勤洗澡，有专用的毛巾、盥洗器具等。其次，要注意居室环境和卫生。由于一般情况下，春夏季螨虫感染高发，因此在春夏季时更应加以注意。要经常打开门窗，保持通风、透光、干燥；由于螨虫容易在地毯中滋生，所以最好不要铺地毯。每周用55℃以上的热水清洗床单、窗帘；注意居室内除尘，并要在小孩不在家时打扫卫生；经常清洁、暴晒宝宝的毛绒玩具等。最后，应注意查找过敏原，并尽量避免接触可能的过敏原，还应注意加强体格锻炼，避免感染等诱发因素。

# 中枢神经系统感染

中枢神经系统感染是指由细菌、病毒、真菌、寄生虫、螺旋体等多种病原体引起的感染，它可以引起中枢神经系统的各个部位如脑膜、脑实质（大脑、小脑、间脑、脑干等）、脊髓、蛛网膜等的炎症或病灶形成，许多感染进展非常迅速，可在短期内造成死亡或终生损害。中枢神经系统感染，一般可分为两类：一类是根据炎症侵犯的部位称为脑炎、脑膜炎或脊髓灰质炎等；另一类是按照致病因子的不同，如细菌、病毒、螺旋体及寄生虫感染等命名。常常是将两种因素结合后得出最后的诊断。

## 化脓性脑膜炎

化脓性脑膜炎是小儿时期常见的、由各种化脓性细菌引起的中枢神经系统急性感染性疾病，婴幼儿多见，常与化脓性脑炎或脑脓肿同时存在，病死率较高，而且容易遗留神经系统后遗症。化脓性脑膜炎最常见的致病菌是脑膜炎双球菌、肺炎双球菌及流感嗜血杆菌B型，其次是金黄色葡萄球菌、链球菌、大肠杆菌等。细菌主要是经过呼吸道分泌物或飞沫传播，也可以经皮肤、粘膜或新生儿的脐部侵入，之后通过血循环到达脑膜。少数也可从邻近感染部位如鼻窦炎、中耳炎等扩散而来或是因为脑脊膜膨出或头颅骨折引起脑脊液漏等时，细菌直接蔓延到脑膜而引起。曾与本病患儿密切接触，居住环境拥挤、通风不好，非母乳喂养等都是引起本病发生的因素。

## 如何防治化脓性脑膜炎

对化脓性脑膜炎的防治应注意以下几点：①要增强宝宝的体质。小婴儿强调母乳喂养，及时、合理添加辅食，多晒太阳，多进行户外活动。幼儿及年长儿要注意饮食均衡，营养丰富，避免挑食和偏食，加强体育锻炼，增强抵抗力。②加强护理，做好个人卫生。预防新生儿化脓性脑膜炎，首先要注意孕妇的产前卫生，分娩时严格遵守无菌规则，宝宝出生后要护理好脐带，保护好皮肤、粘膜，防止损伤。对于幼儿和年长儿应注意培养讲卫生的好习惯，一旦发现感染灶，应积极治疗。③避免到人多的公共场合，一旦出现可疑的表现，应积极到医院就诊。④治疗要积极。确诊或高度怀疑化脓性脑膜炎的患儿，应立即给予抗生素治疗，并且以早期、足量、足疗程为原则，但具体用药应在医生的指导下进行。

## 流行性脑脊髓膜炎

流行性脑脊髓膜炎，简称流脑，是由脑膜炎双球菌引起的化脓性脑膜炎，在化脓性脑膜炎中发病率最高，属于法定传染病。人群对于本病具有普遍的易感性，任何年龄都可以发病，从生后2~3个月开始，6个月至2岁时发病率最高，以后会随着年龄的增长发病率逐渐下降。新生儿因为有来自母体的杀菌抗体而发病少见。本病的传染源是带菌者和病人。病人从潜伏期末开始至发病10天内具有传染性。病原菌存在于患者或带菌者的鼻咽分泌物中，借飞沫直接在空气中传播，但密切接触如同睡、怀抱、喂乳、亲吻等对2岁以下婴儿也会造成传播。本病多见于冬春季。

## 如何护理流脑患儿

流脑强调早期确诊，一旦确诊应立即住院隔离治疗。护理流脑病人时，首先要注意经常打开门窗通风以保持空气新鲜，衣服被褥要勤洗勤晒。其次，患儿呕吐时，一定要注意体位，以防呕吐物呛入气管引起窒息或发生意外。再次，还要注意患儿口腔和皮肤护理。要经常用盐水漱口，保持口腔清洁，防止口腔粘膜糜烂。要保持皮肤干燥，如果皮肤上的淤斑发生溃破，应及时涂上药膏，防止感染加重。最后，应给予患儿易消化、营养丰富的流汁或半流汁饮食。高热患儿应注意多饮水，昏迷患儿需加床挡，注意保护患儿安全。

## 流行性脑脊髓膜炎的主要表现

流行性脑脊髓膜炎的潜伏期一般是2~3天，发病初期主要表现为低热、咽喉疼痛、咳嗽、流涕等上呼吸道感染的症状，随后很快出现畏寒、寒战、高热、剧烈头痛、频繁呕吐、全身乏力、肌肉酸痛、食欲不振及神志萎靡或烦躁不安等症状，皮肤、粘膜（眼睑结膜、口腔粘膜等）出现瘀点或瘀斑，开始为鲜红色，以后变为紫红色。小婴儿表现为前囟膨隆、尖叫、双眼发呆、抽风等。少数病人表现为暴发型，除以上表现外，全身皮肤、粘膜出现广泛淤点、淤斑，迅速融合成大片伴有中央坏死，并出现面色苍灰、唇周及指端紫绀、四肢冷、皮肤发花、脉搏细速、血压下降甚至测不出，抢救不及时会很快死亡。

## 如何预防流行性脑脊髓膜炎

预防本病应主要做好以下几个方面：①管理好传染源。应早期发现病人并就地隔离治疗，应隔离至症状消失后3天，一般情况下不应少于发病后7天。对于密切接触者，应进行医学观察7天。②切断传播途径。应注意做好居室卫生，保持室内通风，并经常洗晒衣服及被褥。要经常晒太阳，并尽量避免到人多的公共场所等。③提高人群的免疫力。可以定期注射流脑预防针，密切接触者可以在医生的指导下服用抗生素进行预防。

### 化脓性脑膜炎的主要表现

除脑膜炎双球菌外，其他化脓性细菌引起的化脓性脑膜炎大多数起病呈亚急性，在发病前几天患儿常有低热、流涕、咳嗽等感冒症状或呕吐、腹泻等胃肠道症状，之后出现高热，大孩子会说头痛、肌肉关节痛，精神萎靡，小婴儿表现为易激惹、烦躁不安、双目凝视等。严重时会出现剧烈头痛、喷射性呕吐、前囟门饱满、惊厥、脖子发硬（即颈抵抗阳性）等，甚至出现昏迷，引起脑疝而出现双瞳孔不等大、瞳孔对光反应迟钝、呼吸不规则、呼吸衰竭等。

## 流行性乙型脑炎

流行性乙型脑炎（简称乙脑）是由乙型脑炎病毒感染引起的、以脑实质炎症为主要病变的中枢神经系统急性传染病，早期在日本发现，国际上也称为"日本脑炎"。本病的传染源是被感染的人或动物，通过蚊子叮咬而传播，因此本病有明显的流行季节，主要集中在7～9月份。人群对乙脑病毒普遍易感，但多见于10岁以下的儿童，尤其是2～6岁的幼儿更多见。

### 流行性乙型脑炎的主要表现

流行性乙型脑炎的潜伏期一般是10～14天。本病一般是急性起病，突然出现高热、呕吐、头痛、嗜睡或精神倦怠。2～3天后，病情明显加重，常常出现昏迷、躁动不安、抽搐、说胡话、呼吸不规则、脖子发硬等表现，个别病例甚至会因高烧、抽搐不止、脑水肿、呼吸或循环衰竭而死亡。大多数患者在7～10天内体温逐渐下降，其他表现也随之消失。少数严重患者因为抽搐或昏迷的时间较长，恢复后常会留有持续时间长短不一的精神不正常、智力减退、失语、手脚强直不能活动等后遗症。但也有少数患者只有头痛和低烧，几天内就可恢复正常。

### 如何预防流行性乙型脑炎

预防本病应主要做好以下几个方面：①控制传染源。应早期发现病人并就地隔离治疗，应隔离至体温正常。但本病的主要传染源是易感家畜，尤其是幼猪，因此要做好饲养场所的环境卫生，人畜居地要分开。②切断传播途径。本病主要通过蚊子叮咬而传播，因此要防蚊和灭蚊。防蚊可以用蚊帐、驱蚊剂等。③提高人群的免疫力。可以接种乙脑疫苗，但应注意疫苗的接种要在开始流行前1个月完成，并且应在医生的指导下进行。

婴儿期被传染上乙型脑炎，对孩子的生命会构成相当严重的威胁。

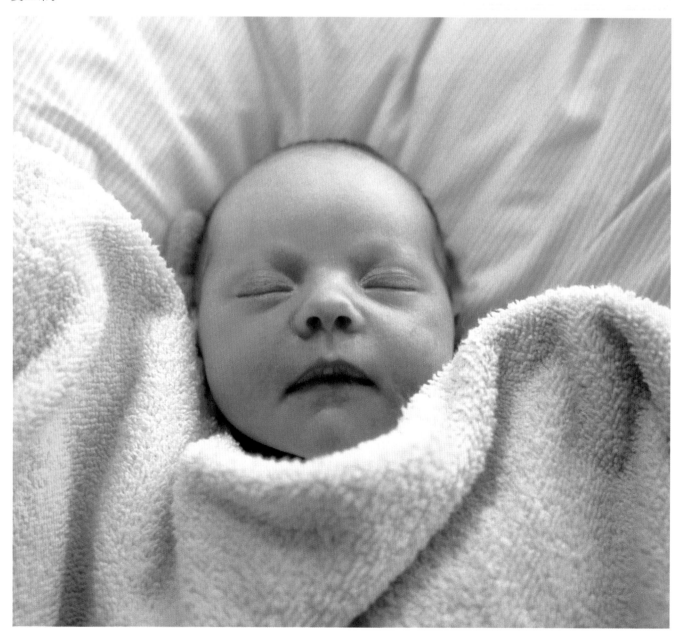

# 癫痫

癫痫，俗称"羊角风"，它是由于脑功能突然、暂时紊乱而引起的，表现极为复杂的一种综合征。目前根据癫痫的病因可以分为特发性、症状性和隐源性癫痫三种。特发性癫痫是指发病可能和遗传因素有关外，没有其他可以去寻找的原因；症状性癫痫是指具有明确的或可疑的中枢神经系统病变，如患缺氧缺血性脑病、病毒性脑炎、化脓性脑膜炎等疾病或脑外伤后出现癫痫，或者已经明确存在高氨血症、苯丙酮尿症等先天代谢异常疾病；隐源性癫痫是指推测是症状性，但目前的医学水平还没有发现病因。癫痫在中国的发病率较高，并且还在逐年增长。本病常在儿童期和青春期发病，因病程长，给患者和家庭带来的痛苦很大。

## 癫痫的主要表现

癫痫的表现是多种多样的，其中最常见的、也是人们最熟悉的表现是患儿突然失去知觉、口吐白沫、面色发青、四肢伸直、发硬、双手握拳、两眼上翻，之后面部及四肢肌肉开始抽动，呼吸急促而不规整，常有舌咬伤，有时会大小便失禁。发作持续约1～5分钟，发作后意识不清或嗜睡，经数小时后清醒。但除此之外，还可以表现为突然发生的、短暂的意识丧失，发作时言语中断、活动停止，固定于某一体位，不跌倒，两眼茫然凝视，没有肌肉抽搐，持续2～10秒，很快意识恢复，继续正常活动，称为"失神发作"；或表现为躯体某个部位的肌肉或肢体突然抽动；或患儿突然、反复地低头或摔倒；或表现为没有目的的咀嚼、流口水、吞咽或吸吮动作等。或表现为腹痛、呕吐、头痛等症状，或表现为小儿看到或听到周围人看不到或听不到的物体或声音；有的小儿表现为闻到特殊的气味或出现眩晕、恐怖感觉等。

## 如何治疗癫痫

癫痫的治疗是一个长期的过程，一旦孩子确诊癫痫，家长应注意以下几点：①建立门诊病例，在医生的指导下决定是否开始服用抗癫痫药物。②开始服用抗癫痫药物后，要遵照医嘱规律服药，切忌自行减、停药物，以免发生癫痫持续状态。③用药过程中，注意观察孩子的发作情况，并详细记录。而且要注意观察药物的毒副作用，如孩子是否出现爱睡觉或兴奋，走路不稳或智力下降等，监测肝肾功能。④治疗期间应定期就诊，及时将孩子的发作情况及用药后的一般状况反映给医生，以便于医生及时调整治疗方案。并且应定期监测药物的血浓度和脑电图的变化。⑤本病需要长期治疗，家长应做好思想准备。一般情况下，最后一次发作后3～4年，抗癫痫药物才可以考虑逐渐减停。

# 脑性瘫痪

脑性瘫痪是指在出生前到出生后1个月内，各种原因引起的、非进行性的脑损伤，以运动障碍和姿势异常为主要表现的伤残综合征。有时可以伴有智力低下、癫痫、听觉与视力障碍、行为异常及学习困难等。中国脑性瘫痪的发病率是1.5%～2%，是造成儿童肢残的主要原因，严重影响了儿童的生长发育，给每一个患儿和家庭带来了很大的痛苦和负担。因此，一定要了解脑性瘫痪的发病原因，认识到本病的危害，积极加以预防和治疗。

## 可能出现脑瘫的危险因素

引起脑性瘫痪的常见原因按照时间顺序可以分为以下3种：①出生前因素。包括高龄初产，有反复流产、早产或死产史，妊娠4次以上的经产妇，母亲患有妊娠高血压综合征、糖尿病、精神病等，孕期腹部外伤或接触放射线等，孕期感染、胎儿缺血、缺氧或发育畸形等。②出生时因素。包括前置胎盘、胎盘早剥，臀位产、产钳助产等，羊水或胎粪吸入，脐带绕颈，颅内出血或缺氧等。早产儿、过期产或4千克以上的巨大儿等。③出生后因素。生后吸吮无力、喂养困难、频繁呕吐、抽风、患有核黄疸、严重感染等。另外，需要指出的是，脑瘫也和遗传有一定的关系，因此如果家族中曾经有脑瘫、智力低下或先天畸形的患儿，一定要警惕孩子是否患有脑瘫。

## 脑瘫如何治疗

任何原因引起的脑瘫都是没有办法自然痊愈的，必须要经过长期的治疗，才能将残疾的程度减少到最低。对于脑瘫的治疗应注意以下几点：①早期发现，早期治疗。婴幼儿的运动正处于发育阶段，因此早期发现运动异常，并尽早地加以纠正，容易取得较好的效果。②加强功能训练。按照婴幼儿运动发育的规律，循序渐进地进行功能训练，促进正常运动的发育，抑制异常的运动和姿势，以促使小儿形成正常的运动。③综合治疗。可以利用各种有益的手段，如按摩、水疗、电疗等对患儿进行全面、多样化的治疗，并且还应对患儿的语言障碍、癫痫、行为异常等加以干预。④手术治疗。对于痉挛型脑瘫患儿可以进行手术治疗以矫正畸形等，但远期效果不是很好。

### 如何早期发现脑瘫

想要早期发现脑瘫，首先，父母及家人要提高警惕，对于有家族史或存在以上所说的危险因素时，尤其要提高警惕，应及时、定期到医院就诊。其次，应注意观察孩子的发育情况，观察孩子是否存在以下表现：生后全身松软无力，俯卧位悬空抱时呈倒"U"字型，运动发育落后，如患儿抬头、翻身、坐和四肢运动发育同正常儿童相比落后或脱漏；自主运动减少或困难，运动僵硬、不协调、不对称。肌张力和姿态异常，表现为四肢或躯干僵硬或全身发软，肌张力增高者多呈足尖着地行走，或双下肢呈剪刀状交叉等。一旦发现宝宝出现以上表现时，应积极到医院就诊，以便尽早明确诊断。最后，脑瘫患儿多数伴有智能落后、视力、听力或语言障碍、癫痫发作或情绪、行为障碍等，因此家长也要注意孩子在以上方面是否存在异常。

小婴儿活动很少，不太容易发现患了脑性瘫痪。如果父母觉得孩子有什么不对劲，可以先向医生咨询。

## 如何预防脑瘫

脑瘫的预防主要包括以下几个方面：①做好怀孕的准备。准备怀孕的妇女应进行全面的体格检查，健康状态不好时不要怀孕。而且应在怀孕前至少3个月进行风疹免疫。②加强孕期保健工作。怀孕期间要保证足够的营养防止早产，避免不必要的服药，进行定期健康检查，如果发现有高血压、糖尿病时，应积极治疗。③安全分娩。要按预产期选择好产院，有准备地进行安全分娩，避免难产、产伤等。④婴儿出生后，要重点保护早产儿、未成熟儿、过期产儿、巨大儿、窒息或重症黄疸患儿等，及时进行必要的处理，如吸氧、送入保温箱等。对于存在脑瘫危险因素的宝宝应建卡随访，定期筛查。

## 蛔虫病

蛔虫病是蛔虫寄生在人体小肠而引起的疾病，是小儿最常见的寄生虫病之一，中国农村小儿的感染率高达90%。本病的传染源是蛔虫寄生患者，传播途径主要是经口吞入被蛔虫卵污染的蔬菜、水果等，有时也可以是蛔虫卵随着灰尘飞扬、被吸至咽部咽下而感染。小儿不知道讲卫生，没有养成良好的卫生习惯，经常在地上玩耍，手上沾上了蛔虫卵，而进食前又没有洗手，就使得蛔虫卵经口进入胃肠，然后在肠道内繁殖、生长为成虫，成虫在肠道内会吸收机体的营养成分而影响孩子的生长发育。而且蛔虫在体内还会乱钻、乱窜，可以引起许多并发症，甚至造成严重的后果。因此绝不能小看蛔虫病，平时要养成良好的卫生习惯，有虫时要及时治疗。

## 蛔虫病的主要表现

蛔虫卵进入人体后，经过孵化成为幼虫，之后又进一步发育为成虫。在不同的生长阶段，蛔虫会引起这样几种表现：①幼虫期的表现主要有：虫体的异性蛋白引起过敏反应，如荨麻疹、鼻粘膜或咽部瘙痒等；幼虫可以穿破肺部毛细血管进入肺部引起炎症而出现咳嗽、呼吸急促、发热等表现；偶尔幼虫可以移行到肝、脑、眼等器官引起肝大、癫痫、眼睑肿痛等。②成虫引起的表现有：食欲不振或容易饥饿、腹泻或便秘，最常见的表现有腹痛，位于肚脐周围，疼痛的时间不固定、不剧烈、按摩后可好转。长期大量的蛔虫感染会引起营养不良，影响生长发育，出现精神不安、夜惊、磨牙、异食癖（如喜欢吃石子、泥沙等）、面部白色斑块等。另外，肠蛔虫症可以出现胆道蛔虫症、蛔虫性肠梗阻、肠穿孔及腹膜炎等并发症。

## 如何防治蛔虫病

　　蛔虫病的防治主要包括以下几个方面：①要做好卫生宣教，改善环境卫生，尤其要做好粪便的管理，对粪便进行无害处理。②搞好饮食卫生和个人卫生，要教育孩子养成良好的卫生习惯，如保持手的清洁，尤其是饭前便后要洗手，不要吸吮手指头，不要随地大、小便。③要消灭传染源，必要时可以在托幼机构和小学校定期进行驱蛔虫治疗。④一旦发现患有肠蛔虫症，应积极进行驱虫治疗，但具体的治疗方案应由医生确定。如果患儿出现腹痛，应进行腹部按摩或用温热毛巾热敷腹部，并要注意观察腹痛情况，如果患儿腹痛剧烈难忍，伴有呕吐，甚至吐出蛔虫，不排大便，不排气，则可能是蛔虫引起了肠梗阻，此时应立即到医院就诊。

## 蛲虫病

　　蛲虫病是指蛲虫寄生在人体回肠下端、盲肠、结肠和直肠而引起的一种小儿常见病，尤其多见于幼儿。本病的传染源是蛲虫病患儿，主要的传播途径是吸吮被蛲虫虫卵污染的食物或手指，或是吸入含有蛲虫虫卵的灰尘而被感染，个别情况下，在肛门周围孵化出的幼虫再爬回到肛门内而引起逆行感染。由于蛲虫虫卵的抵抗力强，在阴冷潮湿的环境下可以存活3周以上，用10%的甲酚皂液和5%的苯酚能够将其杀灭。

## 蛲虫病有哪些主要表现

　　蛲虫寄生在人体回肠下端、盲肠、结肠和直肠，雄虫交配后死亡，雌虫受孕后会向下移行，大多数会在小儿入睡后1～3个小时爬出肛门，在肛门周围、会阴部皮肤的皱褶处爬行产卵，引起肛门周围和会阴部奇痒难忍，影响小儿的睡眠，小儿出现夜间哭闹、夜惊、烦躁、精神不安、食欲不振等，有时会因为搔抓局部皮肤而出现皮炎，甚至发生感染。有时患儿还会出现恶心、呕吐、腹痛、腹泻等症状。如果蛲

虫爬到女孩尿道口，可以出现尿频、尿急、尿痛或阴道感染等表现，偶尔还会由于蛲虫钻入阑尾或穿破肠道而引起阑尾炎或腹膜炎。

## 什么是细菌性痢疾

　　细菌性痢疾，简称菌痢，是由痢疾杆菌引起的一种常见的肠道传染病，一年四季都可以发生，但夏秋季最多见，儿童的发病率最高。本病的传染源是菌痢患者和带菌者，通过消化道传播，痢疾杆菌从粪便中排出后，可直接或间接（通过苍蝇等）地污染食物、饮水、餐具、日常生活用具和手等，之后经口使人感染。人群对本病具有普遍易感性，患本病后可以获得一定的免疫力，但免疫力持续的时间短、不稳定，而且不同的菌群和血清型之间没有交叉免疫，因此本病很容易复发和重复感染。

## 细菌性痢疾有哪些主要表现

　　细菌性痢疾的潜伏期是1～2天，分为以下3型：①轻型，患儿体温正常或稍高，腹痛、腹泻均较轻，每天大便数次，稀便，可以看到粘液，但没有脓血，一般3～7天后可以痊愈。②普通型，患儿起病急，高热，体温可

达39℃左右，伴有发冷和寒战，之后出现阵发性腹痛、腹泻，患儿每天排便10～20次，开始是稀便，之后会迅速转变为粘液脓血便，里急后重感（想解大便，但解不出大便）明显，早期治疗后，多在1周左右病情逐渐好转至痊愈。③中毒型，多见于2～7岁体质较好的小儿，起病急骤，病情凶险，体温可以高达40℃以上，精神萎靡、嗜睡或烦燥不安，可以出现反复抽风、神志昏迷。迅速出现面色灰白、皮肤发花、口唇发紫、四肢发冷、血压下降、呼吸节律不齐、深浅不匀、呼吸暂停等循环衰竭（休克）和呼吸衰竭的表现，而腹痛、腹泻等肠道症状较轻。一旦出现以上表现，应及时进行抢救。

### 如何防治蛲虫病

　　防治蛲虫病主要应做好以下几个方面：①要开展卫生宣教，改善环境卫生，玩具、用具、地板等要经常清洗、消毒。②做好个人卫生，勤洗澡、勤换内衣，穿满裆裤，要教育孩子养成良好的卫生习惯，如保持手的清洁，尤其是饭前便后要洗手，不要吸吮手指头等。③要消灭传染源，托幼机构等应定期进行普查、普治。④一旦找到蛲虫或虫卵而确诊蛲虫病，应积极进行治疗，家庭中的所有患者应同时进行治疗。治疗的药物包括内服药、栓剂和外用药，应在医生的指导下进行。

### 如何防治细菌性痢疾

　　防治细菌性痢疾应注意以下几点：①管理好传染源。发现本病患者后须早期隔离，从事饮食、托幼的工作人员应定期检查粪便。②切断传播途径。搞好环境、饮食和个人卫生，要教育孩子养成饭前便后洗手的习惯，食物、饮水要洗干净和（或）烧煮后才可以食用。另外，不要让小孩吮吸手指，不要用手直接抓食物吃，不要吃不洁净的蔬菜及水果，不要吃变质及过期食物。③一旦孩子出现腹泻，应做粪便检查，确诊本病后应立即加以治疗，并且治疗要彻底，以免转为慢性。在患病期间应加强护理，补充足够的水分，多吃易于消化的食物如稀饭、米粥等，患儿出现高热时要及时退热。

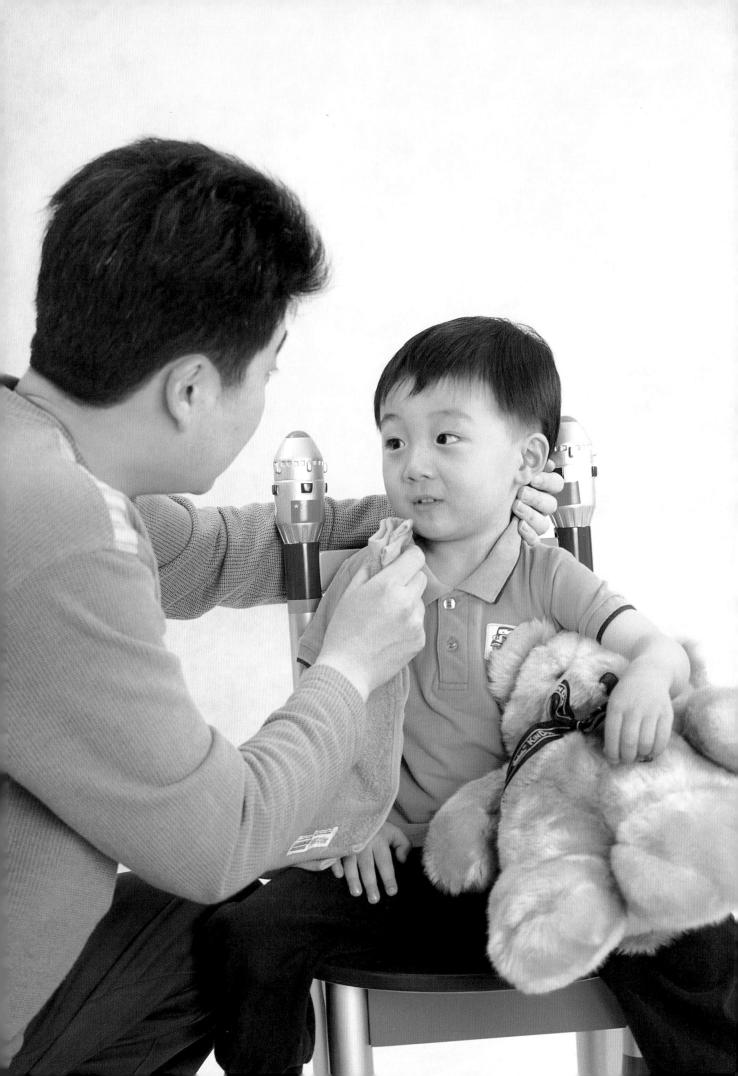

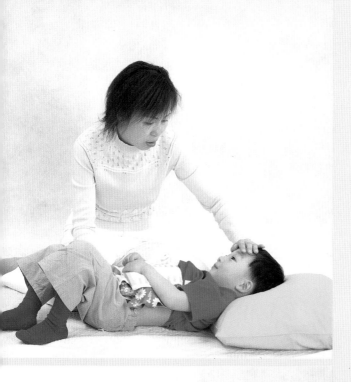

# 第 8 章
# 宝宝的安全
# 与家庭急救

　　意外事故对儿童生命和健康的威胁是巨大的，在中国独生子女家庭中，失去孩子或孩子终身致残给家长带来的精神打击无法估量。家长不仅要对意外事故给儿童生命健康造成的危害有足够的认识，而且更应学习一些如何预防儿童意外事故及意外事故发生后如何进行家庭急救的知识。

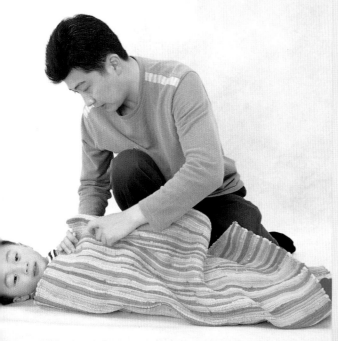

# 宝宝家庭急救常识

儿童急救就是在救护车、医生或其他适当的专业人员到达之前，给受伤儿童或疾病突发儿童施以及时的帮助和治疗。为伤病儿童提供帮助的人必须沉着冷静，满怀信心。最为重要的是，无论何时需要，都要进行救助。

## 宝宝急救处理的原则

宝宝急救处理要把握这样三个原则：①立即抢救孩子的生命。首先应该查看受伤儿童的呼吸、心跳是否正常。当儿童的呼吸、心跳发生严重障碍时，应立即进行急救，如果等送到医院再救，错过了时机，往往会造成不可挽回的后果。所以，家长应争分夺秒，立即进行人工呼吸、心脏按压等急救措施。②尽量减少孩子的痛苦。很严重的意外伤害，如各种烧烫伤、骨折时疼痛剧烈，甚至出现休克等，需要家长在处理和搬运时，动作轻柔，位置适当，语言温和，必要时给孩子服用镇痛、镇静药物。③预防和减少发生并发症。急救时如果处理不当，虽然生命得救，但若遗留下残疾，将给宝宝造成终生不幸。

## 紧急情况下的行动

儿科急症第1个环节是发现问题，早期预防。所以，要求父母、保育员及学校教师等与儿童接触的人员能够做到：①识别患儿及受伤儿童；②提供初步救助；③通知紧急医疗救护系统；④熟悉本地区急救单位分布情况。

## 通常采取的4个步骤

在孩子受伤的紧急情况下，家长最重要的是保持冷静与理性。通常可采取以下4个步骤：①估计现场情形。比如，发生了什么事？怎么发生的？是否还有其他孩子受伤？是否还有其他危险？是否可以找别人帮忙？需要叫救护车吗？②考虑安全问题。首先，

不要冒着自己受伤的危险去盲目救人，如果自己因此受伤，就没法救助他人；其次，从孩子身边移开造成危险的物品；其次，除非必须，可移动孩子，但要十分小心。③伤势严重的最先处理。对于幼儿而言，立即危及生命的伤情有两种：不能呼吸和严重出血。严重出血显而易见，并能得到控制。如果有1个以上的孩子受伤，应先赶紧处理严重的那个，他有可能已经丧失了意识或呼吸停止。④获得帮助。尽早地呼叫救助，请求其他人帮助排除事故现场险情，打电话叫医生或救护车，进行急救等，如果需要，应立即和他人一起将孩子移到安全的地方。

## 抢救孩子的时候应注意

家长在救助孩子之前，首先应判断是否仍有危险存在（比如：着火、浓烟、电流、或松动的石块等），确保自己不会受伤。其次，进行心肺复苏术时，应大声喊叫，让周围人听到，以获得他人的帮助。其次，从孩子身边移开危险物，如果不能移开再考虑转移受伤的孩子，移动时要保持孩子的头部和脊柱呈一条直线，避免造成脊髓损伤，发生截瘫。

## 如何快速获得急救援助

如果宝宝的生命危在旦夕，无论是呼吸停止、肤色发绀或大出血，一分一秒都不可浪费，必须立刻救援。如果只有一人在现场，那么，如何立刻亲自急救宝宝的生命及寻求外来更多的援助之间作有效的协调，使非常重要的。

如果不能单独一人救起宝宝，所以父母需要牢记以下几点：①一旦发现孩子出于极端危险的状况，你必须做的就是立刻大声呼救；②即刻开始帮助孩子呼吸或做心脏按压，在进行急救后的1分钟，如果尚无别人前来帮助，必须再四处呼喊求救，或打电话给120或是当地的医疗单位。③打电话求救时要记住两件事：一是，勿多言，直接说出问题的重心。如果有严重的病情，就说："我的宝宝没有呼吸了"或是"宝宝没有心跳了"，或是"宝宝需要立即急救"等，如果发生了严重的事故需要道明险情，就说："煤气外露"或是"电路损坏"，或是着火等。切勿说一大堆无关紧要的话，如发高烧3天、呕吐厉害、已看了三位医生等。二是，告诉对方家庭地址、电话、如何走法等。在等待救援的时候，自己也一定要继续急救宝宝，尽可能不要中断，除非短暂（数秒）的呼救求援。可以将幼儿移到电话或窗口边，一面急救一面求援。

## 如何测量婴儿的体温

测量婴儿体温的最好方法是将一支体温计置于宝宝的腋下。通常采取这样的测量步骤：①手腕用力地向下挥动体温计，使水银下降入球部，一直到清楚地看到水银柱是在"正常36℃"以下；②让婴儿坐在你的大腿上或躺在床上，将体温计的球部放入孩子的腋窝；③按住宝宝的胳膊使体温计贴着他的身体，保持体温计牢牢地夹在他的腋下5分钟；④取出体温计，轻轻转动，清楚地看到读数，如果体温

37.5℃或更高，可以肯定宝宝是发烧了。测量孩子体温的其他注意事项：①若是午后发烧，夜里一定要加测体温1次，第二天早晨起床后再加测1次；②测量的体温要记录下来，提供给医生，以便医生进行正确的诊断和治疗；③体温计用完之后，最好用75%的酒精消毒。

## 怎样测量孩子的呼吸次数

正常成年人每分钟呼吸16～20次，呼吸与脉搏的比是1：4。小儿呼吸比成人快，每分钟可达20～30次，新生儿的呼吸频率每分钟可达44次。测量孩子呼吸的方法是：①测量呼吸最好与测量脉搏同时进行。一般，可以数孩子胸、腹起伏运动的次数，也可把手放在孩子的胸或腹部测量。②对病重孩子，可用棉絮放在其鼻孔前，棉絮飘动次数就是他的呼吸次数。

## 孩子生病，家长跟医生怎么说

到医院看病，医生会问许多关于孩子病情的问题，以利于自己更为准确地为孩子诊断和治疗。如果医生问下面的问题，比如"孩子发烧吗？体温的波动范围多大？孩子的体温是多少？"或者"有无其他伴发症状，如呕吐或腹泻，咳嗽或嗓子疼等。"或者"有没有出皮疹？"还有，"发热时伴有抽搐吗？有没有神志改变等？"父母回答时一定要准确。

身为父母应懂得基本的儿童护理知识，在孩子伤病时给予他们及时的照料和安慰。

在婴儿发烧发热期间，给她测体温是父母每天都要做的事。因此，父母需掌握测量孩子体温的一般注意事项。

## 医生给家长的几个建议

孩子生病，最先发现其不对劲的是父母。父母的观察、判断和行动对治疗孩子疾病的效果很重要。在此给家长提几个建议：①学一点医学知识，了解感染的临床表现；②了解孩子免疫系统的发育规律；③积极进行力所能及的体育活动；④有病一定要去正规的医院就诊；⑤与医生建立良好的互动关系。另外，父母应避免因对孩子生病过分焦虑而导致自己生病。医院看病时，一些父母虽然不能确定孩子有什么病，说不清孩子病情的严重程度，但父母要学会给孩子做基本的护理，给孩子起码的安慰。

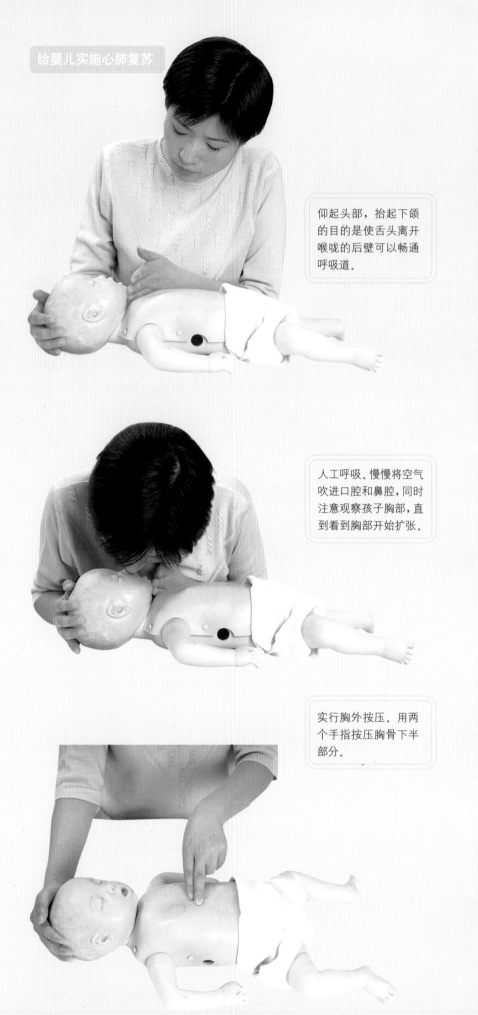

仰起头部，抬起下颌的目的是使舌头离开喉咙的后壁可以畅通呼吸道。

人工呼吸。慢慢将空气吹进口腔和鼻腔，同时注意观察孩子胸部，直到看到胸部开始扩张。

实行胸外按压。用两个手指按压胸骨下半部分。

## 心跳、呼吸的抢救应同时进行

　　心脏跳动是生命的标志，当孩子突然昏迷、呼吸停止、触不到大动脉及心尖搏动时，即提示发生了最危急而严重的疾病状态——心跳、呼吸骤停。此时，家长不仅不能慌乱，而且必须立即冷静地实施现场抢救。心跳、呼吸骤停并不表明宝宝的生命已经终止，这时，只要积极抢救，仍有挽回生命的希望。必须注意的是，心跳与呼吸骤停往往互为因果，伴随发生，所以，心脏与呼吸复苏术应同时进行，否则复苏难以成功。最好由两人配合，一人负责胸外心脏按压，另一人负责人工呼吸。胸外心脏按压与人工呼吸比例应适合生理情况，即按压心脏5次，人工呼吸1次。即使仅有1人在场抢救，也应尽量按5∶1的比例交替进行。

## 如何判断孩子突然死亡

　　意外伤害或急症威胁孩子生命时，家长要密切观察，一旦发现孩子突然死亡后，要立即施救。如何判断孩子突然死亡呢？孩子有下列情况出现时表明心跳、呼吸骤停：①意识突然丧失，呼之不应。②呼吸停止。把手放在口鼻前感觉不到有气体出来；检查呼吸3～5秒，没有胸部起伏。③触摸不到大腿根部或颈部的动脉搏动。④分开眼睑，看到瞳孔已经散大。如果出现以上情形，家长务必要争分夺秒，赶快采用心肺复苏术抢救。

## 如何给婴幼儿实施心肺复苏

　　胸外按压与人工呼吸结合的技术称作CPR——即心肺复苏术。现场实施复苏方法要注意3个方面。①呼吸道。首先必须畅通呼吸道，吸出鼻和口腔内分泌物及异物；去枕，仰起头部，抬起下颌，使舌头离开喉咙的后壁，伸展颈部保持气道通畅。②呼吸。如果孩子没有呼吸，必须给予口对口的人工呼吸。捏住孩子的鼻子，将空气吹进宝宝的口内，使孩子的肺膨胀，直到可以看到他的胸部逐渐扩张。③血液循环。使患儿仰卧在木板上，对胸部实施心外按压，促使血液从心脏流向全身。如果是婴儿，就用两个手指按压胸骨下半部分，如果是幼儿，用一个手掌按压。心外按压与人工呼吸一起进行，5 次按压，给 1 次人工呼吸。

## 如何判断心肺复苏的抢救效果

如果每次按压都可以触及颈动脉搏动，每次人工呼吸都可以看到胸廓起伏，就表明心肺复苏技术操作合格。判断抢救效果好坏，可以观察孩子的瞳孔缩小及瞳孔的反应，是否出现微弱和不规律的呼吸，面部、口唇、指甲和皮肤的颜色是否转红。家长的操作做得越好，孩子生还的希望就越大。

## 呼吸停止，心跳仍存，应尽快实施人工呼吸

孩子呼吸停止，心跳仍存，实施人工呼吸时，婴幼儿和较大儿童在次数上有一定区别，家长应有所注意。当婴儿及幼儿呼吸停止，心跳仍存时，人工呼吸的具体操作步骤是：①使孩子仰卧，清理其口腔；②将孩子的头稍向后倾斜，家长深吸一口气屏住，把嘴密盖在孩子的嘴和鼻子上，逐渐地将气吹入婴儿的肺内，如果操作合格，可看到孩子的胸部扩张，停止吹气后孩子的胸部回缩；③大约每分钟重复30 次，直到医务人员到达或孩子开始自己呼吸。当较大儿童发生呼吸停止，人工呼吸急救方法是：①将孩子面部朝上平卧，头部尽量后仰；家长用手指把所有的口腔异物取出，清洁孩子的口腔。②捏住孩子的鼻子，使鼻孔封闭，家长深吸气后，将嘴对在孩子的嘴上（不能漏气），用力把吸入的气吹入患儿的肺内。③大约每分钟 20 次口对口呼吸，直到医务人员到达或患儿有自主呼吸为止。

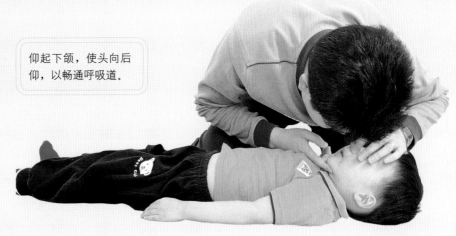

仰起下颌，使头向后仰，以畅通呼吸道。

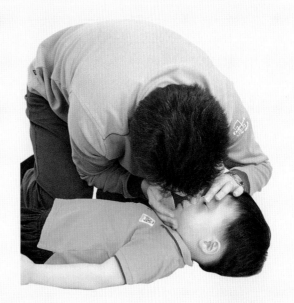

人工呼吸，捏住鼻子，将空气呼进口腔，直到看到他的胸部开始扩张。

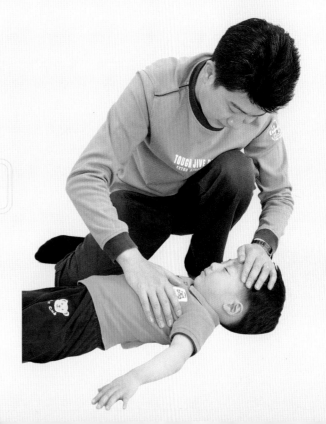

实行胸外按压，用一个手掌按压胸骨。

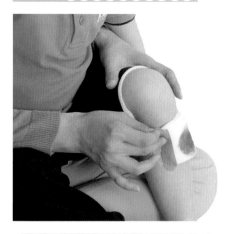

外伤出血时，根据出血情况，选择止血材料和方法。一般的外伤出血用纱布包扎后用手按一段时间即可。但应注意不要让伤口感染。

## 护送受伤儿童去医院要注意什么

危重儿童在现场得到及时、初步的急救后，紧接着就需要及时安全地送到医院，进行全面的检查和救治。做好搬运和护送，会减少病情的加重。搬运和护送儿童时，首先要根据病情的不同选择适宜的搬运方法及搬运工具。在抢救儿童时动作要轻缓、敏捷、一致，转运的路途较远时，还需要寻找合适的交通工具，如震动小的汽车和船舶等。有各种外伤如骨折、大出血的儿童，必须进行固定、止血处理后才能转送；对急性中毒的儿童，必须要在现场洗胃催吐；当孩子呼吸奄奄一息或已摸不到脉搏时，现场急救后，在转送途中要继续进行观察和抢救。运送处于昏迷或休克状态的儿童，要让孩子平躺在担架上，平抬平放，孩子的头要向一侧偏。对于受伤的躯干和肢体要由专人扶持或照顾，不能随其来回摆动，以防在运送和护送中再受到伤害。对于体重轻、伤不重的宝宝可以抱着送往医院，但对伤较重或骨折、胸部创伤的宝宝不能采用这种方法护送。如果孩子的年龄较大，病情较重，或路程较远，必须选用最适宜的搬运工具。如果需要担架可一时又找不到合适的，可以用门板、木板等代替，也可用靠背椅等搬运。

## 孩子发生出血时如何急救

孩子活泼好动，但自我保护能力差，如果孩子不慎跌伤、摔伤或因飞来横祸发生出血时，家长不要紧张，而应仔细分析，冷静地加以处理。如果出血量不多，一般总是静脉或是小动脉出血，家长可用数层无菌纱布或清洁的布块覆盖伤口，再用绷带加压包扎即可。但如果出血量大，血流如注，多半说明是较大动脉损伤出血，有效的急救办法是采用指压止血法，具体选择指压的部位应根据动脉损伤的不同部位而定。如手指出血，可压迫手指根部两侧的指动脉；如小腿出血，可压迫同侧腹股沟（大腿根部）的股动脉；如头面部出血，可在耳屏前压迫颞浅动脉等。动脉受损出血危害是极大的，家长在紧急止血的同时，应立即送医院作进一步处理。

## 0～3岁宝宝什么时候需要看医生

家长的原则是：如果怀疑孩子生病，就向医生咨询，特别是出现如下可疑征兆时，更应去医院就诊。①体温：体温超过38℃，能看出孩子明显发病；体温超过39.4℃，却看不出孩子有什么发病的迹象；发烧时，体温忽高忽低；发烧时伴有惊厥；体温达到38℃以上，连续3天；孩子皮肤发凉、嗜睡、异常安静、四肢无力，可能同时脸、手和脚都发红（很有可能是体温低下）。②外伤：当孩子出现意外或烧伤时；当孩子失去了知觉时，不论其时间多短；当伤口较深，引起严重失血时；当孩子被动物、人或蛇咬伤时；当有酸性物质进了孩子的眼睛时；当眼睛受到物体挫伤时。③疼痛与不适：当孩子感到恶心、昏迷或者头痛时；当孩子说自己的视线不清时，特别是在头部受到撞击之后；当孩子出现严重的周期性绞痛时；当孩子出现右腹部疼痛，伴有恶心时。④呼吸：如果孩子呼吸困难，每次呼吸均可见肋骨明显内陷。⑤呕吐和腹泻：如果呕吐严重，持续过久或是呕吐量很大；如果孩子很小，呕吐会引起脱水；如果伴有腹痛、体温升高或其他明显生病的症状。

母亲带孩子看病时，向医生道明病因或症状，配合医生做好相关检查。

## 家庭急救箱的配置

家里配备一个急救箱，会给生活带来很多方便。家庭急救箱中应配置哪些物品呢？①备一些消过毒的纱布、棉棒等，这些都是急救时常用的东西。如有条件，最好有1块长1米左右的大三角巾。②体温计是必须准备的量具。医用的剪子、镊子也要相应地配齐，在使用前先用火或酒精消毒。③碘酒、紫药水、红药水、烫伤膏、眼药膏、止痒清凉油、伤湿止痛膏、创可贴及75%酒精等外用药。④配置解热、止痛、止泻、防晕车、一般消炎药和助消化等内服药。配备家庭急救箱时有些事项需要注意：①应根据家庭成员的具体情况而定，因人而异。如解热类的药品，大人和小孩用药的剂量和种类有差异，最好配置大人用和小孩用两种。②患一般疾病的病人在服用药物时，可按说明书中规定的方法与剂量服用。小儿、老年人、体弱或有特殊病情的病人，在服用药物时应遵照医嘱。③家庭急救箱内的药品要定期检查和更换，要放在通风和阴凉处，以免失去药效，或者变质对人体造成伤害。

## 红药水、紫药水、酒精不能乱用

孩子因玩耍而磕破皮肤时，面对红药水、紫药水和碘酒，如何选择使用呢？红药水又称红汞，其杀菌力比碘酒弱。由于刺激性小，故常用于比较清洁、新鲜、浅显的皮肤小伤口，不宜用于大面积伤口。紫药水又称龙胆紫，杀菌力介于红汞与碘酒之间，因其刺激

碘酒

创可贴

紫药水　红药水　风油精　止喘气雾剂　棉球（儿童用）

## 家庭急救箱中的一般物品

| 品 名 | 规 格 | 单 位 | 数 量 |
|---|---|---|---|
| 体温表 | 腋下 | 支 | 1 |
| 绷带 | 3，4，5，列 | 包 | 各1 |
| 纱布块 | 消毒 | 包 | 4 |
| 药棉 | 消毒 | 包 | 1 |
| 创可贴 |  | 包 | 10 |
| 止血带 | 橡皮 | 根 | 1 |
| 别针 | 大号 | 个 | 4 |
| APC（止痛片） |  | 片 | 10 |
| 阿苯片 |  | 片 | 20 |
| 黄连素 | 0.1克 | 片 | 20 |
| 烫伤药膏 |  | 盒 | 1 |
| 清凉油 | 3克 | 盒 | 1 |
| 红汞 | 2% | 瓶 | 1 |
| 剪刀 |  | 把 | 1 |
| 镊子 |  | 把 | 1 |

性小，无毒性，最适用于新鲜浅表的皮肤创伤，小面积烧伤及口腔、阴道等黏膜的感染，不可用于大面积和深度烧伤及已经化脓的伤口，因为紫药水具有"把干"作用，用后易结痂，使结痂下的积脓排不出来反倒加重感染；另外，伤口变化需要观察的，也不要涂抹紫药水。碘酒又称碘酊，杀菌力强，将被带锈的铁器刺伤的伤口或带泥状的伤口清洗后，用碘酒消毒效果最好。但其刺激性较大，不能用于破损较深的伤口和口腔、鼻腔，阴道，肛门等黏膜处的消毒。

毛巾

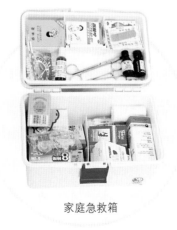

家庭急救箱

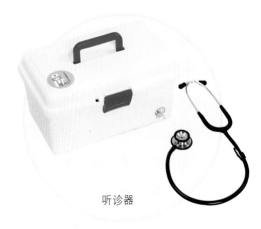

听诊器

## 怎样脱掉伤病孩子的衣物

有时候需要脱下患儿的衣服露出受伤的部位，以便进行正确的判断和适当的急救。脱衣物时应尽量避免强硬或粗暴动作；尽量少脱，尽量不要破坏患儿的衣物，若需要剪开时，应尽可能沿缝合处剪开。①脱鞋时，一手托住足跟，小心地把鞋脱下。②脱短袜时，如果短袜难以脱下，可以将食指及中指伸入袜子和腿之间。拉起袜子，用剪刀沿两手指之间把它剪开。③脱长裤时，将长裤从腰部拉下，以露出大腿；或卷起裤管，露出小腿和膝盖。如需要，可以剪开裤管内侧接缝。

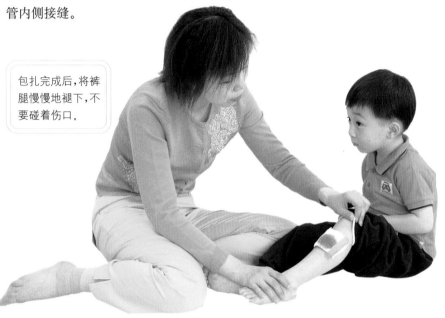

包扎完成后，将裤腿慢慢地褪下，不要碰着伤口。

## 怎样进行热敷

热敷可以使肌肉松弛，血管扩张，促进血液循环，又消炎、消肿、减轻疼痛以及保暖作用，可用于小儿受凉引起的腹痛、关节炎以及软组织损伤等。对于局部急性出血、过敏性皮炎、局部感染以及未确诊的急腹症，应禁止热敷。热敷一般有两种：①热水袋热敷法。将热水袋内装入45～50℃的热水，一般不需装满，排出气体，拧紧盖子，外包以毛巾，用腕部试试不觉烫即可。将热水袋置于需热敷的部位。一般每次热敷20～30分钟，每天3～4次。用盐、砂子等炒热后装袋也可做热敷。②热毛巾湿敷法。先在需要热敷的部位涂上一层凡士林油，上面再盖一层纱布。将热毛巾拧至不滴水时抖开、叠好，用手腕试一下温度，以不觉烫为宜。每隔3～5分钟换一次毛巾。一般每次热敷时间20～30分钟，每日2～3次。热敷完后，将皮肤上的凡士林擦洗干净。

## 怎样进行冷敷

冷敷可使局部毛细血管收缩，减轻局部血管充血，具有减轻肿胀、止血、止痛、解痉、皮肤散热、降低体温等作用，一般适用于高热患儿、局部炎症、内出血及扭伤早期等。对于大片组织受伤、局部血液循环好、皮肤青紫、化脓性炎症，禁止使用冷敷。冷敷一般有两种：①冰袋冷敷法。准备好冰袋（用热水袋也可以），将冰块砸碎后装入冰袋内，约占冰袋容积的一半，再灌入适量冷水。排尽空气后拧紧盖子，擦干袋外水迹，用毛巾包裹后放在需冷敷的部位。用于高热患儿降温，可将冰袋置于头部、颈部、腋窝、大腿根部等；用于治疗扭伤，只需将冰袋置于局部。注意每次冷敷时间不宜过长，随时观察局部皮肤颜色变化，防止冻伤。②湿冷敷法。将两条毛巾放在冷水中，取出一条拧至半干，以不滴水为宜，然后敷于局部，3～5分钟换1次，两条毛巾交替使用。一般持续冷敷15～20分钟即可，若病情需要也可再延长5～10分钟。冷敷后将局部擦干。

用腕部试试热水袋的温度，以不觉烫为好。

把用毛巾包好的热水袋放在孩子的肚子上，通过热敷减轻他们的腹痛。

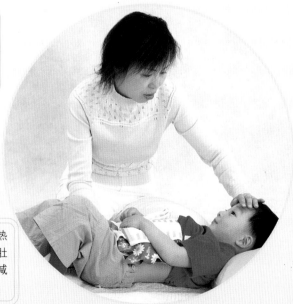

将湿冷毛巾置于发热宝宝的头部。

冷敷的同时在宝宝的脚底放热水袋。

## 怎样护理发热的宝宝

发热是身体对细菌或病毒侵入时的一种防御反应，体温升高后不利于病原微生物的生长繁殖。婴幼儿发高热常可引起抽搐。因此当小儿发热时除要找医生诊治外，还要在家给孩子降低体温。降低体温的方法：①尽可能脱去一些衣服。②保持室内温度在18～25℃左右为宜。定时开窗通风，保持室内空气新鲜，通风时应给孩子盖上被子，或暂时到其他房间。③用蘸有温水的海绵反复擦身，或者洗个温水浴。④当体温38℃以上时，及时给宝宝按量口服退烧药或肛门塞退热栓。⑤吃清淡易消化的饮食，如粥、面片汤等，还要注意吃水果，以便及时补充维生素，多给孩子喝水，以及时补充因发热出汗所丢失的水分。小儿发热应先请医生诊断出发热的原因，再进行合理治疗；服药要按时按量。如发现异常情况，如嗜睡或易惊、反复呕吐、腹泻后少尿、面色苍白、皮疹、抽搐等，及时到医院就诊。

## 给孩子擦温水也能降温吗

用一块不透水的油布铺在地上，再铺一层毛巾被，让孩子躺在上面。取来脸盆，在里而加入温水。用海绵或是法兰绒布蘸上温水，给孩子擦身。从面部开始，然后擦躯干，最后是四肢；温水可以使血管扩张，在蒸发时可以带走热量，使血液冷却。不要认为用冷水降温比温水迅速，其实反倒影响了降温的速度，因为冷水使皮下的血管收缩，不能有效地带走血液中的热量。所以从血液中带走的热量越多，降温的效果就越好。你也可以同时使用电扇加快降温。

## 对于高热不退的小儿怎样温水擦浴

温水擦浴适用于高热小儿降低体温。水温最好在32～34℃，在擦浴前，最好在孩子头部放冰袋或凉毛巾以协助降温，足部放热水袋，以防擦浴初期表皮血管收缩引起头部充血。可以先擦胳膊，从脖子外侧向下擦至手背，再从腋下擦至手心；再擦后背，从脖子开始擦至全后背；最后擦大腿，从大腿根内侧擦至脚心。擦完30分钟后测量体温，看看降温效果。注意在擦浴过程中，如宝宝出现寒战，面色苍白等应立即停止。

## 酒精擦浴降温

用酒精擦浴高热病人的身体，并借酒精的挥发作用带走体表的热量而使体温降低，这种方法又称"物理降温法"。用酒精擦浴降温，在操作方式上以滚动按摩手法为好，即用一块小纱布蘸浸75%酒精，置于擦浴的部位，先用手指拖擦，然后用掌部作离心式环状滚动，边滚动边按摩，使皮肤毛细血管先收缩后扩张，在促进血循环的同时，使机体的代谢功能也相应加强，并借酒精的挥发作用带走体表的热量而使体温降低。酒精擦浴时的注意事项：高热寒战或高热伴出汗的小儿，一般不宜用酒精擦浴。因寒战时皮肤毛细血管处于收缩状态，散热少，如再用冷酒精刺激会使血管更加收缩，皮肤血流量减少，从而妨碍体内热量的散发。高热无寒战又无汗的小儿，采用酒精擦浴降温，能收到一定的效果。

## 怎样急救中暑的宝宝

发现宝宝中暑了，首先应立即将宝宝移到通风的阴凉处，或使用电扇及冷气来帮助降低环境温度，并脱去身上的衣物。然后观察宝宝的神志，如果宝宝神志尚清醒，可使其平躺，头颈及肩部稍垫高，以利呼吸道通畅。同时喂食一些冷饮料，可以服十滴水、人丹等，可用温凉水擦身帮助降温。如果宝宝昏迷，但呼吸尚可，上述处理后立即送医院抢救。

给孩子喂奶时，奶瓶稍倾斜即可。

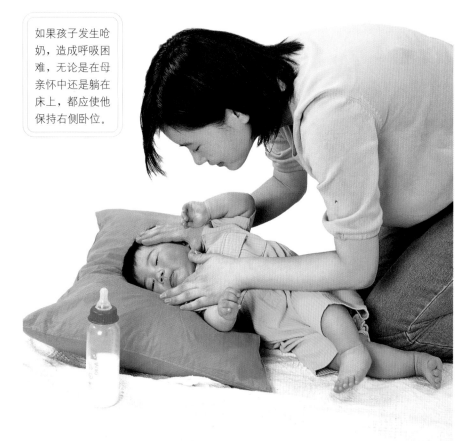

如果孩子发生呛奶，造成呼吸困难，无论是在母亲怀中还是躺在床上，都应使他保持右侧卧位。

## 宝宝意外窒息如何抢救

宝宝窒息后，口唇及皮肤青紫，呼吸断断续续，或呼吸十分浅表但心跳仍存在，此时及时抢救可以成活。但窒息时间如果超过15分钟，往往可引起神经系统的后遗症；如果窒息严重，阻塞时间长，呼吸心跳停止过久，就失去了抢救的时机。因此，宝宝窒息抢救的关键是及时发现，立即抢救。抢救宝宝，最重要的是解除引起其窒息的原因，及时清除呼吸道及口腔分泌物，保持呼吸道的通畅。对吐奶误吸的宝宝，首先应将其变换为右侧卧位，用消毒或干净的纱布、手帕迅速清除口腔内的奶渍，并用手轻拍宝宝背部，让宝宝咯出部分吸入奶，或用清洁吸管吸吮宝宝口、鼻部的奶水，然后立即送医院进一步治疗。如果宝宝呼吸心跳已经停止，则应立即做口对口呼吸及胸外心脏按压。

## 儿童发生突然窒息的原因

儿童发生突然窒息的原因主要有这样几个方面：①异物阻塞气道：比如食物或呕吐物流入气道中；②呼吸道受阻：比如塑料袋蒙头；③气管受压：颈部被勒。④胸部受压：比如被塌下的土石掩埋，或重物压迫胸部。⑤脑部受损：比如脑振荡、中风、触电。⑥环境缺氧：高山、地洞和密闭场所。儿童发生窒息时的表现有：最初呼吸深大和急促，呼吸出现困难，呼吸有杂声，面颊、颈部出血；表面静脉显露，口唇、眼结膜、指甲、趾甲变成紫兰色（发绀），失去知觉；最后呼吸停止。此时必须紧急抢救，若脑部超过3分钟没有氧气供应，则可能开始导致永久性的损伤，因为脑细胞不断需要氧气来维持其功能。故此，急救的时间性非常重要。发现孩子的行为容易导致窒息，需马上制止。

## 如何避免儿童发生意外窒息

儿童了解世界，除了用眼看、用手摸，还喜欢用嘴尝，这是导致意外窒息的重要原因之一。因此，父母最好不要给孩子吃花生米、果冻、糖等小零食，如果孩子实在要吃，吃的时候注意不要发生打闹、哭笑等情况。另外，在给孩子玩玩具时，先注意玩具上有没有零件脱落，或周围有无小物品，比如弹珠、小螺丝等。冬季睡觉时，父母给孩子盖衣被不要盖过头部，不要使用太过松软的枕头，以消除睡眠环境中的潜在危险。

## 气管吸入异物急救法

气管吸入异物的情况非常危险，急救办法如下：①让患儿俯卧在你两腿间，头低脚高，然后在患儿的两肩胛骨间适当用力拍击4次。②拍背不见效时，可让患儿平卧，一手握拳，大拇指向内放在患儿的脐与剑突之间，用另一手掌压住拳头，有节奏地使劲向上向内推压，促使横膈膜抬起，用肺底产生的气流逼使异物随气流直达口腔，将其排除。同时可用手指伸入喉咙内寻找异物并即时取出，或用手指按舌根部使之产生呕吐反射，让异物呕出。对于婴幼儿可立即倒提其两腿，头向下垂，同时轻拍其背部。这样可以通过异物的自身重力和呛咳时胸腔内气体的冲力，迫使异物向外咳出。

## 孩子哮喘发作时怎么急救

孩子感到咽喉发痒、流清鼻涕、胸闷干咳等常常是哮喘发作的先兆，父母发现后，要及时耐心安慰孩子，使其安静下来。让患儿坐坐直，身体微向前倾，

让孩子长开嘴，家长向他口腔内喷入气雾，以减轻咳嗽。

有助畅通气道，缓解呼吸困难。尽量安慰患儿，以免他被发作吓坏，增加情绪压力而导致病情加重。同时立即给予止喘气雾剂吸入（若孩子是哮喘患儿，父母在天气寒冷或季节转换期间，应给孩子随身携带喷雾药剂），如常用的有奥克斯都宝、普米克都宝、喘乐宁等粉剂或气雾剂。哮喘患儿的家中一定要备有这些药品，除每天按时应用外，急性发作时可加倍使用。如孩子的哮喘仍不能缓解面色苍白、呼吸困难，要立即打电话要急救车送医院急救室治疗。

## 孩子哮喘发作控制后如何护理

孩子哮喘发作时往往大汗淋漓，缓解后要用温水给孩子擦身，更换衣裤，同时注意保暖。哮喘发作时，孩子因张口呼气和大量出汗使身体内的水分丢失过多，所以哮喘急性发作时要注意给孩子多饮水。缓解后进食半流食如豆浆、米汤、米粥、能冲调成流质的食品。不要给患儿吃冷食冷饮。要注意少吃多餐，避免过饱，因为过饱后容易引起哮喘发作。

## 怎样避免孩子哮喘发作

经常发作哮喘的孩子，父母应做些预防和早期控制哮喘的措施。首先应尽量找到过敏来源，以便避免接触而诱发哮喘。注意室内空气要流通、新鲜、无灰尘、无煤气、烟雾、油漆味及汽油味等。室内不要放花草，不要喷洒敌敌畏等有刺激性气味的东西。室内要保温，哮喘的孩子对温度的变化特别敏感，大多数不耐寒，天气转凉需穿多点衣服保暖，出入冷气地方最好为孩子带件外套；少吃生冷东西，减少刺激气管的机会。不要给孩子使用装有陈旧棉花或羽毛的枕头，不要接触有毛的宠物，避免其吸入引起哮喘。留意天气预报有关空气污染指数，若当日空气污浊，则避免带孩子到人多车多的地方。

## 小儿呕吐原因有哪些

　　小儿的消化系统结构和功能不完善，消化吸收功能弱，胃肠道易受损伤，故喂养不当、饮食不洁、食物成分不易消化和各种疾病均使小儿容易发生呕吐。许多疾病可以引起小儿呕吐，出生两周以内常见的原因有分娩时吞入羊水、食道闭锁、肛门直肠闭锁和新生儿颅内出血。婴幼儿常见的原因有肥大性幽门狭窄、肠炎、肠套迭、肺炎、败血症、化脓性脑膜炎等。学龄前儿童常见的原因有急性胃肠炎、肝炎、阑尾炎、流行性脑膜炎、乙型脑炎、高热和食入有毒物质等。总之，小儿呕吐常由胃肠道疾病、中枢神经疾病和传染病引起，必须引起重视。尤其是发热伴有严重呕吐时，更不能延误时机，应及时请医生诊治。

## 小儿呕吐时应如何处理

　　小儿出现呕吐时可做如下处理：①立即把头侧向一边，不要仰卧，以免呕吐物呛入气管，使气管阻塞或发生吸入性肺炎。②呕吐时会感到惊慌和不适，这时最需要家长冷静，给孩子安慰；可把自己的手抚放在其前额，孩子会觉得安心。呕吐后用海绵或毛巾揩净面孔。如果家长认为孩子可能还会呕吐，就再近旁放置一个盆。同时要用温开水给孩子漱口，对于小宝宝要多喂几次水，以达到清洁口腔的目的。③暂时停止进食。孩子呕吐后不要马上喂水喂药，也不要随意搬动。④对于严重呕吐或呈喷射状呕吐的小儿，要及时送医院就诊。

幼儿呕吐时，在他面前放一水盆。

让孩子低下头

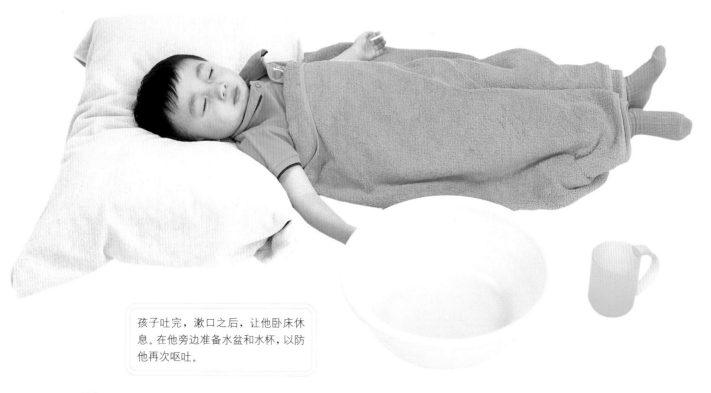

孩子吐完，漱口之后，让他卧床休息。在他旁边准备水盆和水杯，以防他再次呕吐。

## 婴儿溢奶是呕吐吗

要把呕吐与溢奶（或称漾奶）区别开。由于婴儿的喷门（在食道与胃之间）肌肉比较松弛，当胃内有气体存在时，便会从喷门溢出，同时会带出一些奶，这是溢奶。呕吐则是大口地吐出胃内容物，量较多，有时伴奶块或绿色胆汁，甚至呈喷射性。引起溢奶的常见原因是喂养不当，喂奶前哭闹、吸空奶瓶、喂奶时奶头内未充满奶汁以致大量空气吞入胃内，喂奶后仍横抱或不停地摇晃婴儿等。防止这种生理性溢奶的方法是在喂奶后将小儿轻轻抱起，伏于母亲肩上，轻拍背部，让胃内气体排出，然后轻轻放下，使其右侧卧位，头部稍抬起。一般来说生理性溢奶在出生 3 个月后就较少发生了。

## 孩子发生蛀牙怎么办

蛀牙也称为龋齿，是儿童最常患的牙病，由于含糖食物和饮料吃的太多所致。龋齿的症状包括：①牙齿对冷、热食或甜食有过敏现象。②在严重的情况下，牙齿可能会变成棕色，珐琅质表面可能会出现清晰的孔洞，而且可能出现严重的疼痛。低糖的饮食、良好的口腔卫生习惯以及经常看牙医，是防止蛀牙的最好方法，家长应该限制孩子食用甜食的量，也应该特别限制他们食用甜食的频率；尽可能劝阻孩子在两餐间食用甜点和甜味饮料，避免经常食用酸性食物和饮料，包括果汁和气泡饮品，如饮最好使用吸管饮用。不要让婴儿食用含糖饮品，因为牙齿浸在其中，会被快速蛀蚀。孩子应该每日使用含氟牙膏刷牙两次，时间为早餐之后和夜间就寝之前，特别是后者尤其重要。（如何使用含氟牙膏见 P156）

用吸管饮用饮料，可起到预防孩子发生蛀牙的作用。

## 臂痛和腿痛

儿童一开始学步，就常会因跌倒、碰撞及肌肉牵拉等造成轻微外伤。儿童时期的臂痛和腿痛通常就是这些损伤所致，很少会严重到需要医护处理。不过偶然的情况下，损伤可能造成骨折，就需要立即治疗。没有明显损伤的情况而发生疼痛，如果持续超过 1 天或以上，一定要请医生诊治。

## 四肢抽筋，剧烈疼痛怎么办

抽筋是一种剧烈的肌肉收缩（痉挛），一般突然发生剧烈疼痛，发作时肌肉疼痛、触摸发硬而紧张，可见肌肉变形，持续几分钟后缓解。最常见是小腿肌肉和脚趾。在剧烈活动、重复性运动或姿势不良时引起。父母在孩子活动前让孩子多饮些水，可以预防抽筋。对于反复发生抽筋的孩子可给予补钙，因为血液中缺钙也可引起肌肉抽筋。发生抽筋时，父母可以帮孩子按摩或牵拉受累的肌肉，以减轻孩子的疼痛。反复牵拉，一直到症状缓解。抽筋缓解后，如果仍有疼痛，可在局部使用热水袋或热毛巾，或者让孩子洗热水澡，也可以给孩子使用扑热息痛或布洛芬。如果抽筋持续发生，而且原因不明，这时就需要去医院检查，以排除潜在的原因。

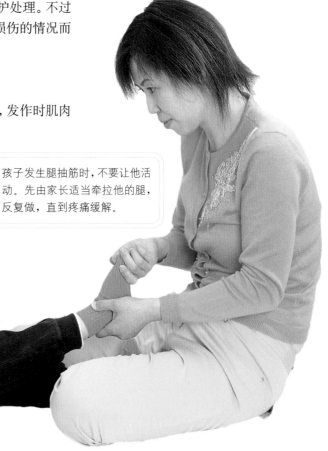

孩子发生腿抽筋时，不要让他活动。先由家长适当牵拉他的腿，反复做，直到疼痛缓解。

# 宝宝意外事故的急救

意外事故又叫意外伤害，是由于各种意料不到的原因突然对人体造成的伤害。儿童意外事故有突然性、未预料性、原因的复杂性、场所的多样性等特点。必须引起家长足够的重视。

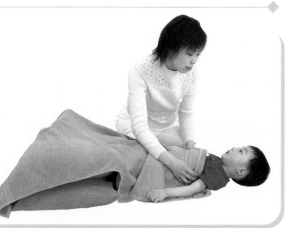

## 孩子意外事故多见吗

北京市儿童意外伤害调查报告中表明：在北京，意外伤害超过了少数传染病成为造成18岁以下儿童死亡和伤残的首要原因。2003年北京有5万多名儿童受到不同情况的伤害，其中5～9岁年龄组的儿童伤害发病率最高。平均每天就有139名儿童因此需要就医、住院甚至导致伤残或死亡。在致命性伤害中，交通事故和溺水的发生率最高，发生此类伤害的以中学生群体为主。在非致命伤害中，跌伤、动物咬伤和道路交通事故成为主因。其中跌伤的发生率最高，而动物咬伤则成为出现在京城的新问题。每天平均有30名儿童因动物咬伤接受治疗，其中宠物犬造成的伤害占80%以上。调查还指出：很多家庭、社区都存在着不同程度的危险因素，如化学药品的不安全存放和缺少防护的游戏运动场所等。在意外伤害中，致死的比例相对较低，更多的儿童因意外伤害致残或误学。

## 父母对儿童意外事故应有正确的认识

儿童天生喜欢冒险，一不小心就容易造成各种意外损伤。幸好，多数损伤都是轻微而且容易治疗的。但是每一位父母都应学习一些初步的救生急救方法，以急救一些严重的意外事故。举例来说，当幼儿产生窒息的危险时，如果父母具有心肺复苏的急救知识并能实施心肺复苏技术，宝宝存活的机率或许可以更高些。父母还应培养宝宝的安全意识，将正确的观念及态度教导给宝宝。孩子在户外玩耍时，可能会倒着玩溜滑梯，或用不正确的姿势玩游乐设施，父母若是视而不见，反而用"好棒！"来鼓励宝宝，这是不对的。这会让孩子处在危险的状态而不自知。当父母看到媒体报导宝宝或家庭意外事故时，不要持有"那是别人的事，根本不关我的事！"、"坏事永远不会轮到我！"的错误想法，应该要加以警惕，

教孩子安全知识，培养他们安全意识。

审视自己平常是否有安全措施，避免让同样的事情发生在自己孩子的身上。

## 家里着火后怎样脱险

发现家中着火之后，要保持冷静，首先应制定一个脱险计划。在紧急情况发生之前考虑好怎样从家里的任何一个房间跑出去？怎样帮助婴幼儿逃出去？当全家逃出来后在哪里会面？例如，油煎锅着火时首先应采取关掉炉子或保温炉架的开关，然后用盖子、湿的茶巾或防火毯盖在煎锅上以求将火扑灭。提醒家长，千万不要将水泼在火苗上面。如果上述办法还无法控制火势，那么立即关上门，打电话叫消防队，同时，组织家里人都离开房间。

## 如何从火中逃离

家中失火，火势失控自己无法扑灭的情况下，就要积极设法从火中逃离。从火中逃离时要注意这样几点。首先，感觉门的温度。如果门是凉的，就从这儿离开。如果门是热的，不要碰更不要打开它。如果有烟从门缝冒出，要用毯子挡住，之后，走到窗户跟前，打开窗户，呼叫救助。其次，让孩子待在低处。因为低处的空气比高处的干净，烟的浓度较低。如果形势紧迫，不得不从窗户逃出，应先将孩子从窗口吊下落在地上，家长自己可将绳子绑在窗沿上，顺着绳子着地；如果是打碎窗玻璃后外逃，那么在爬出之前，要先在窗框上铺一条毯子，以防玻璃碴子扎伤身体。对于婴儿和刚会走路的幼儿，家长需要格外注意，必须把

他们抱出房间。对于超过6岁的孩子在紧急逃离现场的过程中，安顿他们不要做其他任何事情，只要照顾好自己。另外，如果需要，在外逃之前，家长要事先约好家人出逃后集合的地点；在外逃过程中，注意关紧身后所有的门。还有，时刻保证能和他人或救援组织联系，如打电话寻求帮助等。

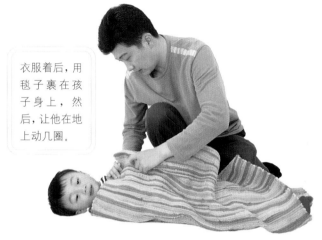

衣服着后，用毯子裹在孩子身上，然后，让他在地上动几圈。

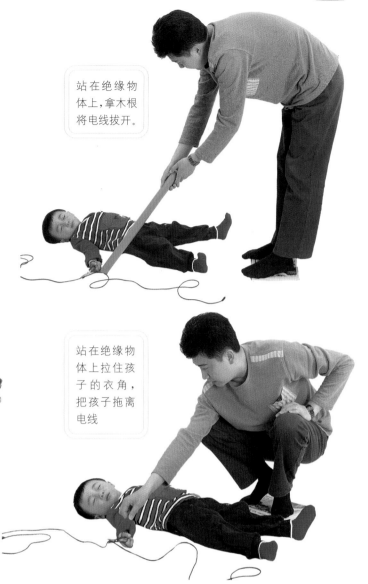

站在绝缘物体上，拿木根将电线拨开。

站在绝缘物体上拉住孩子的衣角，把孩子拖离电线

## 孩子衣服着火了怎么办

衣服被火烧着、起火时，由于惊吓孩子到处乱跑。这时，家长要阻止他不要狂跑，快速的运动只会使火苗燃烧范围扩大。正确方法是将他放在地板上，让着火的位置朝向上方，避免孩子的脸被火苗烧伤。如果附近没有水可以泼灭火苗，可将大衣、毛巾、衣服或毯子包裹在孩子身上，让他在地上滚动几圈，以扑灭火苗。特别要注意，化纤织物很易起火，是不能用来灭火的。如果附近没有可以闷灭火的东西，家长可以用身体盖在孩子的身上，但是一定要盖严，不得留下缝隙，以免火苗重新燃起。灭火后尽快带孩子上医院。

## 孩子触电后怎么办

孩子发生触电，首先应迅速使他脱离电源。家长可以用干木棍将电线拨开，或将孩子拨离电线。当家长要直接拉开小儿时，必须站在干纸堆或木板上，然后拉住小儿的干衣角，将孩子拖开。如果通过人体的电流很小，触电的时间也短，一般不至发生生命危险。脱离电源以后孩子只感到心慌、

头晕、四肢发麻，要让孩子休息1~2小时——如果触电后让患儿立即走动，有可能会引起死亡；孩子休息时最好有人在旁守护，观察宝宝的呼吸、心跳情况，对皮肤灼伤处，可以敷消炎膏以防感染。如果触电时间较长，通过人体的电流较大，或者是电流从右手到左脚，通过人体的重要器官(心脏和中枢神经系统)，损害就很严重。孩子表现为面色苍白或发青紫，昏迷不醒，甚至心脏、呼吸停止。这时应该分秒必争，立即进行现场抢救，做口对口呼吸和心脏按压。在做人工呼吸和心脏按压的同时，必须立即打电话给急救中心让医生前来抢救。

## 预防孩子发生触电

如今，家用电器多了，小儿在家看管不当，发生触电的意外伤害也不少。比如，有些孩子调皮捣蛋喜欢玩电线插座，将镊子等金属器具插入电插座双孔里，因为短路，身体被强电流弹出。再如，随着手机用户普及，喜欢玩充电器的不少孩子，也容易发生触电事故。生活中有很多隐患可造成孩子触电，父母怎样预防呢？预防儿童触电的意外伤害主要靠父母在平时加强防范，比如打火机、电热器、充电手机等不要放在孩子容易拿得到的地方，电源开关尤其是插座也不要让儿童触摸；家用电器的电源线，避免乱接乱拉，以减少触电事故的发生；选购电动玩具时，要注意辨明生产厂家，特别注意电玩的设计和安全性，这样可以大幅降低儿童触电概率。

## 孩子溺水如何急救

小儿溺水5～6分钟后，心跳呼吸就可因缺氧太久而停止。因此，孩子发生溺水，在专业救护人员到来之前，必须进行现场急救。现场急救的方法是：①倒出积水。将孩子捞出水面后应立即倾倒出其体内尤其是呼吸道的积水，以最快的速度清除孩子口鼻中的泥沙杂草及分泌物，保持其呼吸道通畅，然后，取头低脚高位，使孩子成俯卧姿势；也可将孩子俯卧于家长的大腿或木凳、斜坡上，挤压其胸腹以促其排出呼吸道和胃内的积水；还有一种方法是，家长将孩子腹部置于自己的肩部，快步奔跑，借跑步时的振动力，利用患儿头部下垂的重力，使孩子呼吸道内的积水迅速排出。②促进呼吸。若孩子尚有心跳、呼吸，可将其舌头拉出，保证其呼吸道通畅。③如果孩子呼吸心跳已经停止，应立即实施口对口人工呼吸，并进行胸外心脏按压，要分秒必争，千万不可只顾倾水而延误呼吸心跳的抢救，尤其是开始数分钟。④急送医院继续抢救。患儿经以上处理，呼吸心跳恢复后，不要以为万事大吉，因为还会出现肺部、心脏及脑的并发症，所以在急送医院的过程中，绝不能放弃宝贵的抢救时间。

## 高空坠落的一般急救方法

孩子发生高空坠落后，一般的急救方法是：①快速取出孩子身上的各种用具以及口袋中的硬物。②解开孩子的衣领扣，将孩子的身体平移到担架或者木板上，平稳快速地送往医院。此时，千万不要直接抱起或者抬起孩子身体的一侧，应让孩子保持脊柱伸直的姿势，以免发生或加重截瘫。③如果孩子呼吸心跳停止，立即进行人工呼吸，心外按压。

## 宝宝坠床后怎么办

宝宝发生坠床后，父母尽快做以下事情：①蹲下身子，一只手托在宝宝的颈后，一只手托在臀下，将宝宝平放到床上，注意保护好宝宝的颈椎和头部。②因为疼痛和恐惧，坠床后的宝宝一般会哇哇大哭，此时很需要妈妈的安抚，听到妈妈的声音他心里会感到踏实。③检查宝宝的神志。如果宝宝能哭，说明问题不大。如果宝宝神志不清，喊他的名字没有任何反应，或出现呕吐，说明有可能存在颅脑损伤，立即打120叫急救。④检查宝宝的关节。如果宝宝胳膊、腿、手脚活动自如，说明这些部位没有骨折。如果宝宝某段肢体出现瘀、肿变形，一动就哭，那就可能发生了骨折。这时，不要碰他的骨折部位，平托着他赶紧去医院。⑤检查皮肤。如果有外伤，看是否需要进行包扎止血，随后去医院就诊。大多数情况宝宝坠床只会在皮肤上留下青紫痕迹，一般为皮下出血，单纯性的瘀斑3天左右即可自行吸收。⑥要注意观察宝宝，如果他吃、喝、玩、睡没有异常，就可以放心了。

## 如何预防宝宝坠床

从宝宝会翻身起，他就有可能从床上跌落下来。一般情况下，由于床铺低，宝宝体重轻，骨骼韧性好，不会造成致命性的摔伤。预防宝宝坠床应注意这样几个方面。①宝宝会翻身后，一定要让宝宝睡在有护栏的床上；②床边不要放任何尖锐和易碎物品，更不能放热水瓶、电饭煲等；③床边地上最好铺一块地毯，以防坠落后直接碰在坚硬的地板上；④不要让宝宝在高度2尺以上的空间活动，否则坠落后头部骨折的几率会比较高。

孩子屏气发作，超过3分钟时，父母就要叫喊他的名字，同时刺激他的足底。如果孩子失去知觉就要尽快做人工呼吸。

## 屏气发作是抽风吗

小于4岁的婴幼儿容易发生屏气。屏气发作不是抽风。屏气发作往往是因孩子暴怒、极度失望造成的。家长可以从以下几个方面诊断孩子是否屏气发作。①当孩子哭泣时，只有吸气，而无呼气；②脸部可能会出现青紫，或全身僵硬；③出现暂时性神志不清。孩子屏气发作如何处理呢？发生这种情况时，父母要保持镇静，不要摇晃他，或者惊慌失措。通常持续2～3分钟他会自动恢复。如果他失去知觉5分钟不恢复，就呼叫他的名字，刺激他的足底，给他做人工呼吸。

## 孩子突然发生休克时怎么办

休克是一种威胁生命的状态，它是由严重损伤、大量失血、烧灼伤，或者严重感染所引起。其主要特征是血压急剧下降。如果孩子在遭受以上损伤后，接着出现苍白、出汗，并可能有嗜睡或意识模糊的情况，可能就是休克，需要立即进行急救。在急救车到来之前，扶他仰卧并将两腿抬高；松解所有紧身的衣服，盖上被子保暖；给予安慰，尽量让他舒适。

## 宝宝发生哮吼怎么办

哮吼由病毒感染所致，可造成通往肺部的主要气管通道发炎和狭窄，此病好发于6个月至3岁的儿童。虽然哮吼通常是一种轻微的疾病，然而有时它也会引起严重的呼吸困难，而且需要紧急治疗。普通感冒的症状，例如流鼻涕和打喷嚏就是哮吼的起始症状。在一两天之后，就会出现：吸气性喉鸣，声音沙哑，持续咳嗽，呈犬吠样咳嗽。病情严重的患儿还可能出现呼吸困难和缺氧。如果宝宝哮吼发作，务必要保持其呼吸道通畅。平时，父母可以给孩子多饮用温水，并保持房间的湿度。为了减轻哮吼急性发作的症状，可将患儿带到浴室，打开热水龙头快速升高浴室内的湿度达到缓解的目的。严重哮吼需要马上带孩子去医院就诊。

## 婴儿和新生儿呃逆怎么办

宝宝经常会发生呃逆，因为在宝宝吃奶时常会吞入空气，特别是吃得快的婴儿，在每次喂奶开始时都是狼吞虎咽。胃内过多的气体会使奶反吐出来，如果气体进入到肠内，宝宝的肚子就会咕噜噜响和呃逆，引起宝宝不适和哭闹。所以，每次喂奶后都应花些时间帮助宝宝打嗝把气体排出来：①喂奶时让宝宝半坐在大人的腿上；②喂奶后把宝宝直立抱起，或把宝宝放在膝上，并轻轻拍打其背部，一会儿宝宝就打出嗝了。打嗝后呃逆出现的几率就会大大减少。

## 小儿打嗝怎样控制

打嗝的原因是横膈膜（是一块坚韧的圆顶型肌肉隔膜，将身体分隔成胸腔和腹腔两部分。）突然不自主收缩，导致打嗝。孩子表现为持续打嗝，即使说话时也嗝声不断。处理的方法是，让孩子坐下，指导孩子拿着纸袋，封住口鼻，在纸袋内呼吸，把二氧化碳浓度提升到正常水平，减低横膈膜所受刺激，直至打嗝停止。也可采用喝水的方法，喝水时气道会暂时关闭，这样也会提高体内二氧化碳浓度，道理就像憋气或在纸袋内呼吸一样，但用纸袋呼吸的方法比较有效。注意勿用塑料袋呼吸以免吸气时塑料袋贴近鼻孔，容易导致窒息。

平时孩子多喝温水，保持室内湿度，有助于预防哮吼、减轻哮吼症状。

# 宝宝居室内外的安全

无论是室内的睡眠、取暖、用电、沐浴、饮食等，还是室外的交通、戏水、游乐等都应注意防范一些显在与潜在的危险因素，小宝宝因为缺乏对危险因素的认识，所以，父母要格外注意做好宝宝室内外的安全事项。

## 家庭意外事故发生的可能性有哪些

5岁以内的婴幼儿在家里容易发生意外。其实，许多意外如果能做到提前防范，大都可以避免。家长可以花些时间学习一些知识，使意外事故的可能性减到最小。意外事故大多是一系列而非单一原因造成的。引发意外事故的可能状况有：①孩子疲劳、生病或者饥饿的时候；②母亲处于月经、疲劳或怀孕期间；③孩子特别好动；④家中有喜事的时候；⑤夫妻不合，正在吵架的时候；⑥孩子到有危险的地方玩耍的时候，比如会学会走路不久的孩子，很容易会接触到有危险的物体，或接近有危险存在的地方；⑦危险物品混装在一般容器内的时候，比如将敌敌畏装入饮料瓶中；⑧孩子不知哪些药水或药丸有特殊的甜味，趁大人不备乱吃的时候；⑨家长当着孩子的面吃药的时候，宝宝可能会趁家长不注意把大人吃的药放进嘴里；⑩拜访亲朋好友的时候，需要先检查潜在的危险，注意将尖锐的或易碎的物品放到不易被孩子碰到的地方。遇到以上情况时，家长应该格外小心，照顾好孩子。

## 家里需要注意的安全问题

有孩子的父母应知道家中安全的一般常识：①药物安全。家里的药物应放在孩子打不开的瓶子里，最好锁在柜子里；保持好药品和化学品容器上原有的标签，不要把有毒物质装在曾经装无害药物的瓶子里，如柠檬或果汁瓶等；尽可能将药物放在远离食物的地方；不要到处乱放喷雾剂瓶，因为瓶口可能会被孩子按下，造成孩子受伤。②电的安全。保证孩子接触不到有电线的设备；检查、保证电线的完好性，不要扭结，因为扭结可能会损坏电线；所有的电源终点都要有安全插座。③家中其他安全注意事项。在有火的地方一定要安放防护栏；暖气片或暖气管要用毛巾盖好，或者用家具挡好，尽早教会孩子，暖气片是热的，不能摸；挡好所有的上层橱柜，附

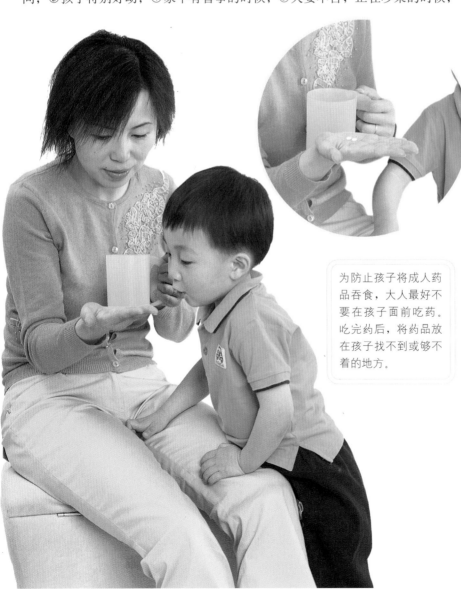

为防止孩子将成人药品吞食，大人最好不要在孩子面前吃药。吃完药后，将药品放在孩子找不到或够不着的地方。

近不要留有可以爬上去的东西；不要让孩子接触到针、别针、火柴、打火机、锋利的刀剪等，把这些东西都要锁好；还有，家具一定要结实，固定好，以防孩子把家具弄翻。

## 厨房需要注意的安全问题

频繁的烹饪工作和杂物给厨房带来很多隐患。如何避免呢？①地板必须是防滑的；窗子和玻璃门上，要安强化安全玻璃；窗子一定要锁好。②关好所有的抽屉，尽可能锁好。③尽快清除所有溅出的液体；及时清理台面和地面上的锐器。④热的饭锅安放好，热锅等东西放在炉子上，不能让孩子够到；把锅柄总是朝向炉灶的里面。⑤不要使用台布，会爬的孩子容易抓住台布，可能会把上面的东西拉下来；把火柴放在安全、低温的地方。⑥做饭时，不要让孩子在身边玩耍；让孩子在可以听到你说话的地方玩耍。⑦电器的电线不能拖到地面上。⑧不要让孩子从柜子里拿东西，或是玩柜门，孩子的手指很容易夹在关得不牢的柜门间；从高层的物架上取物品时，一定要让孩子离开，以免不慎，物品落下时砸到孩子。⑨不要让孩子拿塑料袋玩。⑩不要把电熨斗打开后，就离开，幼儿很可能会把熨斗和熨衣架弄翻。还有，把孩子和他的玩具放在远离做饭的地方，这样就不会有可能绊着孩子或是烫着孩子。最后，把所有的清洗用剂，包括漂白粉和洗衣粉，放在孩子够不到的地方。

## 起居室需要注意的安全问题

起居室是家人最开阔的活动场地，确保起居室的安全应注意：①沿墙的边缘布置电线；拔去不用电器的电源；电器的电线要短，不要拖地。②不要在矮桌上放置热物或重物，以免孩子够到。③墙上的架子一定要固定好，保证孩子够不到。④不要让孩子接触到易碎的东西，如玻璃、瓷器等。⑤在落地窗装上安全玻璃，保证孩子摔在上面时，玻璃不会破碎。⑥不把热水或含酒精饮料放在孩子能够到的地方。⑦不要随处放置打火机和火柴。⑧电视机不放在孩子能够到的地方；尤其是电源插头不能让孩子够到。⑨家里不养有毒的植物。⑩对于刚会走路的婴儿和喜欢奔跑的幼儿来说，瓷砖地、打蜡的木地板就显得太滑了，应铺上防滑网或小块地毯。

## 卧室需要注意的安全问题

如何避免卧室里发生意外事故呢？①所有的窗子上都要安好锁，也不要在窗前摆放家具，以免孩子爬上家具，接近窗子；②家具角一定为圆形，如果不是圆角，安上塑料防护桌角；③把孩子的玩具放在较低的位置，取玩具时，孩子不用费很大的劲，也减少孩子上高的想法；④不要把玩具乱放在地板上，以免绊倒孩子，造成摔伤；⑤不要乱设电线，特别是在孩子的床前，因为孩子很可能会把衣物或被子弄到上面，引起意外；⑥不要把婴儿放在床边玩，也不要把孩子单独放在可以活动的桌子上，一秒钟也不行。

## 浴室需要注意的安全问题

确保浴室内安全，防止孩子发生意外应注意以下方面：①确保浴室和厕所可以从外面打开门；②把药物、剪刀和刀片放在孩子够不到的地方；③不要随处乱放香水和化妆品；④盖好便池的盖子；⑤给孩子放洗澡水时，一定要先放冷水，以免烫伤孩子，把孩子放在水里前，一定要先用手试好；⑥所有的窗子都要有栏杆；⑦不要让孩子自己呆在浴池里；⑧电热加热器，应安在孩子够不到的墙上；⑨把清洗剂、漂白粉和消毒剂都锁在柜子里；⑩给孩子洗澡时如果要去应答门铃或接电话，把孩子也带上。千万不要将幼儿单独留在浴缸里，婴儿会在深度仅2.5厘米的水里溺水。

放孩子进入浴盆前先试一下水温是否合适。

孩子好动，在花园中追逐嬉戏，要告诉孩子玩耍时注意安全。

好所有的杀虫剂、植物喷雾剂和洗车剂。⑥修车时，不要让孩子在车辆附近玩耍。⑦晒衣绳一定要高一些，别让孩子够到，其他的绳子也不要乱放。⑧让孩子远离垃圾桶，以免他到里面乱翻。⑨经常检查园内的秋千、滑坡和爬架的安全性能。

## 家庭用电、气、火的安全措施

电、气、火都是家里每天都要用到的，其安全使用措施需要引起家长足够的重视。用电的安全措施：①盖好插座，将重型家具摆在插座前面或盖上塑料盖；②每个插座只插入一个或两个插头，否则负荷过大容易引起火灾；③检查家中是否使用了合适的保险丝；④检查旧电线的外皮是否剥落，因为小孩有时喜欢咬露在外面的电线；⑤整理好散乱的电线；⑥安装一台稳压器；⑦夜晚不要将电器的插头插在插座内，尤其是电视机。煤气使用的安全措施。如果在家中闻到煤气味时：①千万不要急于开灯或关灯，或碰任何电器开关，那样做很可能会致使火星迸出引起爆炸；②千万不要划火柴或点香烟；③关掉煤气阀门；④打开窗户；⑤打电话呼救。用火的安全措施。如果家中发生火灾，家人会被烟雾笼罩，此时大人需要做的是：①大声喊："着火了！"；②让家里每个人都趴在地板上，从房间的出口爬出去；③出一道门关上一道门；④不要回去救宠物或取值钱的物品。

## 给孩子挑选玩具时要注意的安全问题

现在市场上的儿童玩具五花八门，玩耍不当或玩具质量存在问题，也会对孩子造成伤害。父母给孩子购买玩具或游戏设备时，可以参照以下原则：①在

## 门厅、楼梯和走廊需要注意的安全问题

3岁以内的幼儿还不具备平稳安全地走下楼梯的能力，所以，家长要做到：①不要在楼梯上和楼梯附近放置物品。②栏杆结实，间隙小，距离不超过10厘米。10厘米的空隙对幼儿而言，可以钻过去导致摔跌，至少可能造成他的头会被卡住。③楼梯上的地毯，一定要固定好，防止滑动。检查固定好的地毯是否有洞或是否松动，避免可能绊住初学走路婴儿发生意外。

## 花园里需要注意的安全问题

如果家里有花园，家长要注意。①花园里所有的门都要锁好。②隔开游泳池和水塘；储水池中不要留下水；给水桶等工具加上盖子，孩子在5厘米深的水中就能溺死。③铲除花园中一切有毒的植物，拔出所有的蘑菇毒蕈。④埋起所有动物的粪便，防止孩子拣起粪便玩或吃。⑤把所有的花园用具放到安全的地方，或者锁起来，也要锁

大玩具和小玩具都有可能造成宝宝发生意外伤害。父母在为孩子买玩具时，尽量选择适合他们年龄段的玩具。

信誉良好的店里购买标有安全标识的玩具；②确认玩具没有尖锐的边缘和薄的硬塑料片；③购买无毒的颜料及画笔；④二手玩具不要给孩子买，因为上面可能涂有含铅的颜料；⑤避免购买新奇的玩具，注意包装盒上的"警告"内容，因为有些玩具不是为幼小的孩子设计生产的。

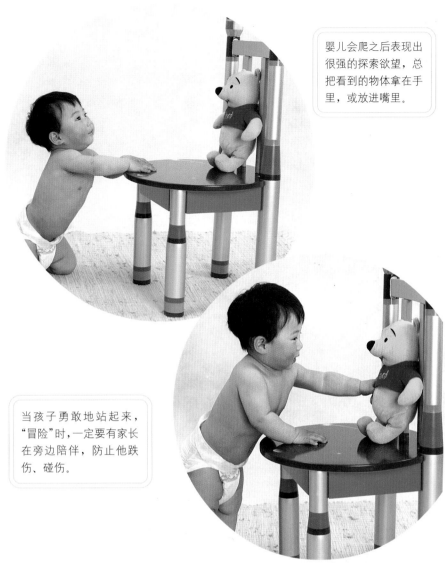

婴儿会爬之后表现出很强的探索欲望，总把看到的物体拿在手里，或放进嘴里。

当孩子勇敢地站起来，"冒险"时，一定要有家长在旁边陪伴，防止他跌伤、碰伤。

## 保管孩子玩具时要注意的安全问题

随着孩子一天天长大，父母买的玩具也越来越多，孩子的玩具怎样保管呢？①定期检查玩具，扔掉破损的玩具；②不要将新旧电池混用在一起，应同时更换所有电池，否则，新电池会使旧电池发烫；③将玩具存放在玩具盒内，遗漏在地板上的玩具会引起事故及伤害；④将玩具的小零件单独存放。

## 小婴儿及会走路婴儿的玩具安全问题

如果家中的宝宝还未满周岁或者刚刚学会走路，他对陌生的事物的好奇会致使他胡乱抓、吃它们，如果没有家长在旁及时发现处理，很可能造成重大意外事故。要防止孩子玩玩具时出现意外，家长需要做到以下几件事。①将小婴儿的软玩具上的缎带去掉；②检查软玩具及洋娃娃的眼、鼻、耳或铃铛是否固定好了；③给婴儿床上的吊物玩具系上很短的绳子；④当孩子能站起来时，不要将大的玩具放在他的小床上，孩子可能踩着玩具爬出床外，造成摔跌；⑤不要让孩子咬毛茸茸的玩具，皮毛可引起1岁以下的婴儿哽咽；⑥不要给孩子超出他年龄范围的玩具，因为有些玩具上面的一些小碎块可引起哽咽。

## 婴儿床的安全问题

宝宝出生后，父母为他准备了小天地——婴儿床。婴儿床有哪些安全问题需要注意呢？①要保证宝宝爬不出来，婴儿的睡床要有足够的深度，护栏至少应有50厘米的高度；②要防止婴儿的头被卡住，床的护栏竖杆的间距必须在2.5~6厘米的范围内；③避免婴儿的手或脚卡在床与床垫之间，床垫的大小要适中，与床周围的间歇不要超过3厘米；④1岁以内的婴儿用大枕头，可能会引起窒息，如果需要抬高他的头部，可以在床垫下面放一个枕头；⑤在婴儿1岁以前，使用的被子或毯子不要过大过热，以免孩子将它们踢到脸部引起窒息；⑥避免发生猝死的办法是，让婴儿仰卧或侧卧，千万不要俯卧；⑦当婴儿能坐时，或者扶着竖栏可以站起来时，家长可以取掉床上大的软垫，以防止宝宝借助软垫爬出来；⑧一旦发现婴儿试图从他的小床往外爬时，家长就要注意，将他移到大床上去睡觉，并在床边安上护栏，直到他习惯睡大床为止。

## 幼儿房间布置要注意的安全问题

给幼儿布置房间时，睡床的安全和窗户的安全最需要家长重视。床：①要给开始自己睡觉的幼儿的床边安上护栏。②双层床的上铺两侧都必须装上护栏，护栏立柱的间距在6~7.5厘米的范围内最好；另外，6岁以下的孩子不能睡上铺；还有，禁止孩子在上铺玩耍。③晚上睡觉时，将宝宝床边的玩具收藏好。窗户：即使房间处在一楼，如果孩子从窗口掉下去也非同小可，十分危险。所以，窗户的安全在于保证幼儿无法爬出去。①安装一个安全把手。这个把手主要是防止孩子爬出窗外，安装时要保证大人在紧急时刻能够容易打开；②尽量不要将家具摆放在窗台下面，避免引诱幼儿爬到上面去。

## 教孩子过马路时的安全知识

儿童发生交通事故的比例日渐增多，需要引起家长足够的重视。从孩子很小的时候开始，家长就应该教导孩子学习交通规则。每次过马路时，一定要走人行横道；教孩子懂得辨认车辆和行人的信号灯，红灯停，绿灯行。父母和孩子一同外出过马路时，要先在马路边上停下来，父母拉住孩子，左右看一下，如果有车来了，等待车过去后再过马路；过马路的时候，父母就可以给给孩子讲过马路应该看什么，听什么。一般而言，3岁的孩子可以理解人行道是安全的，汽车道是危险的；5岁的孩子可以学习怎样横过马路，但实际行动中，孩子还不能遵守这些规

则；8岁的孩子自己可以在安静的大街上横过马路，但他还无法判断汽车的速度和距离；12岁的孩子可以判断一辆正在行驶的汽车的速度，但他也很难采取紧急行动。让孩子具备交通安全意识，养成遵守交通规则的习惯，需要经历一段较长的时间，这需要父母的多次关切提醒和耐心教育。

## 在大商场避免意外事故的父母预防术

商场内运转不息的自动扶梯以及孩子可以攀爬的护栏，是导致孩子高空坠落的"隐形杀手"；商场内光滑的地板以及锐利的柜台边角，则可能会导致孩子跌伤或者撞伤；拥挤的人流可能会导致孩子被挤伤或者使之与父

母失散。父母预防术：①告诫孩子不要爬自动扶梯和护栏；②不要让孩子离开自己的视线；③如果孩子走路不很利索，父母可以把孩子抱在怀中；④人多拥挤时，既便孩子可以自己走路了，父母也一定要拉住他的手；⑤如果孩子与大人失散了，家长要立即求助商场内的工作人员，请他们帮助寻找。

## 在开架超市避免意外事故的父母预防术

开架超市的危险点主要有：孩子可能会把他拿得到的东西吃下去，引起窒息、梗塞、中毒等意外伤害；在人流量大的超市内，走在路上的孩子可能被来来往往的购物用的手推车撞倒撞伤；超市、购物中心内的货架上堆着的商品，如果被不小心碰倒，很容易压伤或者撞伤孩子；购物中心内的家电柜台、玻璃器皿柜台内有重物和易碎品，喜欢东摸西碰的孩子一不小心，就可能被压伤、撞伤或者割伤；购物中心的玩具区也是一个"雷区"，因为这里有种类繁多的玩具，孩子很可能因为操作不当而受到伤害。父母预防术：①购物前，先和孩子"约法三章"：不要乱跑、不要乱动商品、不要把拿到的东西放到嘴巴里；②如果孩子的体重在规定重量内，就让他坐在购物车里，否则就抱着孩子或者拉着孩子走；③先买孩子感兴趣的东西，减少孩子购物时的兴奋度；④留意孩子的一举一动，不要让孩子一个人等在原地，自己去购物；⑤告诉孩子如果和爸爸妈妈分开了，要找保安叔叔和营业员，不要跟陌生人走；⑥即使是在玩具区，也不要放松警惕，不要让孩子单独去拿或者玩那些陈列在柜台上的玩具。

## 在游乐场避免意外事故的父母预防术

游乐场的危险点主要有：一些刺激而高速运转的游乐设施可能会导致意外发生，如高空坠落、摔伤或者轧伤；一些水上游乐设施可能会让孩子

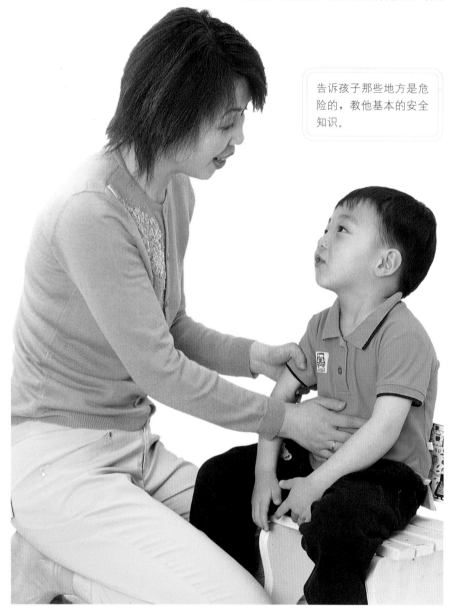

告诉孩子那些地方是危险的，教他基本的安全知识。

在游玩时因戏水而落水；那些比较慢、看似安全的游乐设施，也可能因为孩子的好动好玩，而成为意外伤害的"隐患"，如孩子因为在小火车上爬上爬下而被轮子轧了脚。在孩子玩诸如"反斗乐"、"蹦床"等游乐设施时，可能由于姿势不正确而造成拉伤、撞伤等意外伤害。父母预防术：①到游乐设施的控制室去看一下有没有专门机构颁发的"安全检验合格证"；②在游玩前，注意看一看游乐设施的"游客须知"，并严格遵守；③密切关注孩子的一举一动，如果要求父母陪同游玩的，父母一定要陪在孩子身边；④在玩那些需要佩带安全保护装置的游乐项目时，一定要帮孩子系好安全带或者戴好安全头盔等安全保护装置；⑤不要让孩子去玩那些不适合他年龄、身高、体质的游乐项目；⑥服从工作人员的指挥。在游玩过程中，您一定要以身作则，注意安全。

保证孩子防护用具能正常发挥保护作用。

检查吊环是否稳固，确保不会滑脱。

## 在公共场所发生意外怎么办

如果孩子在公共场所发生了意外，血流不止或者昏迷不醒，父母要立即采取措施：①拨打120急救电话。②在急救人员到来前，尽量不要变动孩子的体位，如果必须移动孩子，那么移动时，头和身体应该作为一个整体，一起被抬起和翻转，同时必须牢固地支撑头和颈部。③如果孩子有大量的外周出血，应立即寻找出血的部位，然后在伤口上直接压迫止血。尽量用当时条件下最清洁的布包扎，减少伤口的污染。④如果孩子有肢体的畸形，应考虑是否发生骨折。此时，请不要过多搬动患肢，并应立即用树枝、木棍等把患肢固定起来。如果患肢肿胀剧烈，父母也可以剪开孩子的衣袖或者裤管。如果骨折一端已经戳出皮肤，不要试图立即让它复位，避免把污染带到伤口深处。⑤找商场、游乐场等公共场所的负责人，因为这涉及到事后的赔偿以及责任问题。

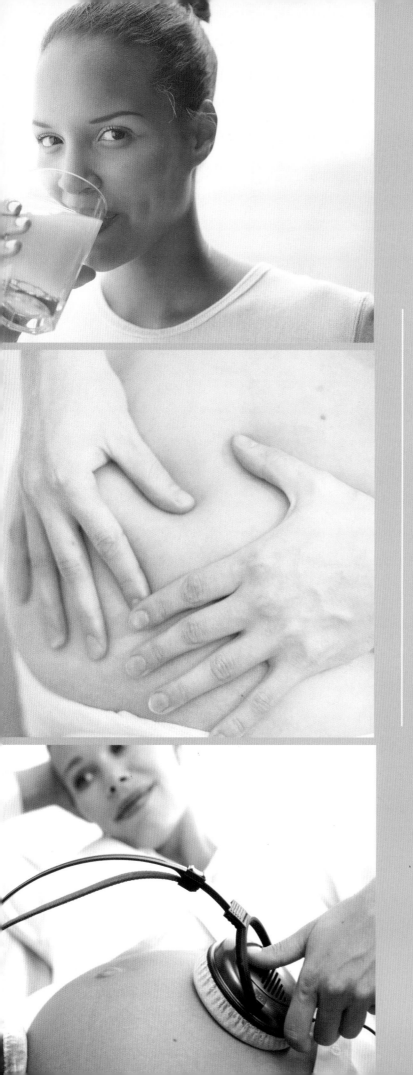

# 第9章
# 胎 教

　　胎教分为直接胎教和间接胎教。直接胎教是为促进胎儿大脑和肌肉发育，有计划、有选择地给胎儿传输有益的外部信息并通过直接训练胎儿的感觉器官，启发胎儿的感觉和运动能力，以达到生出聪明宝宝的目的。直接胎教包括：音乐胎教、语言胎教、运动胎教和光照胎教等。

# 什么是胎教

现代科学的胎教是集优生优育和优教于一体的实用科学，它是指从怀孕开始，科学地控制孕妇体内外环境，防止不良主客观因素对胚胎或胎儿产生影响，提供优良的条件，有意识地给予胎儿感觉器官以良性刺激，促进胎儿大脑发育，身心健康，为出生后良好的智力发育及健康成长奠定良好的基础。

## 胎教的概念

很多渴望孩子能够更加聪明、健壮的家长，在怀孕期间选择对胎儿进行胎教。胎教以调节孕期母体内外环境、促进胚胎发育、改善胎儿素质，有计划地给胎儿以有益的启蒙教育为目的。胎教分间接和直接两种。间接胎教是指为了促进胎儿生理和心理的健康发育、确保孕妇能够顺利度过孕产期，而对孕妇采取的在精神、饮食、环境、劳逸等各方面的保健措施。直接胎教是指在妊娠期间，在加强孕妇精神、品德修养和教育的同时，再利用一定的方法和手段，通过母体刺激胎儿的感觉器官，激发胎儿的大脑和神经系统发生有益的活动，进而达到促进胎儿身心健康成长的目的。

孕妈妈静心养性，对胎儿的健康和性格都会间接地发生影响。

## 胎教的科学本质

科学家惊奇地发现，胎儿并不是两耳不闻"宫"外事，一心只顾睡大觉。可爱的胎儿对来自母体的各种信息，具有特别敏锐的感觉能力，并能将其转化为记忆。研究发现，胎龄4个月时，胎儿皮肤对冷刺激有了反应；5个月时对温热刺激有了反应；7个月时对疼痛刺激有了反应；6个月有了嗅觉及7个月有了视觉反应和对噪声有了厌烦动作。可见，胎儿并不是闭目塞耳的混沌一团，他们的感觉器官和神经系统对来自母体内外环境的刺激可做出反应，能敏锐地感知母亲的思考、情绪及对自己的态度。因此，对胎儿实施定时的声、光、触摸刺激，可以使胎儿的听觉、视觉和触觉神经通路不断产生向大脑皮层的电脉冲，建立更多的神经元之间的信息联系，使负责传递、储存信息的大脑神经网络更加丰富。这样，出生后的孩子感觉

灵敏、思维敏捷、记忆力强、记忆容量大，大脑具有天生良好的物质基础。这就是胎教的科学本质。

## 正确认识胎教

胎教虽然能够有效地改善胎儿的素质，提高人口质量，但不能使胎儿出生后都成为智慧超常的神童或小天才。儿童成为小天才和神童的因素很多，除了胎教，还与遗传、出生后的继续教育和环境影响以及个体的兴趣、意志、品德等非智力因素有关。因此，经过胎教出生的孩子有可能成为小天才，也有可能成不了小天才。但有一点可以肯定，胎教可以激发胎儿的素质潜能，有利于胎儿在智慧、个性、感情、能力等方面的发育和完善，有利于个体出生后在人生道路上的发展。

## 胎教的基本内容和方法

胎教的基本内容和方法可概括为间接胎教和直接胎教。间接胎教主要包括：孕前准备、营养胎教、环境胎教和情绪胎教等。直接胎教是为促进胎儿大脑和肌肉发育，有计划、有选择地给胎儿传输有益的外部信息并通过直接训练胎儿的感觉器官，启发胎儿的感觉和运动能力等。直接胎教包括：音乐胎教、语言胎教、运动胎教和光照胎教等。

## 饮食习惯的胎教

宝宝出生后的生活与饮食习惯也深受胎教时期饮食习惯的影响。宝宝出生后至尚未有行为或认知能力之前，经常表现出不喜欢吃东西、吐奶、消化吸收不良等，到稍大一点时还会出现偏食，这些现象的出现与母亲怀孕时的饮食状况有很大关联；准妈妈胃口不好、偏食或是吃饭的过程紧张匆忙、常被外界干扰打断等都会影响孩子的饮食习惯。因此，如果准妈妈希望日后少为宝宝的饮食操心，就应从怀孕开始保持良好的饮食习惯。

## 情绪胎教

胎儿时期母子之间血脉相连，心灵、情感也都是相通的。母亲与胎儿分别通过不同的途径彼此传递情感信息。母亲的情绪会通过有关途径传递给胎儿，对胎儿产生潜移默化的影响。当母亲在绿树成荫的小路上心情愉快地散步时，这种信息便很快地传递给胎儿，使他体察到母亲恬静的心情，随之也安静下来；当母亲盛怒之时，胎儿则迅速捕捉到来自母亲的情感信息，变得躁动不安。诸多事实已经证明：凡是生活幸福美满的母亲所生的孩子大都聪明伶俐，性格外向；而生活不幸福的母亲所生的孩子往往反应迟钝，存在自卑、怯弱等心理缺陷。可见，孕妇的情绪和心境对胎儿的生长发育有很大的影响。

## 语言胎教

孕妇或家人用文明、礼貌、富有哲理的语言，有目的地对子宫中的胎儿说话，会给胎儿大脑新皮质输入最初的语言印记，为后天的学习打下基础。语言胎教的题材很多，父母可以将日常生活中的科普知识作为话题，也可以与数胎动结合进行，还可以由父亲拟定语言胎教的常规内容进行讲述。父母经常与胎儿对话，能促进和增强胎儿出生以后语言、智力方面的良好发育。

## 环境胎教

胎教从优身受孕时就开始了。优身受孕包括父母身体健康、选择最佳受孕年龄与受孕时机。孕前及孕期父母双方都要有良好的精神状态和较好的营养，这是不发生先天性遗传缺陷和畸形的重要保证。胎教最重要的是使胎儿生活在优良的环境中，即"优境养胎"。胎儿所生活的环境分为两部分，母亲的身体是胎儿生活的内环境，而母亲生活的环境（包括父亲的生活环境和父亲的影响）是胎儿生活的外环境。母亲的身体健康给胎儿生长发育提供了优良的条件。母亲丰富的营养供应，按时作息、经常进行有益的运动，不乱用药，保持旺盛的精力和愉快的情绪，胎儿的生活环境自然就舒适。

### 营养胎教

人的生命从受精卵开始，从一个重1.505微克的受精卵，到出世时约3千克的婴儿，这个发育成长的过程全依赖母体供应营养。虽然影响胎儿正常发育的因素是多方面和复杂的，但是，孕妇适宜而平衡的营养始终是胎儿的健康发育的主要因素。人的智力发育与胎儿期的营养息息相关。蛋白质是智力发育的必需物质，能维持和发展大脑功能，增强大脑的分析思维能力。磷脂可增强大脑的记忆力，是脑神经元之间传递信息的桥梁物质。碘被称为智力元素。糖是大脑惟一可以利用的能源。维生素能增强脑细胞的功能等等。因此，孕妇在整个怀孕过程中必须注意摄入充足和均衡的营养。

一个健康聪明宝宝的诞生与妈妈在孕期合理摄入营养密不可分。

## 音乐胎教

音乐是感情、心灵的语言，它直接传达人的各种情绪，能唤起人的情绪与之共鸣。音乐还可以影响人体的生理功能。每种乐曲由于节奏、速度和音调的不同，可以带给人镇静、兴奋、镇痛、调整心率和降低血压等不同效果。孕妇对声音的感受比较敏感。音乐对胎儿是不可缺少的精神乳汁。因为这个时期，胎儿在智力、情感、行为方面都处于发育的启蒙时期，而音乐无疑是对其非常有益的刺激。

器物灌输法是美国心理学家奥尔基发明的。实施此法时每次放2～3首歌即可。

## 胎儿可听哪些音乐

音乐优美的旋律、丰富的内涵，会使人的精神随之升华。音乐培养人的性格，提高人的道德情操。胎儿欣赏音乐会使性格进一步完善。胎儿可听的音乐大致有以下几种：①轻松活泼的音乐，使人愉快；②小夜曲及梦幻曲，旋律婉转悠扬，曲调情深意长，使人沉静安详；③开朗舒畅的乐曲，主旋律明快，节奏感较强，让人心情舒畅，消除疲劳；④稳定情绪，转移大脑中兴奋点的音乐，多是优美酣畅、活泼跳跃的乐曲，听了这些音乐会消除大脑的恶性刺激，保持旺盛精力；⑤振奋精神的轻音乐进行曲、舞曲，对体力和食欲都有恢复和促进作用。

## 哼唱胎教

唱歌时发出声音引起声带振动可以增强心、肝、脾、肺、肾等器官的功能，其中，对肺功能的锻炼特别强。孕妇声带的振动使肺部扩张、胸肌兴奋、肺活量增加、血液氧含量提高，为胎儿奠定了良好的营养基础。同时，唱歌可以优化人的心境，保持愉悦情绪，使孕妇体内神经内分泌系统始终处于正常状态，给胎儿提供一个优越的发育环境，使其先天发育充足，日后自然健康聪慧。孕期哼唱为最佳胎教方式，在促进优生方面确有独到功效。再好的音乐也比不上出自于孕妇口中的歌声。这是因为孕妇的歌声能使胎儿获得感觉与感情的双重满足。来自录音机的歌声既没有母亲唱歌给胎儿机体带来的物理振动，更缺乏饱含母爱的亲情对胎儿感情的激发。孕期母亲经常唱歌，对胎儿相当一种"产前免疫"，可为其提供重要的记忆印象，不仅有助于胎儿体格生长，也有益于智力发育。在增强体质与营养等方面，哼唱与戒烟戒酒、积极从事体育锻炼等有异曲同工之妙，在某些方面甚至有独到之处。

## 唱歌胎教法

唱歌胎教法是由胎儿的母亲或父亲，给胎儿唱歌或教胎儿唱歌，这会收到更为令人满意的胎教效果。此法还可使胎儿熟悉父母的歌声，加强感情交流一直保持到出生以后，在音乐的气氛中，父母与子女间更会和谐、融洽。可以采取以下方法：①母亲或者父亲可以清唱、跟录音机唱、卡拉OK……唱时心情要舒畅，富于感情，如同面对着你可爱的小宝宝，倾述一腔柔情和母爱，这时母亲可想像胎儿正在静听你的歌声，从而达到母子心音的谐振；②教胎儿唱歌，胎儿有听觉，但胎儿毕竟不能唱，母亲要充分发挥自己的想像力，让腹中的宝宝跟你音律和谐地唱起来；母亲可先练音符发音或简单的乐谱，每次唱都留出复唱时间，并想像胎儿在跟唱。

## 运动胎教

"生命在于运动"，运动可以促使胎儿成长、发育得更好。运动胎教可以激发胎儿运动的积极性，促进胎儿的身心发育。在宫中活动强者，出生后其动作的协调性和反应的灵敏度均优于出生前胎动弱者。在母体内受过运动训练的胎儿出生后，翻身、爬行、坐立、行走及跳跃等均明显早于没有训练的孩子。运动胎教促进胎儿大脑及肌肉的健康发育，同时也有利于母亲正常妊娠及顺利分娩。孕妇进行的运动项目可以有散步、骑自行车、跳舞和孕妇操等。

## 光照胎教

光照胎教是指自36周开始，当胎儿醒觉即胎动时，用手电筒的微光一闪一灭地照射孕妇的腹部，促进胎儿视觉功能发育，对日后视觉敏锐、协调、专注和阅读都会产生良好影响，同时，有助于强化胎儿形成昼夜周期节律。光照胎教可以和数胎动及语言胎教结合进行，比如，用手电的微光一闪一灭地照射孕妇腹部3次，同时告诉胎儿："小宝宝！妈妈每晚为你数胎动的时间是《新闻联播》的时间"（依据胎教实施时间而定）。早晨起床前也同样照射3次，可以说"好孩子，从小就养成早起床的好习惯"等等。但是，要特别注意，切忌使用强光照射进行胎教。

## 意念胎教

意念胎教就是孕妇用自己的想像塑造胎儿。具体的做法是从受孕开始，先构想出孩子的"偶像"，包括身高、容貌和性格品质，如果没有丰富的想像力，可以观察周围的孩子和大人或者观看绘画、摄影作品里的非常标致的人，来充实你的想像，越具体越好，这个信念要不时涌现在脑海里，让这个"偶像"逐渐渗透到腹内小宝宝身上，让小宝宝向你想像的方向发展。这些意念让你随时都享受到实现理想的快乐，促进体内分泌出良性激素。这种良性激素会按着意念对胎儿进行造化，对正在发育的胎儿大脑、形体、容颜以及各个脏器会有很大的刺激，久而久之胎儿就会按着你想像中的意念去发育、去生长。

## 美学胎教

对胎儿进行美学的培养需要通过母亲感受到的美经过神经传导输送给胎儿来实现。美学胎教一方面给胎儿确立美的概念，另一方面通过美的享受，促进胎儿乐观开朗性格的形成。美学的培养也是胎教的组成部分，主要包括音乐美学、形体美学和大自然美学三部分。①音乐美学的培养。需要准妈妈达到浮想联翩、心旷神怡，情绪最佳状态为好，这时，美好的情绪通过神经系统传递给腹中的胎儿，使其深受感染。悦耳的音响能激起母亲的自主神经系统使其分泌出许多的激素，经过血液循环进入胎盘，使胎盘的血液成分发生变化、利于胎儿健康的化学成分增多，从而激发胎儿大脑及各系统的功能活动，来感受母亲对他的刺激和充满深情的爱。②形体美学的培养。准妈妈需要有良好的道德修养、高雅的情趣、举止文雅、知识广博，具有内在的美；准妈妈得体的衣着和恰到好处的妆扮，能使胎儿在母体内受到美的感染而获得初步的审美观。③大自然美学的培养提倡准妈妈多到大自然中去，饱览大自然的美色，让胎儿发生共鸣，得到同妈妈一样的享受。

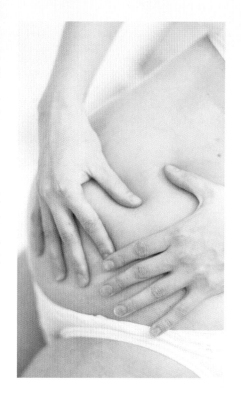

## 抚摸胎教

皮肤和皮肤的感觉发育最早，早期胎儿就能对触觉刺激做出反应，这为触摸胎教提供了生理学的理论依据。经孕妇的腹壁轻轻地抚摸胎儿，引起胎儿触觉上的刺激，可以促进胎儿感觉神经及大脑的发育，这就是抚摸胎教的功效。母亲与胎儿是相互依恋的，新生儿出生后立即表现出令人吃惊的本能，这与在胎儿期父母的抚摸有关。对胎儿适时触摸的良性刺激可以通过皮肤的感应传入大脑，促进大脑发育使孩子更加聪明，同时，也能让胎儿极早感受到父母的爱意，有利于孩子出生后与父母建立亲密融洽的关系；抚摸胎教还可以使胎儿有一种安全感，使孩子感到舒服和愉快。尤其在他感到紧张不安时，抚摸更能平复他的情绪。

# 孕初期胎教（1～3 月）

孕妇的子宫是胎儿赖以生存的内环境，胎儿在这个环境内孕育成长。因此，为胎儿创造良好的发育环境，是此期胎教的根本所在。当然，从确诊怀孕的第 1 天起，就应当树立"宁静养胎即胎教"的观念，确保情绪乐观稳定，避免因母亲情绪不佳对胎儿产生不利的影响。

## 妊娠初期的胎教原则

胎儿在母亲的子宫内完成了细胞分化，身体的各个器官都以惊人的速度成长，只有胎盘还未完全形成。为胎儿创造良好发育的生存环境，是胎教的根本所在。为此，夫妻要学习一些优生和孕期的科学知识，作好充分的思想准备，主要是进行情绪调整，同时，对妊娠初期产生的一些生理反应也应该有科学的认识和精神准备。要注意避免烟、酒、药物及大剂量或经常性 X 光照射等。

## 孕妇情绪与胎教

孕母的精神情绪，不仅可以影响本人的食欲、睡眠、精力、体力等几个方面的状况，而且可以通过神经、体液的变化，影响胎儿的血液供给、胎儿的心率、胎儿的呼吸和胎动等许多方面的变化。所以，从确诊怀孕的第 1 天起，就应当树立"宁静养胎即胎教"的观点，在妊娠期间确保孕妇的情绪乐观稳定，切忌发生大悲大怒，甚至吵架，避免因母亲情绪不佳对胎儿产生不利影响。如受到惊吓、恐惧、悲愤等严重刺激，或其它原因造成的精神过度紧张，使大脑皮层与内脏之间不平衡，关系失调，引起胎儿循环紊乱，严重者可直接导致胎儿死亡。可见，孕妇情绪虽然属于间接胎教范畴，但对胎儿大脑发育也会产生相当大的影响，务必要引起足够重视。

### 怎样写妊娠日记

写妊娠日记是孕妇把妊娠期间发生的与妊娠期保健有关的重要事情记录下来。妊娠日记是一份宝贵的材料，可为医师提供有价值的医疗参考，以确保孕妇和胎儿平安及顺利分娩。主要内容有：①末次月经日期。这是判断预产期的重要依据。②妊娠反应的开始日期。除记下反应开始日期，还应记录反应程度、何时消失、是否进行过治疗。③首次胎动日期。胎动计数一般 1 日 1 次，正常的胎动是胎儿健康生存的标志，正常情况下平均每小时动 4～5 次。④是否接触 X 线或其他放射性物质。如有接触 X 线，要记下接触日期、次数、部位。⑤孕妇患病情况。应认真记录患病名称，特别是一些病毒性感染如流感、风疹等，患病起止时间、治疗措施。⑥孕期用药。妊娠期尽量避免用药。如用过药物，要记下药物名称、剂量、用药时间等。⑦记录体重变化。⑧产前各次体检时间及检查内容和结果。

### 妊娠日记

有几日月经没来了，怀疑有宝宝了，今天特意到医院检查，哇，真的要当妈妈了。医生建议为了宝宝和我能顺利见面，让我每天写日记。哎，这是我最不爱做的事，但是为了可爱的宝宝，从今天起坚持写日记。

末次月经：7 月 9 日

早孕反应：没什么感觉

2004 年 8 月 15 日

## 孕 1 月胎教重点

怀孕第 1 个月即可开始胎教。怀孕初期对胎儿而言，是一个特别时期。这时胎教的内容主要是：①孕妇要注意营养和情绪，母亲营养佳、情绪好，胎儿自然会发育的好；②适时开展胎教体操，孕妇做体操运动，有利于解除疲劳、增强肌力，也可使胎儿的身心得到良好的发育。胎教体操是早期进行间接胎教的手段之一；③散步是孕早期最适宜的运动，每天散步有利于呼吸新鲜空气，可以提高神经系统和心、肺功能，促进全身血液循环，增强新陈代谢，加强肌肉活动，为正常、顺利分娩打下良好的基础；④练习孕妇气功。由于生理机能的变化，孕妇很容易心情烦躁，不能很好休息。孕妇气功可以达到身心放松，静心敛神、改善心境，起到胎教的作用。孕妇气功必须在正规气功师的指导下练习。

## 怀孕初期饮食胎教

妊娠第 2 个月是胎儿器官形成的关键时期，最原始的大脑已经长成。怀孕时期营养的好坏，直接影响胎儿生长发育。孕妇营养不良，会使胎儿发育不良，导致出生婴儿智力低下、发育迟缓或胎儿畸形等，严重的还会引起流产、早产、死产。为确保营养胎教的成功实施，孕妇应注意摄入含有适量蛋白质、脂肪、钙、铁、锌、磷、维生素（A、B、C、D）和叶酸的食物。这时，孕妇还应注意主食及动物脂肪不宜摄入过多，因为摄入过多的脂肪会产生巨大儿，造成分娩困难。同时，营养不足，会导致孕妇头晕、全身无力、牙齿松动，引起缺钙、缺铁、贫血等营养不良疾病。因此，孕期应注意合理的营养及科学调配，以保证主要营养素的摄入。孕妇在妊娠初期的3个月内，以高蛋白、少油腻、易消化为原则，每日应保证有优质的蛋白质、充足的碳水化合物和维生素，可以多吃水果、蔬菜，并保持心情愉快。最好不吃油炸、辛辣等不易消化和有刺激性的食物，以预防流产的发生。

## 早孕反应与胎教

早孕反应是正常的生理现象，怀孕的前3个月，恶心、呕吐、乏力、食欲不振等生理反应往往使孕妇的情绪变得很差，出现烦躁、易怒、易激动、抱怨等情绪。这个阶段是胚胎各器官

早孕反应因人而异，有些妇女表现强烈，有些则并不很明显。

分化的关键时期，也正是胎教刚刚开始的阶段，孕妇不愉快的情绪可以通过内分泌的改变影响胎儿的发育。因此，怀孕早期保持愉快的心情是这一时期实施胎教的关键。孕妇和家人可以从以下几方面进行调节和治疗：①加强孕前身体锻炼，特别要养成不挑食的习惯；②从感情上关心孕妇，使孕妇保持心情舒畅；③在饮食上注意搭配，少食多餐，少吃油腻腥气食品，以清淡合口为好；④可采用针灸疗法进行止吐。

## 孕2月胎教食谱2例

食谱1：清蒸鲤鱼。原料：新鲜鲤鱼1条，重500克左右。做法：将鱼去鳞、内脏，置菜盘中，放入笼中蒸15～20分钟取出，即可食用。特点：禁用一切油盐调料。妊娠呕吐者愈吃愈感香甜可口。对治疗恶阻，尤有良效。

食谱2：萝卜炖羊肉。主料：羊肉500克，萝卜300克，生姜少许。辅料：香菜、食盐、胡椒、醋适量。做法：羊肉洗净，切成2厘米见方的小块，萝卜洗净，切成3厘米见方的小块，香菜洗净，切碎；将羊肉、生姜、食盐放入锅内，加入适量水，置炉火烧开后，改用文火煎煮1小时，再放入萝卜块煮熟。加入香菜即可。

## 孕2月情绪胎教

受孕以后母亲的一举一动，胎儿并不是"毫无知觉"，而会通过神经—体液调节对胎儿的发育产生影响。因此，整个妊娠期间孕妇应力求保持精神乐观稳定，心态平和，切忌大悲大怒，更不应吵骂争斗。为了鼓励孕妇能自觉地对胎儿实施胎教，家人应尽力让她拥有轻松、愉快的精神状态。丈夫更要关心妻子，不但要承担起家务，而且要激发妻子的爱子之情，鼓舞她产生爱护胎儿、关心胎儿、期盼胎儿的情感。

## 孕2月音乐胎教

妊娠第2个月胎儿的听觉器官已经开始发育，神经系统也已初步形成，尽管发育得还很不成熟，但已具备了可以接受训练的最基本条件。因此，从这个月的月末开始，孕妇可以放一些优美、柔和的乐曲听。每天放1～2次，每次5～10分钟。这不仅可以激发孕母愉快的情绪，也可以对胎儿的听觉给以适应性的刺激，为下一步实施的音乐胎教和听觉胎教开个好头。

## 孕2月意念胎教

孕2月，被称为胎儿的美丽期，胚胎的器官快速发育，特征开始明显。从这个月开始到3个月内，应坚持开展意念胎教。具体的做法是孕妇要经常思索夫妻双方容貌的优点，如大眼睛、双眼皮、高鼻梁等。这种做法会使情绪达到最佳状态，而促进具有美容作用的激素增加，使胎儿面部器官结构组合和皮肤按照意想的形象发育。如果，双方认为自己的容貌不理想，可以买些美丽的挂图和塑像作为日常思维的参照。

## 孕3月胎教重点

胎教可以对胎儿进行良性刺激，发展胎儿的感知觉；发展胎儿的视觉，有利于未来观察力的培养；发展胎儿听觉，有利于培养将来对事物反应的敏感性；发展胎儿的动作，有利将来孩子动作协调、反应敏捷、心灵手巧。胎教刺激通过神经可以传递到胎儿未成熟的大脑，对其发育成熟起到良性的效应，一些刺激可以长久地保存在大脑的某个功能区，一旦遇到合适的机会，惊人的才能就会发挥出来。本月胎教的重点是孕妈妈除了听音乐外，还应当多接触琴棋书画，要安排孕妇多看画展、花展、科技展，多阅读一些轻松乐观、文字优美的文学作品，还可以学习插花、摄影和刺绣等知识和操作，陶冶自己的情操，与胎儿进行心灵情感的交流。

## 孕3月妈妈的抚摸胎教

胎儿一般在怀孕后第7周开始活动。胎儿的活动是丰富的，有吞羊水、眨眼、咂拇指、握拳头、伸展四肢、转身、蹬腿、翻筋斗等，而且，受到刺激后会做出各种反应。这时孕妇不仅可以与其沟通信息、交流感情，还应当多抚摸他，帮助胎儿做"体操"。准妈妈需掌握以下几点：①抚摸方法。孕妇平躺在床上，全身尽量放松，在腹部松弛的情况下，用一个手指轻轻按一下胎儿再抬起，此时胎儿会立即有轻微胎动以示反应；有时则要过一阵子，甚至过了几天后才有反应。②抚摸时间一般以早晨和晚上为宜，每次时间不要太长，5~10分钟即可。③注意事项。轻轻按一下时，如果胎儿"不高兴"，他会用力挣脱或产生蹬腿反射，这时应马上停止抚摸。待几天后，胎儿对母亲的手法适应了，再从头试做。那时，当母亲的手轻按，胎儿会主动"迎上去"做出回应。

## 孕妇早期的心理改变

有的孕妇早期心理反应强烈，感情丰富，诸如矛盾、恐惧、焦虑、将信将疑或内向性等的情感变化甚至可波及妊娠的整个过程。尤其是初次妊娠者，孕妇出现的情绪不稳定、好激动，易发怒或落泪，特别需要人们的关怀。大多数妇女都能接受妊娠的事实，产生履行职责的感觉并确信自己有能力承担这一职责，这种愉快的感觉将促使其做好进入母亲角色的心理准备。另一些孕妇对妊娠有自觉或不自觉的抵触情绪或对妊娠有深度焦虑，表现为抑郁、沉默寡言、心事重重等，产生被保护和照顾的要求。此时丈夫和家人要为孕妇提供说话机会，鼓励孕妇充分暴露自己的焦虑和恐惧，也可以交流、讨论，促进孕妇对正常妊娠生理过程的理解；孕妇还可与其他孕妇互相交流，分享感觉，逐步消除烦恼，顺利度过妊娠期。

## 孕3月妈妈的情绪胎教

本月胎教的重点是孕妇保持稳定的情绪和愉快的心情。母亲有节律的心音和规律的肠蠕动声是胎儿最动听的音乐，给胎儿以稳定感，使胎儿处在良好的子宫内环境中生长发育。相反，当孕妇生气、焦虑、紧张不安或忧郁悲伤时，会使血中的内分泌激素浓度改变，胎儿会立即表现不安和胎动增加。如果长时间不良刺激，胎儿出生后患多动症的机会增加，有的还会发生畸形。由此可见，一个温馨的家庭可以使孕妇心情舒畅、心境平和、情绪稳定，始终生活在充满爱的环境中，对胎儿未来性格的发育也都会起到积极、良好的作用。

## 孕3月的营养胎教

受孕11周以后，由于胎儿迅速成长，需要的营养也日渐增多，质和量也应相应提高。这个时期，如果孕妇胃口好转，可适当加重饭菜滋味，但仍需以清淡、营养的食物为主，忌辛辣、过咸、过冷的食物。同时，孕妇需要喝大量的含微量氟的水，得到充足的氟化物、钙和磷，以保证胎儿牙齿和骨骼的发育。每天喝水时应注意，早饭前先喝1大杯凉开水，可以促进胃肠的蠕动，方便排便，防止痔疮。切忌口渴后才喝水，口渴说明体内水分已经失衡，脑细胞脱水已经到了一定程度，最好每天能喝到8大杯水，平均每2小时1次。另外要注意的是，不要喝久沸的开水，因为水反复沸腾后，水中的亚硝酸银、亚硝酸根离子以及砷等有害物的浓度会相对增加。饮用后血液中的低铁血红蛋白结合成不能携带氧的高铁血红蛋白，从而引起血液中毒。

## 孕初期胎教丈夫做什么

在怀孕初期准爸爸应做到：①戒烟、戒酒，或者到户外吸烟。因为间接吸烟会对孕妇及胎儿产生伤害。②学会有关胎教的知识，同时，学好有关怀孕和生产的知识，能在决定性的瞬间妥善处理问题。③与妻子一起制定胎教计划。④经常与家里联系并尽早回家。让妻子得到心理上的安全感是准爸爸对胎宝宝的最佳胎教。⑤妻子妊娠呕吐的时候，要尽力帮助妻子摄取各种营养。⑥从妻子怀孕那刻起，就应该承担起家务活的重担。⑧要时刻关注妻子的健康，预防流产。⑧给孩子取一个充满爱意的名字，以表达对孩子的爱意。

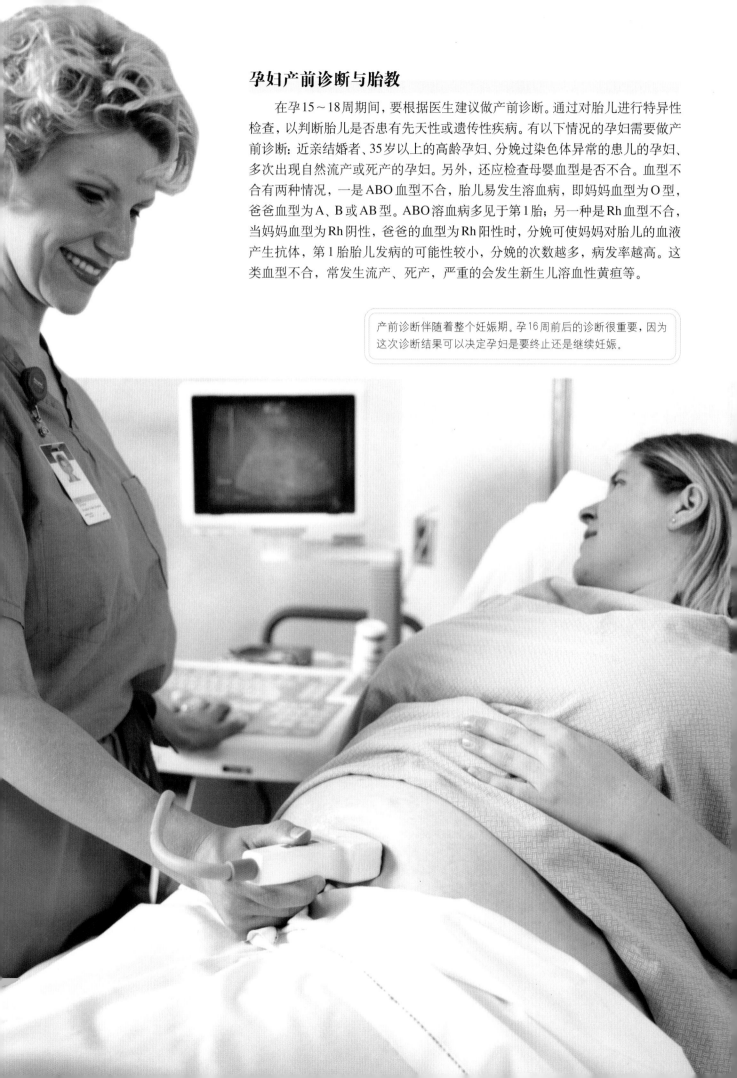

## 孕妇产前诊断与胎教

在孕15～18周期间，要根据医生建议做产前诊断。通过对胎儿进行特异性检查，以判断胎儿是否患有先天性或遗传性疾病。有以下情况的孕妇需要做产前诊断：近亲结婚者、35岁以上的高龄孕妇、分娩过染色体异常的患儿的孕妇、多次出现自然流产或死产的孕妇。另外，还应检查母婴血型是否不合。血型不合有两种情况，一是ABO血型不合，胎儿易发生溶血病，即妈妈血型为O型，爸爸血型为A、B或AB型。ABO溶血病多见于第1胎；另一种是Rh血型不合，当妈妈血型为Rh阴性，爸爸的血型为Rh阳性时，分娩可使妈妈对胎儿的血液产生抗体，第1胎胎儿发病的可能性较小，分娩的次数越多，病发率越高。这类血型不合，常发生流产、死产，严重的会发生新生儿溶血性黄疸等。

产前诊断伴随着整个妊娠期。孕16周前后的诊断很重要，因为这次诊断结果可以决定孕妇是要终止还是继续妊娠。

# 孕中期胎教（4～7月）

孕中期是孕妇相对舒适的时期，也是营养补充的最佳时期。准妈准爸要积极与胎宝宝进行情感互动，在营养、环境等方面给予胎宝宝良好的干预，使宝宝的神经网络、脑细胞发育更完善，身体发育更正常。

## 孕4月饮食禁忌与营养胎教

怀孕满4个月仍属于流产危险期，还需特别注意忌食容易堕胎的食品。此时早孕反应多已停止，胎儿发育增快，需要足够的热量、蛋白质和维生素。孕妇不可挑食，也不应该迷信蜂王浆、珍珠粉、巧克力之类的补品。鲜牛奶、羊奶含有优质蛋白质及多种无机盐，也是维生素A、D及维生素$B_2$、$B_6$的食品来源，每日食用鲜牛奶或者羊奶250～500毫升。不习惯饮用者可从少量开始，逐渐增加至需要量。

## 孕4月的语言胎教

"对话"属于听觉胎教的一种。由于此时胎儿已产生了最初的意识，母亲可以给胎儿朗读一些笔调清新的美文、诗歌等，也可以和胎儿聊天。说话的语调要温柔、富于情感，母亲充满爱意的声音对胎儿既具有一种神奇的安抚作用，也是对胎儿听觉发出良性刺激的有效方式。与此同时，准爸爸，也可面对孕母的腹部和胎儿进行"对话"，比如，先给孩子起个小名（如"壮壮"），而后，每天面对宝宝，用亲切的语调呼唤孩子的名字说："壮壮真乖！"等，以此逐步刺激宝宝的听觉，建立父子间的亲情。

## 孕4月的音乐胎教

孕4月胎儿对声音已相当敏感。胎儿在宫内就有听力，能分辨和听到各种不同的声音，并能进行"学习"，形成"记忆"。因此，应该利用胎儿听觉的敏感，给予良好的声音刺激，促进胎儿听力的发展。具体方法是：①听乐曲：从这个月起，可以每天进行2次听觉训练，每次3～5分钟，先选用供孕妇欣赏的作品，音乐应柔和平缓，优美动听，富于诗情画意。②唱歌曲：孕妇每天可以哼唱几首自己喜爱的抒情歌曲，或优美而富有节奏的小调等。孕妇哼唱歌曲会使胎教收到十分满意的效果。

### 孕4月胎儿的性格训练

母亲的子宫是胎儿生活的第1个环境，可以直接影响胎儿的性格形成和发展。在子宫内环境中，温暖、和谐、慈爱的气氛，会使胎儿幼小的心灵得到同化，意识到生活的美好和欢乐，可逐渐形成胎儿热爱生活、活泼外向、果断自信等优良性格的基础。如果夫妻不和，家庭人际关系紧张，甚至充满敌意和怨恨，或者母亲心里不喜欢这个孩子，时时感到厌烦，胎儿会感受到痛苦，影响胎儿将来性格的发育，成为形成孤独寂寞、自卑多疑、懦弱、内向等性格的诱因。这说明，妊娠期间，祥和的生活环境、孕妇愉快、恬静的心情和对即将出生的宝宝发自内心的爱，对将来孩子性格的形成是多么重要。

## 孕4月的触摸胎教

妊娠第4个月后母亲便能真切地感觉到胎儿运动了。胎儿的活动程度预示着他们出生后活动能力的强弱。应当适时地开展触觉与动作的协调性训练，此阶段胎儿的神经系统发展迅速，对触觉和力量很敏感。夫妻双方可对胎儿进行动觉、触觉训练。例如，轻轻的拍打和抚摸孕妇的腹部，与在宫内的胎儿的活动相互配合和呼应，使胎儿对抚摸有所感觉。这样定时的触摸或者按摩孕妇的腹部，可以与胎儿建立触摸的沟通，通过胎儿反射性的蠕动，促进胎儿大脑发育，特别有助于孩子未来的动作灵活性和协调性的发展。在胎儿期进行过触摸锻炼的宝宝，出生后的活动能力明显较生前没有进行过触摸锻炼的宝宝强。在进行触摸锻炼之初，胎儿通常反应不明显，不过，经过一段适应和配合后，就会发生令家长惊喜的反应。胎儿的反应千差万别，遇到胎儿"拳打脚踢"时，表示胎儿不高兴或不舒服，应停止锻炼。

## 孕4月的视觉胎教

从妊娠第4个月起，胎儿对光线已非常敏感。在对母亲腹壁直接进行光照射时，采用B超探测观察可以见到胎儿出现躲避反射、背过脸去，同时有睁眼、闭眼活动。这说明胎儿对光刺激已经有了反应。因此，有人主张从这个月开始在胎儿觉醒时进行视觉功能训练。注意，在用光照射时，切忌用强光，也不宜照射的时间过长。

## 孕4月的运动胎教

有人认为怀孕之后就不能做运动了，最好在家静养；有的人则什么都不在意。这两种行为都是错误的。孕妇锻炼对母子健康和顺利分娩大有益处，但是运动的幅度和强度都要适可而止。主要是：①促进身体健康。妇女在怀孕后身体产生较大变化，负担加重，易于疲劳，浑身酸痛，活动不便，心情常常会变坏等。而适当的锻炼有助于减轻腰酸腿痛、下肢浮肿等症状；有助于增加身体抵抗力，减少疾病的发生，促进血液循环，

为自己的皮肤补充些水分。

怀孕期间，孕妇常常感到自己变懒了。洗澡是缓解倦怠的一个好方法。

帮助消化，促进睡眠；有助于调节心理状态，使心情更加舒畅。②有助于优生优育。妊娠中的运动能提高孕妇的肺活量，向胎儿提供充足的氧气，有利于生出聪明的孩子。③运动可加强肌肉力量。增强的腹肌能防止因腹壁松弛造成的胎位不正和难产。运动有利于自然分娩，缩短产程，减少产后出血。④运动还能增强骨骼力量，使骨骼的力量更为坚实，防止母子出现骨质软化等症状。

## 孕妇的打扮胎教

孕妇的打扮也是胎教的一项内容，一般包括：①勤洗澡。妊娠时，汗水等分泌物增多，要经常洗澡。洗澡的另一个作用是浴盆中水的浮力可抵消部分身体重量，使日益发胖的身体轻松一下。②化淡妆。怀孕期间，由于激素和精神的影响，皮肤发生了一些微妙的变化。所以要经常洗脸，补充必要的水分和油脂。面部化淡妆，需要注意的是应选用无香料、低酒精的化妆品。③小量运动。做些轻松的体操，短距离散步，既可消除紧张和疲劳，又可防止发胖。④多梳头。选择梳洗方便的发型，而且一定要多梳，可以保持毛发的健康。⑤严护肤。用护肤霜擦洗皮肤，避免受到阳光直射，护肤霜应选择有光泽的健康色。

## 数胎动胎教

在通常情况下，第1次胎动是在妊娠18～20周之间。此时，孕妇应该坚持有规律地数胎动，时间最好固定在每天晚间8～9点，胎动一般平均每小时3～5次。每天坚持数胎动，是一种直接胎教，当孕妇对胎儿高度注意时，可以想象胎儿的各种体态，胎儿也会回应孕母的感受，这样会增进母子之间的感情交流。胎儿最喜欢听中低频调的声音，爸爸的说话声是低频男中音，胎儿最为喜欢。如果孕妇与丈夫每天能坚持与子宫内的胎儿讲话，能够唤起胎儿的热情，帮助胎儿发育智力。

一些轻松的运动可以调解孕妇的心情，使孕妇焕发更多活力。

## 数胎动有益于母子感情交流

胎动，是子宫内胎儿生命健康的重要标志。孕妇每天坚持自数胎动，既是一种很好的直接胎教，又是十分简便而且行之有效的对胎儿进行监护的办法。数胎动时，通过母亲对胎儿的高度注意，对胎儿体态的丰富想象以及对胎动的生动描绘，能够增进母子之间的感情交流。"这一下是头在撞宫壁，练的是头功；这一下是击拳，拳功真棒；这一下是踢脚，大有足下生风、击球射门之势；又来了，这可是全身运动，舒展开怀……"。一边联想，一边轻声地喝彩鼓励。母亲这些意念作用，无疑会增加母子之间的依恋之情。这种喝彩，对于胎儿出生后的心理、智力、意志、爱好、情趣以及生长发育都将产生良好的影响。许多胎教成功者最深刻体会是：胎儿蕴藏着神秘莫测而又巨大的生命力。孕妇每天看电视中的新闻联播以及天气预报之后，定时自数1小时的胎动，并且把胎动次数记录下来，逐日逐月绘成一张胎动图，只要持之以恒，这幅图将会是一份保健图。

## 孕5月的触摸胎教

从妊娠第5个月起，胎儿触觉功能逐渐发育起来，可以开始用触摸胎儿的方法进行胎教，抚摸过程中配合语言、音乐的刺激，可以获得更佳的效果。开展胎儿抚摸的理想时间是每天傍晚，因为这个时候的胎动最为频繁与活跃。抚摸后如无不良反应可增至早晚各1次。对有早期宫缩的孕妇，不可用触摸动作。此外，妊娠5个月时还可进行踢肚游戏（触压拍打法），经过触压、拍打增加胎儿肢体活动是一种有效的胎教方法。

## 踢肚游戏胎教

拍打、踢肚游戏胎教法是通过母亲与胎儿进行游戏，达到胎教的目的。在怀孕5～6个月，母亲能感觉到胎儿形体的时候，即可对胎儿进行推晃式锻炼，即轻轻推动胎儿，使之在腹中"散步"、"荡秋千"、"踢腿"。当胎儿踢母亲肚子时，母亲可轻轻拍打被踢的部位，然后等待第2次踢肚，一般在一两分钟后，胎儿会再踢，这时再轻拍几下，接着停下来。如果拍的地方改变了，胎儿会向改变的地方再踢，注意改拍的位置离原胎动的位置不要太远。每天进行1～2次，每次数分钟。实践证明，在母腹中接受过踢肚游戏锻炼的胎儿出生后翻身、抓、握、爬、坐、站、走等各种动作的发展都比没有经过锻炼的早一些，身体更为健壮，手脚更为灵敏。注意，训练的手法宜轻柔，循序渐进，不可急于求成，时间不要超过10分钟，否则只能是拔苗助长，适得其反。

## 孕5月的语言胎教

实践证明，父母经常与胎儿对话，进行语言交流，能促进胎儿出生后语言及智能的发育。和胎儿对话是一项父母亲共同进行的胎教工作，对话可以给宝宝安宁感，对宝宝出生后母与子，父与子之间的感情极为有益。对话的语调要低、语速要慢，以让胎儿喜欢和"理解"。要选择在胎儿清醒的时间以大人的口吻说话，内容尽量重复，每次对话不超过10分钟，中间至少休息40分钟以上。

## 孕5月的英语胎教

妊娠4个半月时，胎儿的内耳和鼓膜是其惟一已经发育成熟的器官。因此，从这时开始，胎儿就非常注意外界的声音，已经能够用耳朵去听。有报道说胎儿在母腹内就能够接受莎士比亚语言的启蒙教育。对胎儿进行英语启蒙教育，应选用温柔舒缓的英语歌曲，但不能选用摇滚乐，否则，孩子出生后会变为神经质。要进行英语启蒙教育，孕妇应学会观察胎儿的蠕动，确定胎儿醒着，才能打开安放在腹部的录音机；因为胎儿怕噪音，音量应该适当，绝不能过大。每天进行2或3小时，但1次绝不要超过45分钟。因为超过这个时间，胎儿就烦了，不听了。在胎儿期接受过英语启蒙教育的孩子，在学校学习英语是轻而易举的事。

## 孕5月的视觉胎教

在胎儿觉醒时进行视觉功能训练。可用1号电池手电筒，直接放在母亲腹部前一闪一灭进行光线照射，每日3次，每次30秒钟。进行视觉训练能促进视觉发育，增加视觉范围，同时有助于强化昼夜周期（即晚上睡觉，白天觉醒）感。每次照射时应记录下胎儿的反应。切忌用强光。

## 孕5月的音乐胎教

进入第5月，胎儿的听觉能从不同的声音中辨别出母亲的声音。这个月的胎教最好是每天听音乐。优美的音乐能使孕妇分泌更多的乙酰胆碱等物质，改善子宫的血流量，促进胎儿生长，音乐的节律性振动也促进胎儿的大脑发育。父母的歌声对胎儿是一种良好的刺激，是父母与胎儿建立最初感情的最佳通道。不同的乐曲对于陶冶孩子的情操起着不同的作用。如巴赫的复调音乐能促进孩子恬静、稳定；圆舞曲促进孩子欢快、开朗；奏鸣曲激发孩子的热情等。从妊娠第5个月起，就可以开始有计划地进行音乐胎教。每次重复1～2首相同的音乐，反复的声波可以强化胎儿的记忆，甚至培养他未来对音乐的喜好与天分；每天固定时段进行，每次时间以5～10分钟为宜。

## 孕5月的绘画胎教

5个月的胎儿四肢健全，脑细胞虽然没有长全但是已十分敏锐，对认识外界事物已有接受能力。通过绘画胎教，使胎儿认识外面事物的形象更具体，更深刻，还可以发育胎儿的艺术细胞。如何进行呢？有的准妈妈说，我不会画画怎么办，其实不会画画有不会的好处。在进行绘画胎教时，自己先学习绘画，在学的过程中，不论是动脑还是动手，都能波及到胎儿，变成娘俩一块学。为什么这样说呢？比如画一个苹果，准妈妈先照样画个圆形，再画上一个苹果把儿，然后向胎儿做介绍：这个苹果红红的，多漂亮，吃起来甜甜的沙沙的，可好吃了。准妈妈这些举动会使自己的脑细胞特别活跃，所产生的脑电波系统也会动起来。

快乐妊娠每一天。

## 孕5月的营养胎教

如果母体不能及时从饮食中补充蛋白质、维生素、矿物质，母体的肌肉、骨骼等组织的营养就会自然动用以保证胎儿的需要。这样，母亲就可能发生妊娠期贫血、甲状腺肿大、骨质疏松等疾病，以及体重锐减等现象；而胎儿则有早产、死胎等危险，而且其智力发育也会受到影响。胎儿5个月时，发育增快，需要有足够的热量、蛋白质和维生素。应注意摄食：①为促进肌肉及血液发育应充分摄取含有优质蛋白质的鱼、肉、蛋及大豆制品。②预防贫血可食用含有维生素或铁质等矿物质类的绿黄色蔬菜、肝、贝类等。③孕妇所需的钙质为平常的2倍，所以应多摄取钙质。④维生素C可从淡色蔬菜、芋头类、水果等食品中获取。热量来源主要是米饭、面包、油脂类等。一般来说，怀孕中期的每日食谱可这样安排：粗细粮各约200克；鸡蛋2～3个或豆制品100～200克；瘦肉或鱼100～200毫克；植物油30毫升，蔬菜0.5千克，虾皮或海米5～10克，水果适量。

鱼是含铁质较多的肉类食品之一。

核桃仁里富含有助于胎宝宝大脑发育的营养。

## 孕6月的营养胎教

此时，胎儿和母体的生长发育都需要更多的营养，需要有足够的热量、蛋白质和维生素。饮食上应均衡摄取各类养分，以维持母体及胎儿的健康需要，要注意增加铁质的摄入量，但盐分必须特别节制。胎儿要靠吸收铁质来制造血液中的红细胞，因而，这一阶段妈妈多会出现贫血。此时，孕妇应该多吃富含铁质的食物，如：瘦肉、鸡蛋、动物肝、鱼及含铁较多的蔬菜及强化铁质的谷类食品，如有必要，也可在医生的指导下补充铁剂。由于胎儿大脑发育较快，这时妈妈还要多吃一些核桃、芝麻、花生之类的健脑食品，为胎儿大脑发育提供充足的营养。这时还要预防孕期糖尿病，对于已经出现尿糖阳性孕妇，也不必紧张，在医生的指导下，适当控制饮食或者用药，并加强对胎儿的监护；在现代医学条件下，糖尿病孕妇也能生一个健康的宝宝。

## 孕6月的运动胎教

妊娠6个月时，胎儿的状况稳定了。此时母亲可继续做孕妇体操、散步、气功等适量运动，还可以采用游泳和跳舞方式。跳舞在家进行即可，不必遵照正确舞步，不必选择固定音乐，只需随旋律和节奏手舞足蹈，做到有节奏的活动身体就可以了。配合音乐活动身体，可以使心中的情感向外抒发，收到安神定心的效果。跳舞不仅令人感受到喜悦，并能直接将喜悦的感觉传递给腹中的胎儿，从而使胎儿身心健康发育。

## 孕6月的按摩与对话胎教

进入第6个月，胎儿能自由活动身体，以传递自己的感受。当胎儿烦躁不安时，孕妇轻轻抚摸肚子，胎儿就会安静下来。当宝宝踢孕妇的肚子时，可参照此做法：首先，以舒服的姿势坐着或者躺下，然后从腹部下方慢慢抚摸至胸部，或者在同一范围内做花园式的环状抚摸。这虽然是简单的动作，却能充分传递妈妈的爱，会给宝宝带来快乐和安全感。抚摸时可以一边放节奏和缓的音乐，也可以一边跟宝宝说话、唱歌。

## 孕6月的语言胎教

6个月时胎儿对外界声音变得很敏感了，并已具有记忆和学习能力。此时可以逐渐加强对胎儿进行语言刺激，以语言手段激发胎儿的智力。与胎儿说话可以用以下4种方式进行：①同胎儿对话；②给胎儿讲故事；③教胎儿学习语言文字；④教胎儿学数学、算术和图形。当然，胎教要循序渐进地进行，对胎儿的语言刺激也是如此。此时期，胎儿的听觉功能已初步发展起来，对胎儿进行语言诱导是培养胎儿语言能力的捷径。这种诱导包括日常性的语言诱导和系统性的语言诱导两个方面。日常性的语言诱导指父母经常对胎儿讲的一些日常用语；系统性的语言诱导指的是有选择、有层次地给胎儿听一些简单的儿歌等。

## 孕6月的音乐胎教

对胎儿进行音乐胎教可采用以下方法：①器物灌输法；②哼唱谐振法；③母教子"唱"法。用这些方法让宝宝听音乐，可产生与妈妈听音乐不同的效果。比较起来哼唱显得要亲密、更直接，使胎儿的心率、动作等也会发生较大的变化。在器物灌输法中要注意给胎儿听音乐的时间不宜过长，一般以5~10分钟为宜，最好不要只给听几首固定的曲子，应该多样化。因为，人在胎儿期就显露出人个体的差异，有的胎儿"淘气"，有的"调皮"，也有一些是老实、文静的；这些既和胎儿的内外环境有关，也和先天神经类型有关。所以，选曲时应注意到胎动的类型。一般来讲，给那些活泼好动的胎儿听一些节奏缓慢、旋律柔和的乐曲，如"摇篮曲"等；而给那些文静、不爱活动的胎儿听一些轻松活泼、跳跃性强的儿童乐曲、歌曲，如"小天鹅舞曲"等。如果把音乐的节奏和表达的内容与小宝宝的玩耍结合起来，那将对胎儿的生长、发育产生更明显的效果。

## 孕6月的情绪胎教

父母的好情绪、好心情是胎教最根本、最朴实的内容。怀孕了，"有喜了！"这个消息使年青的夫妇沉浸在美好的想像之中，因为胎儿是他们爱的结晶，是生命的延续。这种喜悦情绪是最原始的胎教。他们会格外地珍惜这个胎儿，慎起居、美环境；注意营养、戒烟酒，以其博大的爱关注宝宝的变化。这种极好的自然胎教，胎儿得到的是健康的、积极的、乐观的信息，感受到的是轻松、温馨、平和、愉快和幸福的内外环境，这也是胎教最好的过程。所以，每位父母都要有高度的责任感和美好的愿望，注意身心的修养，静静地期待着心爱的宝宝出世。

## 孕6月的故事胎教

故事胎教，通过给胎儿讲故事来进行胎教。父母在给胎儿讲故事时要把感情倾注在故事的情节中，通过语气声调的变化，将喜怒哀乐通过富有感情的声调传递给胎儿，使胎儿受到感染。单调和毫无生气的声音是不能唤起胎儿的感受的。孕妇可以选择一些有趣的儿童名著绘声绘色地朗读给他听，最好是反复地讲同样的一个或几个故事。在出生后宝宝会对他熟悉的这些故事有明显反应，也会使他从哭闹之中很快平静下来。

## 大脑左右半球的训练胎教

人的大脑有左右两个半球，各有不同的功能和优势，职能分开又互相配合。左大脑半球控制右半身的活动，具有语言、抽象思维及逻辑思维和分析机能，主管人的说话、阅读、书写、计算、语言记忆等。因此，左半球拥有语言中枢，操纵语言、阅读文字、撰写文章，把复杂的事情细分成单纯要素，有条不紊地进行条理化思维。人的右大脑半球控制左半身的活动，具有形象和空间概念、鉴别几何图形、感知音乐旋律、模仿及整体性、综合性、创造性机能，主管人的直觉、想象、理解、节奏、情感、意志等。因此，右半球凭直觉观察事物，纵观大局，把握整体，并具有意外性，使人洋溢着创造性且决定了人的智力优势。语言和音乐胎教，为大脑的功能发展奠定良好的先天性基础。

### 怀孕中期爸爸的胎教

在妻子怀孕中期丈夫要做到：①与妻子要多交换双方的感觉，避免妻子在感情方面受到刺激。②为了避免产生怀孕忧郁症，丈夫要多帮妻子调节心情。让妻子听胎教音乐，陪妻子散步，外出就餐，去博览会等。③陪妻子定期到医院检查。④怀孕中期，妻子肚子、乳房变大，这时期买大一点的内衣送给妻子作为礼物，对妻子表示敬意。⑤给妻子按摩以消除腰腿疼痛。⑥给妻子准备营养价值高的食物。⑦与妻子一起参加顺产体操班。⑧胎动时把手放到妻子的肚子上与胎儿进行交流。

## 胎儿的能力训练

胎儿对外界的有意识激励行为，通过感知体验会长期保留在记忆中，直到生后，这些行为和记忆对婴儿的智力、能力、个性等均会发生较大的影响。事实表明，胎教实际上就是婴儿教育的启蒙。游戏训练使胎儿在母体内有很强的感知能力，有利于胎儿的智力发展。通过超声波荧屏显示：胎儿在宫内觉醒时，有时会伸懒腰，打呵欠，调皮地用脚踢子宫壁，这使他感到很满意。有时胎儿会用手触碰漂浮在身边的脐带，会用手去抓过来玩弄几下，甚至还会送到嘴边，这些动作使他感到快乐。从这些动作可以看出胎儿完全有能力在父母的训练下进行游戏活动。只要父母不失时机地通过各种方式，进行训练，如"踢肚游戏"等，就可能使胎儿的体育、智能的潜能得以激发。

## 孕7月的音乐胎教

进入7个月以后胎儿能感受到胎外音乐节奏的旋律。胎儿可以从音乐中体会到理智感、道德感和美感。孕妇可以从美妙的音乐中感到自己在追求美、创造美，感受生活的美。因此，胎教音乐要具有科学性、知识性和艺术性。不要违背孕妇和胎儿生理、心理特点，要在寓教于乐的环境中达到胎教的目的。胎儿的身心正处于迅速发育生长时期，多听音乐对胎儿右脑的艺术细胞发育很有利。出生后继续在音乐气氛中学习和生活，会对孩子智力的发育带来更大的益处。音乐胎教中应该注意的是，音乐的音量不宜过大，也不宜将录音机收音机直接放在孕妇的肚皮上，以免损害胎儿的耳膜，造成胎儿失聪。

## 孕7月的营养胎教

此时各种营养素大致与孕中期相同，可略增加，由于此时正是胎儿脑细胞和脂肪增殖的敏感期，所以，更要注意补充含蛋白质、磷脂和维生素丰富的食品，以促进智力的发育。对脂肪和糖类食品要限制，以免热量过多，使胎儿长得过大，影响分娩。此时，大量孕激素使胃肠平滑肌松弛，肠蠕动变慢，水分被肠壁吸收较多，故常引起便秘。因此，多食粗纤维、新鲜水果蔬菜类，少吃或不吃不易消化的、油炸的、易胀气的食物如白薯、土豆等。此外，这期间要增加核桃、花生、芝麻、葵花子等食品。这些食品富含不饱和脂肪酸，可减少日后小儿皮肤病的发病率。多吃肝、木耳、青菜、豆豉等富含维生素$B_{12}$、叶酸的食物，可减少出生后贫血症的发病率。妊娠7个月时常出现肢体水肿。要少饮水，少吃盐。其次要选富含维生素B、C、E的食物，增加食欲，促进消化，有助利尿和改善代谢。

孕妇之间接触与交流对调整孕期的情绪很有帮助。

## 孕7月的语言胎教

胎儿听觉器官在胎龄为26周时（6个半月）发育成熟，其结构基本上和出生时相同。胎儿时期由于神经发育尚存在不足，决定了胎儿听音乐或与其对话时频谱不宜过宽。父亲的音频以中低频为主，频谱较窄，更适合与胎儿对话。语言刺激是听觉训练的一个主要内容，尤其是父亲的对话很容易透入宫内，每天屋子安静的时候，孕妇觉出胎动较活跃的时刻可以与胎儿对话，对话的内容要简单。每次和胎儿的对话时间不要太长，内容简捷，轻松、愉快、丰富多彩。有的内容可以重复讲，诸如"壮壮，真乖！"、"爸爸在和你说活"、"听见爸爸的声音吗？"。

## 妊娠中期孕妇心理胎教

胎动出现是此阶段的突出表现，孕妇常凭借已接受妊娠的思想去指导自己的活动，达到精神上接受妊娠。胎动出现、胎心音可被听到，使母亲体验到新生命的存在，母亲精神世界得到充实，表现为孕妇开始对胎儿的生长、发育过程感兴趣。孕妇应参加各种有关分娩的讲课，了解育儿常识，认识到孕妇承担母亲的责任；而且，应建立广泛的社会交往，增加与其他孕妇接触的机会，获得更多有关做母亲的知识。此期，孕妇常显示出以个人为中心的倾向，表现为宁可别人给予她而不是她赋予别人，这种自私的行为还可来自体内激素的变化，以及本人对妊娠过程的理解。某些孕妇情感可能变得更为敏感、易怒、泪汪汪和喜怒无常。对此，建议丈夫、家人及朋友予以理解，并对孕妇做出适当的正确劝导。

## 编织胎教

胎教实践证明孕期勤于编织艺术的孕妇，所生孩子"手巧而心灵"。运动医学研究也证明用筷子夹取食物时，会牵动肩、胳膊、手腕、手指等部位30多个关节和50多条肌肉，尤其是"右

提前学习知识，为作好妈妈做准备。

利者"更是如此。这些关节与肌肉的伸屈活动，只有在中枢神经系统的协调配合下才能完成。管理和支配手指活动的神经中枢在大脑皮层占面积最大。手指的动作精细、灵敏，可以促进大脑皮层相应部位的生理活动，提高人的思维能力。利用这种原理开展孕期编织艺术，通过信息传递的方式，可以促进胎儿大脑发育和手指的精细运动。编织的内容：①设计图案，给宝宝织毛衣、毛裤、毛袜或线衣、线裤、线袜；②用钩针织婴儿用品；③绣花；④编织其他美术品。如壁挂、各种娃娃和贴花等。

## 绘画与剪纸胎教

孕妇绘画剪纸也是胎教的内容之一。即使不会画画，在涂涂抹抹之中也会自得其乐。画画的时候，不必在意是否画得好，可以持笔临摩美术作品，也可随心所欲地涂抹，只要感到快乐和满足，就可以画下去。同时，还可向宝宝解释所画的内容。剪纸也是一种艺术胎教。可以先勾轮廓，而后细细剪，剪个胖娃娃，"双喜临门"、"喜雀登梅"、"小放牛"等，或孩子的属相，如猪、狗、猴、兔等，别怕麻烦，别说没时间，别说不会剪，因为问题不在于剪的好坏，而在于向胎儿传递深深的"爱"，传递"美"的信息。

# 孕晚期胎教（8～10月）

这个时期，对从始至终坚持胎教的夫妇而言，是巩固胎教的最好时期。准妈准爸，坚持把爱和耐心献给即将诞生的宝宝吧。

## 孕8月的语言胎教

与胎儿对话是训练其听觉能力和建立亲子关系的最主要手段。妊娠到8个月不仅可以在7个月的基础上有计划地继续进行对话，还可结合实际生活出现的各种事情，不断扩大对话的内容和对话的范围。可以把生活中的每个愉快的生活环节讲给孩子听，通过和胎儿共同生活、共同感受，使母子、父子间的纽带更牢固，并且为今后智力发展打下基础。此外，面对分娩即将来临的特点，主动进行沟通。比如可以告诉胎儿："我的小宝宝，不久以后你就要出来了，妈妈好盼望这一天。""你一定很想和妈妈见面了，是吗？"或者与丈夫一起对胎儿说："爸爸妈妈为了迎接你的诞生，已经准备了整整10个月。外面的世界很美丽，你一定喜欢的。"等等。

## 孕8月的抚摸胎教

抚摸胎教是孕妇本人或丈夫用手在孕妇的腹壁上轻轻地抚摸胎儿，胎儿可以感受抚摸的刺激，以促进胎儿感觉系统、神经系统及大脑的发育。抚摸胎教一般在6个月左右开始进行，最好定时，每次5～10分钟左右，这样可以使胎儿对时间建立起信息反应。在抚摸时要注意胎儿的反应，如果胎儿是轻轻蠕动，说明可以继续进行；如胎儿用力蹬腿，说明孕妇抚摸让他不舒服，胎儿不高兴，就要停下来。抚摸顺序由头部开始，然后沿背部到臀部至肢体，轻柔有序。注意记下每次胎儿的反应情况。

## 孕8月胎儿的性格培养

人的性格早在胎儿期已经基本形成。胎儿性格的形成离不开生活环境的影响。母亲的子宫是胎儿的第1个环境，小生命在这个环境里的感受将直接影响到胎儿性格的形成和发展。未来的父母为了让未来的宝宝具有健全良好的性格，应切切实实地做到：尽力为腹内的小生命创造一个充满温暖、慈爱、优美的生活环境，使胎儿拥有一个健康美好的精神世界，促其良好性格的发展。

## 孕8月的图形胎教

8个月胎儿的感官都已发育成熟，视觉、听觉、触觉等知觉都有了，准妈妈可以进行图形教育，用鲜艳的彩色硬纸，剪成几个不同颜色的正方形、长方形、三角形、圆形等图片，准妈妈深情地告诉胎儿："宝宝，你看妈妈手里拿的黄颜色的正方形，正方形是四个边一样长，四个角相等，都是直角，你看咱家的餐桌是正方形的，再看电视机也是正方形的。宝宝，你再看这个，这是绿颜色的长方形，长方形是两个边长两个边短，四个角也都是相等的直角。你看客厅里放的茶几，书房里的写字台，它们的桌面都是长方形的。"然后把三角形和圆形也都如此讲一讲。胎儿边听边受母体脑电波的刺激，就会初步记得这几个形状的特点，达到胎教的目的。

## 孕8月的营养胎教

妊娠8个月的孕妇，在饮食安排上应采取少吃多餐的方式进行。应以优质蛋白质、无机盐和维生素多的食品为主，特别应摄入一定量的钙，在摄入含钙高的食物时，应注意补充维生素。维生素D可以促进钙的吸收。在使用维生素D制剂时，不要过量，以免中毒。含维生素D的食品有动物肝脏、鱼肝油、禽蛋等。由于在妊娠前7个月里，胎儿吸收了孕妇体内的许多营养，孕妇体内的各种营养素可以说都处在最低点，在此时，吃些翠绿欲滴的西瓜是大有好处的。因为西瓜中含有胡萝卜维生素$B_1$、维生素C、糖、铁等大量营养素，可以补充孕妇体内的这种损耗，满足体内胎儿的需要。同时，西瓜还可以利尿去肿，降低血压。

### 孕8月的音乐胎教

音乐是情感表达，是心灵的语言，随着优美的旋律，唤起胎儿的心灵，打开智慧的天窗，促进胎儿的成长。音乐还可以促进孩子性格的完善。不同的乐曲对于陶冶孩子的情操起着不同的作用。有的乐曲能促进孩子恬静、稳定；有的能促进孩子欢乐、开朗的性情；有的能激发孩子的热情等。久而久之可影响孩子的气质的形成。音乐胎教的作用是不可低估的，音乐可以通过人的听觉器官和神经传入人体。母体与胎儿共同产生共鸣，影响人的情绪和对事物的评价，从而影响了胎儿性格的形成，锻炼了胎儿的记忆能力。孕8月给胎儿听音乐每次5～10分钟为宜，音乐的曲子最好是选择一些不同类形的曲目挨着听，不要只给胎儿听几首固定的曲目。在听的过程中，注意观察胎动的变化和情绪的反应。这样就可以体会到孕妇的宝宝喜欢听哪类的音乐，并把它记录起来。

从西瓜中孕妇还可以摄取少量的铁，对纠正贫血，也算得不无小补。西瓜含糖较多，可以补充能量并保护肝脏。吃西瓜也可以补充水分、蛋白质、无机盐、维生素。西瓜还有一个神奇的功效，还可以增加乳汁的分泌。可见，西瓜对孕妇来说是不可缺少的佳品，孕妇应注意在孕期尤其是第7、8两个月适当多吃西瓜。

## 故事胎教

给胎儿讲故事是一项不可缺少的胎教内容，讲故事时，孕妇应把腹内的胎儿当成一个大孩子，亲切的语言通过语言神经传递给胎儿，使胎儿不断接受客观环境的影响，在不断变化的文化氛围中发育成长。讲故事既要避免尖声尖气的喊叫，又要防止平淡乏味的读书，方式可以根据孕妇的具体情况而定。内容由母亲任意发挥，也可以读故事书，最好是图文并茂的儿童读物。还可以给胎儿朗读一些儿歌、散文等。内容不应长，宜生动有趣，切忌引起胎儿的恐惧、惊慌。

## 妊娠晚期孕妇的心理胎教

妊娠8个月，孕妇在体力、情感和心理状态方面开始经历一个异常脆弱的时期。胎儿越发变得珍贵，孕妇担心各方面的危险会给胎儿带来伤害，害怕身体变化使自己保护胎儿的能力减弱，处处显得小心翼翼，大部分时间待在家里，并要求丈夫更多地留在身旁保护她。晚期妊娠阶段，孕妇迫切期待分娩以终止妊娠，同时伴随矛盾心理尤其关于分娩的种种传说，包括分娩的危险均可能加重恐惧心理。复杂的心理活动常常扰乱了正常睡眠，睡梦增多。睡梦大多反映了孕妇对胎儿及本人的担心、忧虑和烦恼。因此，在妊娠的最后阶段，更需要为孕妇提供具体的心理调节措施，以帮助缓解症状减轻不适。此时，孕妇除了要正确认识分娩的过程，还要学习协调家庭成员之间的关系技巧以及处理新家庭问题的能力，以最佳身心状态迎接分娩。

孕妇阅读文学名著对胎宝宝会产生间接的影响。

## 孕9月的触摸胎教

妊娠9个月后由于胎儿的进一步发育，孕妇本人或丈夫用手在孕妇的腹壁上便能清楚地触到胎儿头部背部和四肢。可以轻轻地抚摸胎儿的头部，有规律地来回抚摸宝宝的背部，也可以轻轻的抚摸孩子的四肢。当胎儿感受到触摸的刺激后，会做出相应的反应。触摸顺序可由头部开始，然后沿背部到臀部至肢体，轻柔有序。触摸胎教最好定时，可选择在晚间9时左右进行，每次5～10分钟。在触摸时要注意胎儿的反应，记下每次胎儿的反应情况。

## 孕妇产前情绪胎教

妊娠9个月，距预产期越来越近，孕妇能否保持平和、欢乐的心态，直接关系到胎儿的健康成长。首先，丈夫要在感情上关心、体贴妻子，其次要在思想上宽慰妻子。主要包括：①产前的心理准备。②产程中的心理。产痛是分娩过程中受注意的中心问题。应该真正了解产痛的意义，消除对母子的负面影响，并让产妇在分娩过程中得到充分的体验，有利于调整随后的母子关系。③产后的心理支持。母子关系是"二合一"的关系。宝宝作为一个稚嫩的个体，母亲必须保护孩子免受过分

的外部和内部的压力。新生儿表现出的起始的幼稚情感，如高兴或不高兴，只有在得到母亲的接受后，其情感才能发展。因此，在婴儿出生后，丈夫要全力支持妻子，并给她提供好的条件，让妻子全力抚养婴儿。

## 孕9月的美育胎教

美育能陶冶性情，开拓眼界，具有奇妙的魅力。生活中处处充满了美，把美的信息传递的过程就叫做美育。美育是母亲与胎儿交流的重要内容，也是净化胎教氛围的必要手段。对胎儿的美育就是音美、色美和形美的信号输入。轻快柔美的抒情音乐能转化为胎儿的身心感受，促进脑细胞的发育。大自然对促进胎儿细胞和神经的发育也是十分重要的。另外，孕妇可欣赏一些绘画、书法、雕塑以及戏曲、影视文艺作品，接受美的艺术熏陶，孕妇可把内心的感受描述给腹中的胎儿。

## 孕9月的音乐胎教

胎教音乐一般可分两种：一种是孕妇自己欣赏，条件不限。可戴着耳机听，也可不带耳机听，可以休息听，也可以边做家务或者一边吃饭一边听，还可以一边听一边唱。随着音乐的节奏还可以想像腹中的胎儿欢快迷人的

脸庞和体态，有意识地与胎儿进行感情交流。久而久之，将感到这是一种妙不可言的艺术享受，另一种胎教音乐是直接给胎儿听的。胎儿在4个月时就已经具有听力，从这时起，可将录音机放在距离孕妇腹壁2厘米处播放，每天定时播几次，循序渐进，以5～10分钟为宜。音量适中，母亲应取舒适的位置，精神和身体都应放松。音乐胎教时，母亲应与胎儿一起投入，而不能一边听一边做一些与此无关的事情。母亲能经常哼唱一些自己喜爱的歌曲，把自己愉快的信息通过歌声传递给胎儿，使胎儿分享喜悦的心情。唱的时候尽量使声音往上腹部集中，把字咬清楚，唱得甜甜的，一定会受到胎儿的欢迎。

## 意识诱导

近年来，心理学家研究指出，出生前胎儿就具有思维、感觉和记忆的能力，尤其是胎儿7个月以后更是如此。曾经有一个出生后性格非常孤僻、患有孤独症的儿童，平时不爱和家人以及外人讲话，父母开导无济于事。但后来发现同他讲英语时，他却兴趣大增。究其原因患儿的母亲在怀孕期间曾在一家外国公司工作，只能讲英语。以上这个真实的故事告诉我们由于胎儿意识的存在，孕妇自身的言语、感情、行为均能影响胎儿，直到出生后。在日常生活中，有少数孕妇因为暂时的身体不适而对胎儿生出怨恨心理，这时胎儿在母体内就会意识到母亲的这种不良情感，从而引起精神上的异常反应。许多专家认为这样的胎儿出生后大多数出现感情障碍、神经质、感觉迟钝、情绪不稳，易患胃肠疾病、疲乏无力，表现为体质差等。

## 大自然的陶冶

让新生命了解大自然是促进胎儿智力开发的很重要的胎教基础课。在大自然中孕妇可以欣赏到飞流直下的瀑布、幽静的峡谷、叮咚的泉水。这诗一般的奇观、胜景不断地在大脑中

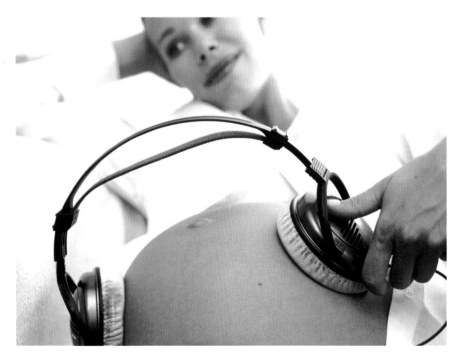

汇集、组合，然后经母亲的情感通路，传递给胎儿使他受到大自然的陶冶。这一信息会留下记忆一直到出生后，这正是母亲的感知变成思维的信息传递给了胎儿。另外大自然中新鲜的氧气有利于胎儿的大脑发育；郊外、公园、田野、瀑布、海滨、森林等可提供对人身心健康极其有益的负离子，这是"空气维生素"。太阳光可以促进血液循环，杀灭麻疹、流脑、猩红热等传染病的细菌和病毒，还能促使母体内钙的吸收，促进胎儿骨骼的生长发育。总之，大自然是无限美好的，她使人大开眼界，增长知识、陶冶情操，有利于母子身心健康。

## 临产前聊天胎教

快临产了，准妈妈该和宝宝聊聊如何出世的话题。胎龄9个月时，小宝宝也到了瓜熟蒂落的时候，不想再呆在"宫"里了，准妈妈和准爸爸也盼着与宝宝早日见面。准妈妈应该和小宝宝沟通一下，协同作战，顺利分娩。准妈妈可以对胎宝宝说："宝宝，你就要离开妈妈到这世界上来了，妈妈和爸爸可想早日见到你，你一定要和妈妈配合好，勇敢地走出来。"准爸爸贴近妈妈的肚皮说："宝宝，爸爸妈妈非常欢迎你，时刻等待你降生，你看爸爸给你准备了床、衣服和被子，还有你爱玩的玩具，出来吧，全家都欢迎你。"

## 怀孕晚期准爸爸的胎教

孕8月以后，进入怀孕晚期，丈夫同样有很多准备工作，准爸爸要做好晚期胎教。一般情况下丈夫要做到：①经常向妻子和孩子传达爱的信息；②给妻子按摩腿及腰部，增加妻子顺利生产的信心；③怀孕晚期孕妇易体重增加，因此多与妻子一起散步；④与妻子一起准备母子生产用品以及住院用品；⑤要把自己的行踪告诉妻子，以便随时都可以联系到自己；⑥要事先打听好到医院所用的时间及交通状况；⑦妻子在医院生产不在家期间，要预先做好家中一切需要的事情。

## 最后的胎教

以上所讲的内容旨在改善遗传因素，进行育胎，使孩子先天的聪明度提高。在分娩时如有失误就会前功尽弃。为什么呢？产妇的心态不好，造成紧张情绪，使产程拉长，以致难产，很容易出现胎儿缺氧，造成大脑细胞受损，影响胎儿智力发育，甚至造成智力障碍，严重的甚至危及胎儿生命。所谓最后的胎教，实际上是依靠准妈妈的健康心理，顺利产下婴儿，保证前面所有育胎工作有个圆满的结局，把育胎的系列工程所得的孩子先天的聪明才智完完美美地带到世上，达到我们胎教的目的。

想像自己的宝宝，和他说说"宫"外的世界。

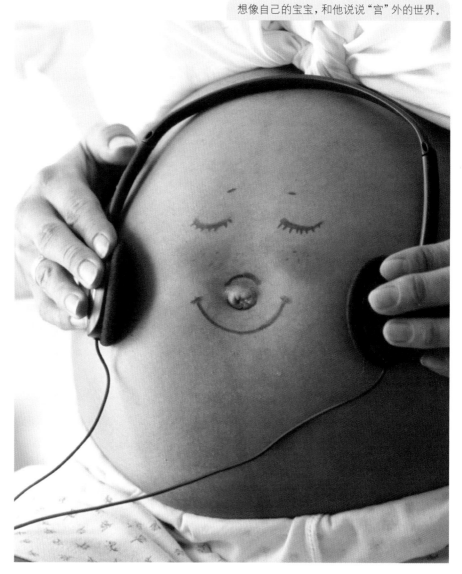

### 色彩与胎教

心情舒畅与否与色彩的视感有着直接的关系。一般说来，红色使人激动、兴奋，能鼓舞人们的斗志；黄色明快、灿烂，使人感到温暖；绿色清新、宁静，给人以希望；蓝色给人的感觉是明静、凉爽；白色显得干净、明快；粉红和嫩绿则预示着春天，使人充满活力。根据这个道理，胎教学说引进了色彩理论。相对地说，孕妇因体内激素的变化，往往性情急躁，情绪波动较大。因此，孕妇宜多接触一些偏冷的色彩，如绿色、蓝色、白色等，以利于情绪稳定，保持淡泊宁静的胎教心境，使腹内的小宝宝安然平和地健康成长，而不宜多接触红、黑等色彩，以免产生烦躁、恐惧等不良心理，影响胎儿的生长发育。在布置孕期居室，选购日常生活用品时要有意识地注意这点。

# 第 10 章
# 婴幼儿智力开发

宝宝在出生时，脑部发育尚未完成，因此，在婴儿期及幼儿期，宝宝的脑部发育就非常关键了。科学、合理地营养护理和有意识地让宝宝"学习"以对其智力进行开发，是新爸爸新妈妈一项重要的工作，切莫错过良好的时机。

# 1~12 月婴儿的智能特点

根据婴儿的智能特点，1岁以内的婴儿以感知和动作训练为主。出生后即开始视觉、听觉训练，培养视、听觉的敏感性及注视能力，满月后可开始进行被动体操，促使其动作发育。6~8个月后可进行翻身爬行、抓球等活动，促使其发展精细动作。

## 1~2 个月婴儿的智能有什么特点

1~2个月的婴儿头已经能抬起来大约30秒钟。眼睛能够清楚地看东西，并能追随活动的东西，能够注视眼前的玩具和面孔。婴儿表情渐渐丰富起来。如果有人逗他，他会对其有所反应，或者兴奋的挥动双臂双腿，或者微笑并且伴有咯咯的笑声。听见自己熟悉的声音后会停止哭泣。并能够将高兴与不高兴明确地表示出来，不高兴时就会大声哭泣。

## 3 个月婴儿有什么能力

3个月的婴儿头能挺立。能稳定地俯卧，前臂不仅能支撑头部，而且能支撑体重，挺起胸来。此时给他看图片或玩具时，会表示出很高兴的样子。同时还会发出"哦""呵""嗳"等声音，会长声尖叫。熟悉的亲人逗弄他时，会发出相当大的咕咕声，甚至是咯咯的笑声。此时的婴儿强烈地想要抓东西。虽然还抓不好，但像哗啷棒之类的小而轻的玩具，如果帮助他拿，能够拿一会儿。

## 4 个月婴儿有什么能力

4个月的婴儿手能够准确抓住能摸到的东西，如果把玩具放在他能够拿到的地方，就会伸手去抓。此时的婴儿头部已能很好地竖直，也能随意地左右转动。当他呈俯卧时，会向两边摇动，并可从一侧翻滚向另一侧。有些孩子能从俯卧位或侧卧位翻成仰卧位。少数孩子甚至会翻身，能从仰卧位翻成俯卧位。同时，4个月的婴儿能放声大笑，能明显地表示出喜怒之类的情感。4个月的婴儿会对着镜子微笑。

## 5 个月的婴儿会些什么

5个月的婴儿，头能自由随意地活动，还能用手去抓想要的东西，但还不能及时地扔下抓住的东西。手中拿到的东西，可以从一只手换到另一只手里。当他趴下时，胳膊能支撑上身，抬起头注视前方，扶着时能在大人的腿上一蹿一蹿地跳，抱起时，腿支撑着，身体能保持直立的姿势，但还不能独坐。能从俯卧位翻成仰卧位。这段时期的婴儿可以确切地辨别出自己的父母，而且表情更加丰富，能明确地表现喜欢和厌恶的情感。一不高兴时就大声啼哭，高兴时就大声地笑，并能看着镜中的自己发笑。

## 6 个月婴儿的能力

6个月的婴儿能够自己翻身，睡眠时能不自觉地改变体位。手的活动也多起来，能准确地抓取东西，摇晃东西。他们可以保持坐的姿势，并开始认生，见到陌生人感到害怕，甚至哭泣，但也有不认生的孩子。

## 7~8 个月婴儿的智能有什么特点

7~8个月婴儿的智能特点：①到7个月左右开始认人，孩子见到熟悉的

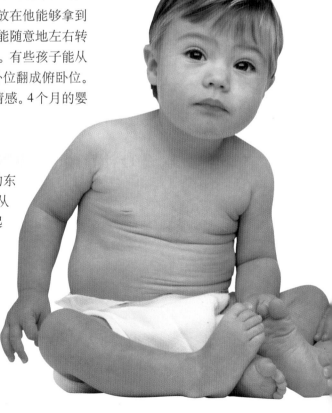

人就绽开笑脸，见到那些不认识的人就盯着看或哭闹，这表明孩子已具备认人的能力，也表明孩子的情感发育得相当快。对于那些认生的孩子，应尽量到外面走走，与小朋友在一起玩，看看动物，慢慢地就不认生了。如果整天关在家里，与外界不接触，就很难从认生的圈子里解脱出来。②这个时期萌发自我意识，婴儿的好奇心非常强，见到周围的东西就想去抓。一抓到手就努力不让别人拿走，如果硬是拿走他会哭闹起来，这就说明小儿自我意识萌芽了。③这个时期婴儿能抬头，能坐，会翻身，还能抓住扶手等站起来，由于视线比坐着更开阔，所以，婴儿非常高兴。④这个时期婴儿处于模仿阶段，婴儿开始喜欢模仿了，妈妈敲东西给他看，孩子马上就能模仿着做同样的动作，则表明智力发育正常。⑤这个时期婴儿开始有记忆力了，但只能记些极简单的动作。比如玩具从床上掉到地上，能够稍微找一找了。但是当大人拿来其他玩具，马上就把刚才发生的事忘记了。

## 9~10个月婴儿的智能有什么特点

9~10个月的孩子已可以灵活地爬行，并且有时可以扶着东西站立，手的动作也更加灵活，能把纸撕碎放进嘴里，把玩具从这只手传到另一只手，会用手拍打桌面，还能用手指尖拣起桌上的东西，如饭粒、小糖丸等。在语言方面，小儿逐渐懂得语言是人与人用以联系的工具，呼唤他的名字时，会循声转头，对他说再见时，会摆手或点头示意。词句对婴儿来说不仅是音调的刺激，他已能听懂词句的意思，并且已能懂得很多话。

## 11~12个月婴儿会些什么

11个月的婴儿能扶着东西行走。牵着手让他迈步时，他会交替出脚。婴儿能够独立站立，会下蹲、弯腰等。吃东西时，会握住小勺吃力地往嘴里送。你如果把皮球投给他，他会投回来，虽然投得不准。他们喜欢用笔乱戳乱画。大多数婴儿这个月还不会讲话，但对语言的理解能力已经很强了，有的婴儿能模仿大人说话，但只能学会1~2个字的词，如"爸爸"、"妈妈"、"嘀嘀"等。12个月的婴儿能够一只手被人领着走路，有的婴儿已能独自走几步了，但还走不稳。他们会从玩具箱里把玩具拿出来和放进去；爱乱扔东西；穿衣时会合作。他们会有意识地叫"妈妈"、"爸爸"，会用简单的动作或手势表达自己的要求。语言发展好的婴儿已会说几个词了，喜欢"拒绝"成人对他的要求。

## 如何训练新生儿的视觉

新生儿刚出生时，就已有视力了，能看到30厘米以内的东西，因此，新生儿出生后即可进行视觉训练。2~3个月婴儿对鲜艳的颜色，特别是对红、绿、黄色反应明显，有兴趣。因此，开始训练时，仍可让婴儿取仰卧位，在距婴儿眼睛前方20~30厘米处放置红球或色彩鲜艳的玩具（玩具品种要多样化，经常更换）微微晃动来吸引婴儿的注意力，并逐步训练其视线能随玩具做上下、左右、远近、斜线、圆圈等各个位置和方向的移动，以训练其注视能力及眼球运动的灵活性和协调性，达到刺激和促进其视觉发育的目的。可让婴儿注视父母的脸，随后父母慢慢移动自己的头面部，以吸引婴儿的视线追随父母脸部而移动。此法不仅有助于婴儿视觉的发育，也可因父母温柔而喜悦的感情注视，促进父母与孩子之间的感情交流与培养。

## 如何训练新生儿的听觉

听觉功能在新生儿出生前几周即已起作用，随着新生儿耳中羊水的清除，声音更易传递和被感知。因此，新生儿出生后头几天，听觉敏感度即有很大提高，不仅能听到声音，对声音频率也很敏感。进行听觉训练时，家长可在婴儿的耳周不同方向，用轻柔的说话声或玩具声，训练婴儿转头寻找声源。视听训练可结合在一起。母亲的声音是婴儿最喜爱听的声音之一，无论是喂奶还是护理过程中，母亲均应随时随地用愉悦、亲切、温柔的声调与婴儿面对面地说话，吸引婴儿听到和注意母亲的声调，也让婴儿看到母亲说话的口形和亲切的表情、微笑的面容。特别是当婴儿哭闹时，更要用言语安慰他、再抱抱他，这样做的目的，都是为了让婴儿感受语言，促进婴儿发音欲望，对其今后学习语言均有极大帮助和积极影响，并可诱发婴儿良好、积极的情绪，培养母子亲情。婴儿能倾听和谐的音乐，并表示愉快。因此，也可播放不同旋律和曲调的轻音乐给婴儿听，音量要小，优美舒缓，以促进其听觉的发育。

# 婴儿智力开发问答

在婴儿智力开发过程中,爸爸妈妈会产生这样那样的疑问,这一节特别针对婴儿智力开发中一些常见问题进行了问答式的讲解。

## 手脚乱动有什么意义

活动是身体内部需要和外界刺激的结果,只要不加以束缚,小儿会自发地活动。打开"蜡烛包",我们可以看到新生儿会舒展小身体,伸伸懒腰,用力将小手高举,把小腿伸直,逐渐有节奏地蹬踢。这种手脚乱动是小婴儿最早的肢体活动,也可以看作是最初的体操。当小婴儿看到有鲜艳色彩的玩具或对他微笑的面孔,听到悦耳的乐曲、歌声,也会手舞足蹈地表示他的兴奋和欢乐。这种带有全身性的运动,不仅发展了身体的运动能力、活动四肢关节肌肉、促进新陈代谢,而且也有利于情绪愉快,促进心理健康发展。

成长过程中的婴儿每一个新动作都令父母很欣喜,从一定意义上讲,小婴儿活动身体是身体健康的表现。

## 刚出生的婴儿对光的反应是怎样的

人的视觉功能是在出生后睁开眼睛接受外界的刺激中逐渐发育成熟和完善的。科学研究证明,婴儿出生几小时后第一次睁开眼睛就开始对光有反应。小婴儿都喜欢看光亮、鲜明的东西,会分辨光明与黑暗。例如,抱到光亮的地方,他会张开眼睛盯着看,抱到黑暗的地方就会感到不安,手脚乱动。接近满月时,新生儿逐渐产生视觉的选择与注视活动的物体。例如,红色光亮的物体与灰色暗淡的物体同时放在新生儿的眼前,他会注视红色的,无声不动的玩具与有响声能摇动的玩具同时放在眼前,他会注视后者。随着月龄的增长,大脑发育的进展,这种选择与注视会不断地变化。对宝宝的视觉应进行各种各样的适度刺激。初升太阳的晨光和落日的余晖,都能使宝宝充满惊喜地张望。

## 怎样训练婴儿说话

发展听觉是发展语言功能的前提。对新生儿的听觉训练,主要是通过听成人讲话和日常生活中的各种声音,其中妈妈讲话最重要。和新生儿讲话要面对着他,要有声有调有高有低,亲切温和,第2、3星期他就会发出"哦哦"声音来回答你了。刺激愈多,他也讲得多。对讲时,要让小婴儿注视着成人的脸,还要注视口形变化,使他的视觉与听觉协调。与新生儿讲话的机会是很多的,如睡醒睁眼时、换尿布时、喂奶洗澡时、逗引时都可以进行。这样婴儿会有很好的情绪,而且愉快地顺从成人对他的要求。

## 怎样逗婴儿发音

前半岁婴儿的语言训练主要是发音。2个月的婴儿对成人的话语开始有反应,成人对婴儿说一些简短的话,重复多次,并加以逗引,他就会"说"起来。婴儿开始主要是发一些元音,简单短促、断断续续;逐渐声调拉长,然后会发一些辅音。到了5个月时,会将元音、辅音拼起来,偶尔发出如"ma"等声音。婴儿对自己发出的声音很感兴趣,一个人常常躺在自己的小床上拉长调自言自语。5个月以后,婴儿玩口水、吐泡泡,还会用嘴唇、舌头打出声音。有些婴儿"创作"了自己独特的语言,在快睡着之前用一种特定的调子"哄"自己入睡,眼睛已经闭上了,还在"哼哼唧唧"地说个不停。为了促进前半岁婴儿的发音兴趣，家长可以有意识地加以逗引。逗引的方法：①多讲，婴儿先听后讲，听得越多，讲得越早。②讲话时，面对着婴儿有声有调，温和地讲。③讲话要简洁、重复，引起孩子的兴趣。④发现婴儿发音中有的音和我们语言中的声音相似，要有意识地教他重复这几个音，使其多模仿成人的口型和发音，从而使发音由无意识变成有意识。

## 玩手是婴儿最早的游戏吗

心理学家认为手指是"智慧的前哨"。小婴儿最早的游戏就是玩手。出生不久，大多数的婴儿都有吸吮小手的兴趣。他们将整个小手放在口中吮吸，津津有味，感到极大的满足，有时拉都拉不出来。当他的小手可以握物时，也总是将手里的东西送进口中。满3个月的婴儿就会看自己的小手，而且看得很认真，并会用小手抚摸他所接触到的小被子、小衣服，还想把它们拉入口中。4个月小婴儿会把手伸向奶瓶，扶在奶瓶上，手指灵活但还抓不住玩具。5个月的婴儿可以抓住玩具连自己的手一起摇动。6个月后的婴儿会坐了，由于手眼协调，他可以有目的地抓抓玩玩，还可以有意识地用一个玩具敲打另一个玩具，或敲打桌子、椅子。他的手已真正成为认识事物的器官。

## 婴儿是如何学习表达的

对于婴儿来讲，他们发出的最初的声音就是哭泣。当他们稍大之后，就能尝试着以自己的方式来表达情绪。3～6个月的婴儿，是用嘴来感觉周围的事物，并能喃喃自语。假如成人模仿他们的发音，他们就会表现出愉悦的情绪。同时，这个时期的婴儿也会仔细倾听成人所说的话，并努力把成人所说的词和这个词所指的物体相对应。婴儿需要有人和他进行交流，并不断鼓励他。假如把一个孩子放在电视机前面，虽然电视里传出的声音能给他一定的声音刺激，但对于孩子而言，这是一个被动的语言学习过程。孩子学

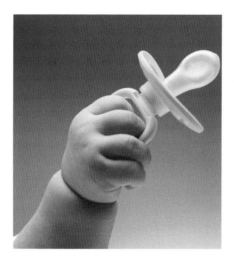

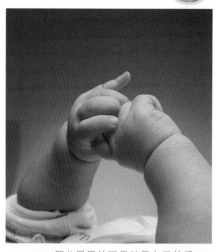

婴儿最早的玩具就是自己的手。

习语言必须是在与人积极的交流、互动的过程中，获得并积累交流的经验。

## 婴儿能看电视吗

许多父母喜欢抱着不满周岁的婴儿看电视，认为婴儿看电视就像看画片一样，可以起到教育作用，提高智力。其实，这是一种误解。首先，从电视内容来说，它不适合婴儿的早期教育，对婴儿的智力开发起不了什么作用。相反，由于婴儿眼睛的调节功能差，适合于成人看电视的规定距离并不适合婴儿，容易造成婴儿内斜视，即"斗鸡眼"。并且，电视机光亮度变化大，时强时弱，婴儿难于调节适应，加上电视图像与画片一样，婴儿对变化的电视图像不适应，眼肌容易出现疲劳，造成近视、远视、斜视等。所以，婴儿不适宜看电视。但对于幼儿而言，

在短时间内观看一些少儿节目，对其智力开发有一定作用。

## 怎样训练孩子的手眼协调能力

孩子的手和眼，开始时是各自为阵，分开活动的，经过一段时间后，才逐渐协调起来，这是智力发展到一个新水平的标志。作为家长，应尽早给孩子提供各种机会，进行这方面的训练。训练的方法：①利用玩具进行训练。2～3个月的孩子常常注视自己的手或眼前的物体，这时家长可摇动或弄响玩具，引起他的注意，让他注视玩具，再抓住他的手臂伸向玩具，使他能够抓握和触摸；4～5个月时孩子已能自如地抓取他所看到的摆在眼前的玩具，这时可拿出机动玩具摆在他

### 逗婴儿时应注意哪些

许多家长都喜欢逗孩子，但却不知道过分逗引，对孩子而言有害无益，轻者可能影响孩子的饮食、睡眠，重者可能会伤及孩子的身体，甚至乐极生悲。因此，家长在逗孩子时应注意：①孩子进食时不宜逗引。孩子的咀嚼与吞咽功能尚不完善，如果在他进食时与之逗乐，不仅会影响孩子良好饮食习惯的养成，还可能使食物呛到气管，引起窒息，甚至发生意外。如果小婴儿在吃奶时，把奶水吸入气管，还会发生吸入性肺炎。②孩子临睡前不宜逗引。睡眠是大脑皮层抑制的过程，孩子的神经系统尚未发育成熟，兴奋后往往不容易抑制。如果孩子睡前过于兴奋，往往迟迟不能入睡，即使睡着了，也会睡不安稳，甚至出现夜惊。③不宜过分抛举孩子。有些父母为了逗引孩子高兴，喜欢将孩子向上抛起，然后再接住，孩子也很爱玩这种游戏，往往要求家长反复抛接，如果成人稍不留心或十分疲劳，就很可能会失手，摔坏孩子，甚至造成终身遗憾。因此，家长应有节制地玩此种游戏。④不要用手掌托孩子站立。孩子会扶站后，一些家长常常喜欢用一只手托住孩子的双脚，让他站立在自己的手掌上。这种做法是很不安全的。虽然家长的另一只手可做保护，但孩子一旦失去平衡，家长往往会措手不及，后果不堪设想。

略够不到的地方，吸引他手眼追踪；5～6个月时可让他拿着玩具进行敲打练习，并训练其两手同时握两个玩具；7～8个月时可训练他撕纸，照镜子指认五官，拿取小糖丸等；10个月左右可训练他玩套环玩具，把小球放进盒子里或从盒子里拿出来，旋转瓶盖。②在日常生活中有意识地进行训练。比如：孩子吃奶时，可让孩子扶着妈妈的乳房或奶瓶；大一点可让孩子自己练习把饼干送到嘴里，用拇指和食指捏住他想要吃的食物入口；练习用杯子喝水；1岁左右让他自己拿小匙送饭菜入口，自己学脱鞋，拿着钥匙插锁眼，拉开、关上家具抽屉等。在生活中进行训练是"举手投足皆学问"。只是看家长是否留心让孩子进行这方面的动作练习。

## 如何教婴儿学会翻身

翻身动作是孩子出生后第1个全身性的动作，主要是指孩子从仰卧到侧卧再到俯卧，然后再从俯卧到侧卧再到仰卧，这要求头、颈、腰、四肢等部位的密切配合，难度较大，可以循序渐进地进行。学会翻身可以使孩子自由改变身体的姿势，从不同的角度、不同距离看到周围的人、物和活动。孩子学习翻身的前提是能俯卧抬头，一般从3个月左右就可以开始练习了。先训练由仰卧位到侧卧位，具体方法是：先将孩子双脚交叉，成人一手拉着孩子的左右手臂放在其胸前，另一只手伸到孩子身后轻推颈背部，帮助他从仰卧到侧卧（向左或向右翻身应交替进行）。5个月左右就可以练习从侧卧到俯卧，然后再由俯卧到仰卧，具体方法是：成人用玩具在孩子身体的一侧加以逗引，让孩子情绪愉快产生翻身的欲望。同时一只手拉着孩子左手臂或右手臂贴着床往上举，另一只手推动孩子的身体，帮助其翻身。一般来说，每天训练2～3次，练习俯卧翻身的床要硬一点、平滑点，还要有一定的空间，若是冬天应注意让孩子少穿些衣服，室内保持一定的温度，这

样孩子容易学会。每当孩子顺利地完成此动作后，成人应把他抱起来，亲一亲，玩一玩，以示鼓励。

## 怎样训练孩子手的摇动敲打动作

孩子动作的发展是从整体到局部，从不随意到随意，从不准确到准确。手的摇动敲打动作能使孩子知觉的完整性和具体思维能力得到发展，同时也有利于培养孩子的注意力和观察力，促进模仿能力的提高。一般来说，父母在孩子5个月左右的时候，在其掌握抓握能力的基础上，拿一个能发声的、带柄的玩具，如拨浪鼓、摇铃等，吸引孩子去拿。待孩子拿到后，握住孩子的手一起做摇动动作，使孩子感到有趣，引起他主动拿物摇动。等到两只手都会摇动后，父母可先让孩子双手各拿一个玩具，抓住他的双手互相对敲，也可示范给孩子看，让孩子模仿，还可教孩子用一只手敲打玩具。开始时手把手教，以后可示范让孩子慢慢地掌握。另外，也可买市场上专门训练敲打的玩具，如木制的螺丝钉子进行敲，让孩子进行有趣的练习。所有这些训练都要随时随地进行，让孩子慢慢地模仿学会，以促使孩子注意力的稳定和动作得到发展。

## 怎样训练10～12个月婴儿的饮食习惯

此月龄段的婴儿，每天饮食次数至少5次，每次间隔4小时左右。让婴儿定时、定位（即固定一位置）进行饮食既有助于婴儿饮食有规律，也有助于婴儿消化系统的发育。此时婴儿已具有一定的用手能力，因此可在喂奶时，让婴儿自己用手扶住奶瓶，以训练其饮食自理能力。

## 怎样养成10～12个月婴儿的睡眠习惯

10～12个月的婴儿，每天睡眠时间只需14～15小时，白天睡眠次数为2～3次，每次持续2～2.5小时，父母应根据这一特点让婴儿定时上床睡觉。每次睡之前，父母可与婴儿轻柔地说话，如说："宝宝，我们要睡觉了，快把眼睛闭上好不好？"然后将婴儿抱上床，也可同时哼段儿歌或放段柔和的音乐，让婴儿在父母这种有规律的引导下养成定时睡觉的好习惯。

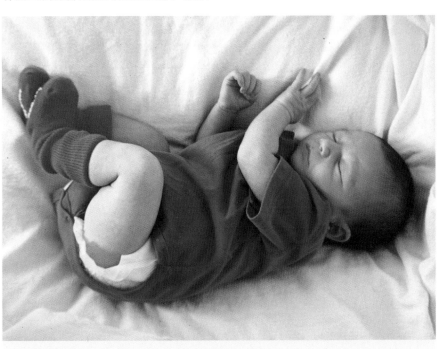

对于婴儿来说，学会翻身是一个巨大的进步，因为，从此以后，他就告别了"睡了吃、吃了睡"的状态。

8个月以后的婴儿会自发地摇动抓在手里的玩具，当然，有时候他们也会有把玩具放进嘴里的举动。

## 怎样训练10~12个月婴儿的社会交往能力

此月龄段的婴儿每天不仅需要父母抽出一定时间陪伴一起做游戏，也需要与其他小伙伴一起玩。应常带婴儿进行一些户外活动，此时的婴儿已具有较强的好奇心，很容易培养其社会交往习惯。有些婴儿最初可能不愿与别的小朋友交往，需父母促使他们与小朋友一起玩。父母可让孩子与小朋友相互交换玩具，见面时相互拉拉手，尽量让孩子在与人交往的过程中，保持一种愉快的心情。如婴儿表现出厌烦时，父母应及时更换游戏内容。另外，在交往时，父母应引导婴儿称呼所接触的人。父母发音时应面对婴儿，并面带微笑，这样有利于婴儿模仿，也有利于婴儿主动发音。离开时要教婴儿表示再见。

## 怎样教孩子学走路

走路，对孩子来说是大动作发展的标志，大多数孩子在1岁左右就开始学习走路，作为家长，怎样让孩子尽快地从独站自如到迈步走路呢？首先，要为孩子准备一双大小合适的软底鞋或学步袜，放在平坦地面上训练，训练前要排尿。训练时家长站到孩子身后，两手扶住他的腋下，帮助他行走，不要牵着孩子的两只手，因为一旦他摔倒，家长就会不由自主地猛拽他一下，这样极易把孩子的关节拉脱臼。其

次，家长也可借助推动的小车、学步车，让孩子学走，但借助学步车学走路的时间不宜长，并且呆在车里的时间也不宜长，否则易形成不正确的走姿。成人应在旁看护着，防止车翻倒而使孩子摔痛。

## 父亲带婴儿的好处有哪些

父亲与孩子进行的游戏与母亲的游戏相比，规则少一点，相对活泼一些，而且不必固定地借助一种物体。这种风格提供给孩子新的刺激模式，给予孩子想像的空间。最后，父亲与孩子的接触，客观上提供给孩子练习的机会。与母亲相比，父亲的照料相对简单，顾虑更少，因此在一些活动中比起母亲，似乎对宝宝更放心，比如攀爬，父亲只在一边观望，而母亲则在旁边保护。父亲的办法看上去很危险，但孩子在无人照料下，自己的体会更加深刻，实践的机会和体验更加充分。因此，有研究已经表明，15个月时，母亲是孩子主要游戏伙伴，而到20个月时，父亲成为基本的游戏伙伴，到30个月时，父亲已变成了主要的游戏伙伴。

## 过期产儿智力会受影响吗

凡是怀孕时间超过42周以上出生的小儿，无论体重多少，都称为过期产儿。因为自怀孕35周起胎盘通透性逐渐下降，氧气和营养的通过已开始受到影响。到42周时，由于胎盘的梗塞区和钙化区逐渐增多，胎盘功能进一步下降，母亲与小儿之间的气体、血

父亲带孩子的优势直接表现为可以让孩子变得更勇敢。

液交换受阻，向胎儿供应的氧和营养物质也减少。如果缺氧严重可致死产或发生严重的神经系统后遗症，包括智力障碍。因此，我们不能错误地认为小儿在母亲体内时间越长，得到的营养越多。当怀孕超过40周后，应到医院对产妇及胎儿密切观察，可查血或B超了解胎盘功能。如果表现为胎盘功能老化，说明胎儿不能通过胎盘得到充分的氧和足够的营养物质，如果继续妊娠可导致胎儿长期严重的缺氧，可引起死产，存活小儿可能留有神经系统的后遗症智力障碍等，此时应尽早中止妊娠。

婴儿啼哭有生理性和病理性之分，生理性啼哭一般很快就会停止，但若时间过多、过长家长就要引起注意。

## 早产儿的智力发育会受影响吗

早产儿是指怀孕超过28周而不到37周出生的新生儿。多数体重不到2500克，身长不到46厘米，各脏器的形态和功能都不成熟，生命力较弱。由于早产儿易出现呼吸暂停和吸入性肺炎、肺透明膜病、高胆红素血症、颅内出血等严重疾病，而这些疾病均可导致早产儿脑细胞缺氧、坏死，影响小儿的智力发育。还有早产儿易发生低血糖、低血钙，引起惊厥，造成脑细胞损害，引起脑发育障碍，智力低下。因此，孕妇应做好产前检查，避免重体力劳动，防止早产。

## 婴儿孤独症会影响小儿智力发育吗

婴儿孤独症是一种年幼时起病的精神障碍，与先天性风疹有关，常伴

有癫痫。孤独症患儿大多智力落后，但可在音乐、记数字方面有特殊的才能。本病的表现常见有言语困难和社会交往困难。出生后2个月还不出现笑，4个月在母亲拥抱之下不感快慰，不能与人有眼对眼的注视。不能与周围人保持良好的社会交往，遇环境改变不能很好适应，多有刻板动作，智力落后占75%以上，仅1/3的病儿可勉强独立自主，有些伴有癫痫或其他神经系统显著异常。因此当家长发现小儿出生后2个月还不会笑，对周围事物反应差，要密切观察小儿成长情况，如不愿与小朋友一起玩耍，不愿参加集体游戏，不喜欢模仿大人的动

作，语言单调，经常说重复语言、刻板语言或自造词句，社交活动中面部表情、身体姿势或手势运用不当，要高度怀疑本病，送医院治疗。

## 哭与语言发展有什么关系

哭是一种前语言水平的交际方式，它除了具有一定的交际作用外，对语言发展的另一个意义在于训练了发音器官。人发出语言需要各种发音器官的协调，口、舌、上下腭、喉、声带、肺等部位都与语言有关，缺一不可。这些部位的功能正常与否将直接影响语言是否能顺利地产生。婴儿刚出生时，这些部位的功能都较弱，而哭恰好起到了锻炼的作用，所以哭是有积极意义的。有的孩子很少听到他哭，妈妈说他很乖，长大后却发现语言有障碍。有的妈妈心疼孩子，孩子一哭便把他抱起来，这同样不利于他们的语言发展。完全"剥夺"孩子哭的权力，不仅会影响孩子的运动，也影响他们的发声练习，适量的哭有益无害。当然这不是说任由孩子长时间地哭而不去理睬他，过多的啼哭对其他心理方面的发展会产生不良的影响。哭是孩子交流方式的一种，但过多的啼哭应该引起爸爸妈妈的注意。

### 怎样训练10～12个月婴儿穿衣时的配合能力

婴儿此时已具有一定的语言理解能力，手和脚的功能也得到了一定的发展，因此父母在给婴儿穿衣时，应同时给予语言的刺激，如"宝宝，把小手抬起来，穿上花衣服"、"宝宝的臭丫丫呢？"、"宝宝穿袜袜了"等，以训练婴儿穿衣时的配合能力。

10个月龄的婴儿能够听懂一些母亲常说的简单话语，并能够做出诸如"伸手"、"伸脚"一类的动作。

# 幼儿早期教育

0～3岁，尤其是1～3岁的教育，是人一生的心理、智力、习惯定型和发展的最重要的阶段，然而有许多孩子都是在懵懵懂懂中度过的。如何能科学、系统、有效地对孩子实施早期智力开发和非智力因素的综合培养，家长应在知识和心理两方面有所准备。

## 幼儿早期教育包括哪些内容

1～3岁是进行幼儿教育的关键时期。早期教育有着非常丰富的内容，父母一定不要把早期教育简单地理解成仅仅是给幼儿积累知识和提高智力，更不能认为是为了把宝宝培养成"天才"。早期教育的主要内容包括：在父母努力下，使宝宝活泼、愉快、健康地成长和发育；养成良好的生活习惯；培养基本的生活自理能力；提高社会交往能力，能够和小伙伴友好相处；开发智力和潜能，培养和提高观察力、记忆力、想像力和创造力；还包括对幼儿是非感和道德观的培养。

## 1岁宝宝最喜欢什么运动

儿童的运动发育是有规律的，只有按照运动发育的规律来锻炼，才能强身健体、开发智力。因此，根据儿童生长发育及生理的特点，科学地为宝宝安排体育运动，才能取得好的效果。1岁宝宝四肢运动能力的发育非常快；15个月能够走得很稳；18个月时开始学跑、喜欢爬楼梯；21个月时能够快速地往前跑。1岁多的宝够进行大范围的活

证每天有2个小时以上的户外运动；此时，宝宝最喜欢做户外运动，如追皮球、扶杆走路、拉玩具跑、推小车等。通过这些大运动，可以促进宝宝的身心健康成长。

1岁以后，很多宝宝就不爱洗澡了，这时，可以在澡盆里放入几个色彩鲜艳的玩具"诱惑"他坐进澡盆。

## 如何开发1岁宝宝的智力

宝宝到1岁以后，开始逐步挣脱父母的怀抱独立行走，开始创造自己的小世界，充分体现出宝宝的共同天性：爱说、爱玩、爱模仿。此时，开发宝宝的智力主要是通过玩耍和游戏来发展他的听觉、视觉等感知觉，通过学习一些简单的儿歌来培养他的理解力及语言表达能力，通过一些跑、跳运动来锻炼四肢及躯干的运动力。总之，对于幼儿不应强制性地教育，以免出现教育过度，使他产生逆反心理和厌恶情绪，对宝宝正常的智力发育造成损害。正确的做法"寓教于乐"，在轻松、自由和欢乐的氛围中，使宝宝的智力得到发展。

## 体育运动可以促进婴幼儿的智力发育吗

幼儿时期不仅仅是智力开发的最佳时期，而且还是造就良好体能的关

键时期。幼儿的早期教育，应把体育放在首位，切不可片面追求智力开发，培养出"心有余而力不足的病弱天才"。体育运动不仅能够增强孩子的体质，而且可以促进幼儿的智力发育。首先，运动能使骨骼强健、肌肉发达，为幼儿的智力发育打下坚实的基础。其次，运动能加速血液循环、促进新陈代谢，为大脑提供高质量的营养，使头脑更加灵活，从而促进智力的发展。再有，在运动过程中，幼儿的肢体和躯干会做出各种各样的动作，刺激大脑各个部位快速地做出反应，有利于提高思维的敏捷性和灵活性。此外，每天进行适当的户外活动，还能帮助孩子提高睡眠质量、增强记忆力。而且，有意识地激发幼儿进行抓、握、捏、扔、跑和跳等各种运动，还可以促进小脑的发育。所以，体育运动不仅可以促进幼儿的智力发育，而且也是开发幼儿智力最基本和最重要的手段。

## 为什么要鼓励宝宝爬楼梯

宝宝1岁时，可以走路，但还没有能力走着上下楼梯，因此看见楼梯就会爬，而且还会非常高兴。但有的父母怕伤着宝宝，遇到楼梯就抱着走。其实，父母没有必要这么担心。要知道，此时的宝宝对爬楼梯有着特殊的"天赋"，可以手脚并用、熟练地爬上爬下。爬楼梯很适合于这个年龄段的宝宝，是一种非常有益的体育运动。爬楼梯是一种全身性的运动，不仅可以锻炼小孩手、脚、眼以及脑等全身各个部分的协调能力，促进肌肉和骨骼的强壮，并且还能锻炼他的独立性、自信心，培养坚毅的品质和永于克服困难的勇气。因此，宝宝不会上楼梯，就让他爬楼梯；会上楼梯，就让他自己上下楼梯。父母要相信：多走一级楼梯，就多一分锻炼、多一分收获。

## 如何同宝宝进行比赛

此时，在和宝宝做游戏的过程中，可以开展一些有趣的比赛活动。比如有一种叫拣豆豆的比赛：把一定数量的黄豆（其它豆类也可以，但大小应和宝宝的动作能力相适应，以宝宝能够熟练地拣起放下为准）放在盆内，然后开始一粒一粒地往杯子里放，在规定的时间内看谁拣得多。也可以找同年龄的小朋友进行比赛，看谁拣得多，事后给予奖励。通过类似的比赛，不仅提高了宝宝对游戏的兴趣，而且锻炼了手的灵活性，并可以培养集中力、耐久力以及竞争感，对宝宝未来的成长非常有好处。

宝宝学会走路的阶段，也还是要多鼓励他走楼梯。不过，父母要在旁边看护，注意他的安全。

## 1岁的宝宝会看书吗

有些父母经常会提出这样的问题"什么时候可以让宝宝学看书,宝宝刚1周岁,可以吗?"答案是肯定的。10个月的宝宝会凝神观看一些大页的图书或相册;12个月的宝宝就已经具有了看书的能力,可以根据你的提问,用手指书中的图画;18个月的宝宝会自己翻书找自己喜欢的图画;21个月的宝宝会说出图中物品的名称。因此,1岁的宝宝不仅会看书,而且已经到了需要用书来开发智力的时候了。这个年龄的宝宝是口语形成的关键时期,通过看图可以让宝宝了解到许多他在日常生活中不容易看到或根本就看不到的东西,从而积累下丰富的词汇,为语言功能的发展打下坚实的基础。另外,通过看书认图还可以培养他的注意力、观察力和辨别力,极大地促进智力发育。

## 15个月宝宝的智力一般应发育到什么水平

此时宝宝除了会叫爸爸、妈妈以外,还会叫爷爷、奶奶、姑姑等其他常见的家庭成员和亲戚的称呼。宝宝已经能够理解大人的简单话语,并且可以用一些简单的动作来回答,例如当被问到"宝宝是饿了吗?",他会用点头或摇头来作答。而且,此时宝宝的记忆力已经有了一定的发展,能记住自己用过的东西,以及常和自己玩的小朋友的名字。宝宝还具有一定的生活自理能力,可以自己脱鞋子,找到自己放过的东西。此时的宝宝会翻书和画画,具有很强的好奇心和探索欲。

## 如何培养15个月宝宝的社会行为

通常,15个月的宝宝已经会说"请"、"谢谢"和"再见"等简单的社会交往用语,因此父母要有意识地培养宝宝主动和别人,特别是同不常见面的人打招呼的能力。父母要对宝宝体贴、爱护、关心,尽量满足他的正当要求,培养母子之间的感情,让他

体会到家庭的温暖;还要多让他和小朋友一起玩耍,并愿意把自己的玩具给别的小朋友玩,同别的小朋友共同分享自己的快乐,培养宝宝与人合作的观念。

## 18个月宝宝的智力一般应发育到什么水平

18个月大的宝宝会说的话已经很多,大约可以说出40~60个词语,还能够说4~5个字串起来的语句,如"在桌子上"等。此时宝宝的记忆力已经有了更进一步的发展,能够指认日常生活中的许多物品;会按照大人的指示指出自己的眼、耳、鼻、口等;还可以记住并主动叫出一些东西,如自己的玩具的名字。宝宝此时非常喜欢把许多东西都集中到一起玩,但是注意力集中的时间很短。

父母可以给宝宝选择一些有大块图片的彩色图书,和他一起"读",以拓展他的"视野"和启发他的语言表达能力。

## 如何培养18个月宝宝的社会行为

18个月的宝宝会对陌生人表现出很大的兴趣,胆大的孩子会主动和不熟悉的人一起玩耍;很喜欢看小朋友们在一起玩耍,但通常不会主动和小朋友一起玩。所以,父母要鼓励宝宝参与到小朋友们的游戏中去,教育宝宝把自己的玩具和其他小朋友一起玩,增加相互合作的精神。此时,父母要让宝宝自己学着用匙吃饭、脱鞋袜、洗手脸,逐渐培养他的生活自理能力。同时,还要有意识地教他帮助别人做事,如给大人拿小东西、开关灯等。此时宝宝非常高兴得到大人的表扬,因此父母要适时地多表扬,培养和调动他的积极情绪。

## 为什么幼儿喜欢玩沙子

许多父母都会发现，自己的小宝宝特别喜欢玩沙子，遇到沙子就不愿意走开，总爱在沙子上踩来踩去，不停地用手抓沙子，在沙堆上掏洞。宝宝喜欢玩沙子是因为婴幼儿的感知觉发育较早，而玩沙子正好可以满足他感知觉发育的需要，使他们感到快乐，并能够促进这种感知觉的发育。干沙子有很好的流动性，宝宝用手把沙子从下面推到沙堆上面后，沙子可以缓慢地从上面滑下来，而且沙质细腻，手感非常好，可以同时满足宝宝视觉和触觉的需要，给宝宝带来特别的感官刺激。而较湿的沙堆还有一定的可塑性，宝宝可以尽情地发挥他的想像力和创造力，用手在沙堆里面掏出各种各样的洞。许多小朋友在一起进行掏洞比赛，会更能激发宝宝玩沙子的兴趣。不过需要指出的是，小孩玩沙子不宜过于频繁，因为时间长了可以引发皮肤丘疹，所以玩沙子一定要适可而止。

## 小儿骑车应该注意些什么

随着生活水平的提高，许多家长都为孩子购买了各式各样的三轮车。

给宝宝一辆适合他的三轮车，让他在安全的地方"练习"。

骑车能够锻炼幼儿的协调能力和平衡感，增强肌肉的活动能力，促进骨骼和肌肉的发育。但是，幼儿骨骼的可塑性强，肌肉力量较弱，而现在市场上出售的大多数儿童三轮车两脚蹬之间的距离较宽，车座与脚蹬之间的距离过长，幼儿骑车时会比较费力，久而久之容易形成"X"形腿，"内八字"脚等。因此，家长购买三轮车时应注意要与小儿的年龄和身高相适宜，并且小儿骑车时间不宜过长。另外，骑车容易发生意外，故家长应带幼儿到安全的地方骑车，并且要特别注意看护，以免发生碰伤、骨折等意外事故。

## 如何培养2岁宝宝的社会行为

宝宝在1岁左右时，开始产生独立意识和自我意识。到2岁时，宝宝的独立意识和自我意识开始增强，开始从一个被动承受者向主动要求者转变，具有一定的表现欲，如果自己能够独立地完成一些任务，会感到很自豪。这时，父母就要充分利用这个时机来培养他的独立性，让他多做一些力所能及的事情，如脱鞋袜、洗手脸、开关灯等。在这个阶段，父母需要充分关心和爱护宝宝，但不要过分溺爱，如果对他百依百顺，就容易使他形成以"自我为中心"的个性，不利于形成良好的个性，对孩子未来的成长非常不利。此时，宝宝喜欢做一些大运动的游戏，父母让他与同龄的小朋友多在一起玩耍、做游戏，对宝宝的成长非常有好处。

## 2岁的宝宝最喜欢什么运动

2岁时宝宝身体发育非常快，特别是骨骼和肌肉的发育非常明显。此时，宝宝能走、能跑、能跳，活动的空间空前扩大，单纯的室内运动已经不能够满足他的需要。因此，宝宝最喜欢到户外做一些大运动，如骑三轮车、荡秋千和滑滑梯等，这是这个年龄的宝宝最喜欢的三大运动。另外，对于男宝宝还喜欢踢足球、掷篮球等游戏，女宝宝则喜欢踢毽子、掷沙

彩色的积木块是可以增强宝宝的动手能力和想象力。

包等游戏。通过这些运动，不但可以锻炼孩子的骨骼和肌肉，还能训练身体各个部分的灵活性和协调性，如果能够与同龄小朋友一起做这些游戏，还可以培养他的社交能力。不过，在做这些大运动游戏过程中，一定要注意安全，防止意外伤害。

## 幼儿添画好处多

幼儿长到2岁时，可以在原先任意涂画的基础上学习添画。添画就是在一幅事先画好的、不完整的图画上，让幼儿展开自己的想像力，创造性地在上面添画上其他内容，从而成为一幅完整的作品。幼儿学添画有以下好处：①可以培养孩子的观察力。幼儿在添画之前，必须对原有的图画内容进行仔细的观察和思考，发现其中的"缺陷"或"不足"，在此基础上再进行补充。对于2～3岁的宝宝，刚开始时可能有难度，父母可以在旁边帮助他或给予一定的启示。②可以培养孩子的想像力。在仔细观察、思考的基础上，需要孩子展开自己的想像力，要在脑海中构思出整幅画的内容。如果没有充分的想像力，是很难进行下去的。③可以培养孩子的发散性思维。例如大人在纸上画一个圆圈，宝宝可以用它

画出多种图画，如把它画成太阳、桔子、苹果、花朵等等。另外，小孩在完成一幅添画作品后，会很有成就感，可以激发出他对画画更加浓厚的兴趣。

## 2岁的宝宝可以学外语吗

对于幼儿来说，是分不清楚哪一种语言是母语，哪一种语言是外语的。从小听什么语言，他就会说什么语言。根据教育学家的观点，孩子学外语的关键年龄在8岁以内，而且从生理学角度讲，儿童语言功能的发育一般在7岁左右就结束了。所以，最好在7岁以前就开始教宝宝学外语，如宝宝一出生就可以跟着母亲学外语。有的父母担心同时学习两种语言，会不会学乱了。这个担心没有必要的，因为终究还是母语对宝宝的影响最大，即使有时他会把两种语言混淆起来，这也没有关系，随着年龄的增长，他们就会自然而然地将二者区别开来了。2~3岁是幼儿语言能力发展的关键时期，同时也是学习外语的好时机。因此如果条件允许的话，就应该抓住时机，尽早教宝宝学习外语。

## 宝宝爱打人怎么办

有的幼儿和其他小朋友在一起时，总爱打人，使父母既恼火又不知如何处理。孩子爱打人首先与他本身的气质、性格有关。这时宝宝还较小，还没有建立完整的是非观念，他会把打人当作一种与人交往的方式。其次，来自于对大人的模仿，如果家庭中有暴力行为，或者父母经常打孩子，他就会模仿这种方式来处理和小朋友之间的矛盾。因此，纠正孩子爱打人的行为，父母还要首先从自身做起，对于家庭内的矛盾要以和平方式解决，并给宝宝创造一个友好、温馨的家庭环境。其次，一旦宝宝有打人行为，一定要及时严厉的制止，并态度坚决地告诉他"不许打人！"，让他在脑海中记住打人是不对的。千万不要以暴制暴，狠打孩子，这样反而会强化他的打人意识。最后，平时还要多给宝宝

让孩子学画画，已经成了不少年轻家长开发孩子智力，培养孩子特长的选择之一。

讲道理，做正确的引导，多让孩子帮助小朋友，使他们相互之间形成非常友好的关系。

## 2.5岁宝宝的智力一般应发育到什么水平

2岁以后宝宝语言能力的发展非常迅速，到2岁半的时候，已经能够说出4~6个字的句子，在语言沟通中开始会用"我"，例如在向别人介绍自己时可以说出："我叫×××"，并且在交往中开始思考问题并提出疑问，如："我们到哪儿玩？"。此时宝宝不再像以前那么听话了，开始有自己的习惯和主张，表现出强烈的反抗意识。宝宝还能够分辨出各种物体的颜色；能够数出两位数以上的数字；能背几首简单的古诗和唱一些简单的儿歌；可以按照要求搭出简单的积木形状；还可以把铅笔握在手中，画出十字线。

## 为什么幼儿会有反抗情绪

许多父母会发现在宝宝2岁半左右的时候，原先温顺听话的小宝宝突然变得倔强起来：不让他做的事他偏要做，不给他买的东西他哭着喊着偏要买等。越接近3周岁时，幼儿的这种反抗情绪就越明显。这是因为2~3岁是孩子心理发展的平衡期，在这个时期他的自我意识很强，既喜欢反对别人，又不喜欢别人干

涉自己，只要大人干预他的行为，他就会焦躁不安，甚至哭闹不止，而且情绪变化还特别大，动不动就生气。如果孩子出现以上表现时，说明此时他已经进入了"反抗期"，心理学家称之为人生的"第一反抗期"。父母没有必要为宝宝的这种反抗担心和不快，要知道这是幼儿神经、心理发育的必然过程，是幼儿独立性形成和个性成长的重要表现，父母应该为此而感到高兴和自豪。

## 如何对幼儿进行性教育

幼儿期性教育的主要内容是让宝宝开始认识自己的性别，并初步进入自己的性别角色。小孩出生时，对自己的性别是一无所知的，他对自己性别的认识大约从1岁以后开始。首先是从父母那里逐渐认识到自己的性别，并且逐渐认识到和异性小朋友有差别，之后慢慢进入自己的性别角色。幼儿长到1岁以后，就能理解父母的语言，这时父母就可以教他认识身体的各个部位和简单的功能。其次，在日常生活中还可以通过衣服、举止来告诉宝宝他的性别角色，如对女宝宝说"妈妈的女儿真乖，穿上花衣服真漂亮"，对男宝宝则可以说"宝宝是个勇敢的小男孩，做事要大胆"。另外，还要教宝宝学会基本的生理卫生知识，如大小便之后要洗手，洗澡时要洗小屁股等。

# 幼儿智力开发问答

在这一节中，对幼儿智力开发中的一些问题作了具体详细地讲述。年轻的父母会从中得到一些幼儿智力开发的方法和启示。

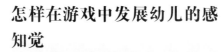

## 孩子能记住周围发生的事吗

记忆是将感知、思考和体验过的事物保存在大脑中的过程。人类知识的积累、技能的掌握、习惯的形成都和记忆有关，许多认知活动都需要记忆的参与。记忆力越强，记忆内容越广泛，越有利于智力的发展。一般从3岁开始才能真正实现时间比较长的记忆。这一阶段儿童的记忆活动有如下特点：①记忆活动依赖于具体事物。②记忆以无意记忆、机械记忆为主。③记忆保持的时间短，而且准确性比较低。④记忆与情绪紧密相连。根据以上特点，父母可以有计划地训练孩子的记忆。可有计划让孩子学习看一些图片，了解不同的物体，过了一两天后，问孩子是否看过这些图片，让他们回答是或否，也可以将学过的图片和未学过的图片混在一起，让孩子找出学过的图片。在人际交往中，观察孩子是否能够辨认出以前曾看到过的人，如问孩子"以前阿姨带你荡秋千，还记得吗？"通过这些日常生活中发生的事情唤起孩子对快乐时光的记忆。提供部分线索促使其回忆。比如，孩子出去玩了一天，晚上问孩子今天玩了什么，如果已经进入托儿所或幼儿园，问他老师今天教了什么儿歌，中午在学校吃了什么，这样达到引导孩子正确回忆的目的。也可以问孩子今天和幼儿园的小朋友做了什么游戏等。有的时候，孩子如果受到老师的表扬，会很高兴地向家长汇报。这时候你要注意听孩子的讲话，鼓励他继续讲下去。完全运用语词进行回忆。看完画有兔子的图片后，遮住图片，问孩子兔子有几只耳朵，讲完故事后让孩子复述故事的内容。2岁半时能记住儿歌和童谣。最好将有关知识编成朗朗上口的儿歌便于孩子记忆。在记忆的训练中注意充分利用积极的情绪，激发孩子的兴趣，提出一些记忆任务，让孩子提高记忆力的同时能够学到更多的知识。

## 怎样在游戏中发展幼儿的感知觉

人类知识最初来源于感觉和知觉，作为感觉器官的眼睛把看到的事物、耳朵把听到的声音、鼻子把嗅到的气味、舌头把尝到的味道、皮肤把感受到的感觉都传送到大脑，给大脑丰富的刺激，然后大脑经过加工再输送出来作出各种反应。因此，要培养聪明的孩子，就要重视幼儿的感知觉训练。游戏是孩子生活中最喜欢的活动，他们在游戏中自由自在、轻松愉快，家长不妨在游戏中培养幼儿的感知觉。培养幼儿感知觉的方法：①利用大自然赐予我们的自然物，丰富幼儿感知觉。带孩子户外活动，观察田野、山川，用提问的方式问孩子"你听到什么声音？看到什么？""哪儿飘来了味道？"等来感知自然界的各种声响、色彩、气味，丰富幼儿感知觉经验。②利用美术活动，促进幼儿感知觉发展。丰富的色彩刺激幼儿的视觉，让孩子用蜡笔涂染、用水彩颜料玩色，认识各种色彩的名称，感知色彩变化的有趣现象和变化的规律。给幼儿充足机会玩橡皮泥、陶艺，除了发展皮肤知觉外，还能促进空间知觉的形成。③利用家庭日常用具，训练幼儿感知觉。如家庭厨房中的各种调味品能训练孩子的嗅觉。④开展有趣的活动，提高感觉器官的灵敏性。做一个口袋，让孩子把手伸进"奇妙的口袋"，经触摸说出某种物品的形状、大小、光滑度、坚硬度、材质等。让孩子蒙上眼睛做"听听谁在叫"、"摸摸我是谁"的游戏来训练听觉、触觉的协调能力。感知觉

### 什么是智力

智力是由观察能力、记忆能力、想像能力、言语能力、思维能力、操作技能等基本成分构成的，其中，思维是智力的核心成分。智力是由这6种基本成分构成的，但是，智力不是这些基本成分的简单相加，而是这些成分的有机综合而形成的整体。因此，在智力培养问题上，不能简单地认为只要抓住某一个部分加以培养就可以了，而应全面地进行培养。

能力是在活动中得到不断发展的，成人应注重给孩子一个丰富的有刺激的环境，使感官得到健全发展及良好的训练，从而培养出聪明伶俐的孩子。

## 走、跑、跳、攀、掷的标准是什么

一般家长比较重视对孩子的智力投资，而对如何发展孩子的运动能力想得很少。当婴儿刚出世时，父母很关心孩子的点滴成长。他们经常翻阅书本，知道什么时候会抬头、翻身、坐起、爬行……奇怪的是，当孩子学会走路以后，父母对孩子的动作发育就不甚关心，而把精力倾注到发展智力上。他们认为运动能力的发展和智力发展是两码事。其实不然，对儿童来说，智力是通过运动能力而发展起来的。孩子学会走路以后，有了基本平衡自己的能力。这时可以培养孩子跑、跳、攀爬、投掷等动作，要求在30个月龄内完成。训练孩子的跑、跳标准：①跑。能向指定的目标跑，沿着圆圈跑。连续跑10～15秒，较快的能跑4～8米。②跳。能双脚原地跳，双脚向前随意跳，从10～15厘米的高处跳下。③钻。会上体前屈，手不着地钻过障碍物（如钻过悬高30厘米左右的绳子）。

## 左右手应该同时受训吗

有的人习惯使用左手，俗称"左撇子"，这并非病态。科学研究告诉我们，遗传基因在左撇子形成过程中起着主导作用，绝不是因为左手使用得多。当孩子刚会伸手拿饼干、糖块时，父母注意到他总是先伸出左手，从此，他们就特别注意加以纠正。当孩子左手抓匙时，急切地帮他换到右手，可一转身，匙又"跑"到左手去了。孩子用左手搭积木，父母想办法把他的左手塞进小口袋，强制性地让他使用右手，可搭不上几块，就推倒积木玩别的去了。为什么呢？只要作仔细观察，是不难找出答案来的。原来他右手的拇指、食指对掌功能较差，动作不灵活。孩子因左手比右手灵活，所以就养成了用左手的习惯。大脑优势学说对此是这样论述的：习惯于使用左手的人，其大脑占优势地位的是右半球，习惯于使用右手的人，其占优势的大脑是左半球。这种优势一旦受到干扰，就会造成语言混乱、阅读困难等现象。既然"左撇子"的大脑优势在右半球，所以右手就难于运用自如。再加上父母经常强制性地破坏孩子的习惯，这就使他灵巧的左手失去许多锻炼的机会，结果造成左右手都发育迟缓。其实"左撇子"并没有什么不好。只不过人类"右撇子"为多数，就出现以右为准的习惯，特别是写字的笔顺也是以"右撇子"习惯定的，"左撇子"写字就不顺手。我们主张左右手同等受到训练，既发挥长处，又弥补短处，使大脑两个半球都得到发展。

## 学说话的最佳期在什么时候

许多心理学研究证明：在某一特定年龄时期，儿童学习某种知识和行为经验比较容易，这就是所谓最佳期。1～4岁是学习口语的最佳年龄期。这是为什么呢？儿童学说话的必然过程是：语音——理解——表达。模仿成人语音是一个较复杂的过程，而不是像其他动作那样，可以由成人把着手教。孩子真正开始发出语音是在1岁左右。1岁至1岁半是孩子理解词义的迅速发展时刻。开始是"再见"，摆摆小手；"谢谢"，握双手作揖。这时能说出的词很少，一般是用动作替代语言。1岁半开始是真正掌握词、说出词的阶段。此时他已学会了独立行走，在儿童生理发展上出现了一个转折点。随着视野不断向外扩大，接触事物日益增多，与成人语言交往频繁，外界丰富的环境刺激大脑迅速发展，机能分化日趋成熟，从而提高了对语言的理解力和表达能力。超过了学说话的最佳期，学起来就比较困难了。许多实例和科学研究都表明，人的能力具有各自不同的发展期，口语发展与年龄增长成反比。一切能力若在发展期得到训练，就会收到加倍的效果。

在发展幼儿感知觉的同时，父母可以给孩子一些益智玩具。也许他做得不是很好，但在玩的过程中，无形中已增强了对他思维能力的训练。

# The complete book
# of mother and baby care

**图书在版编目（CIP）数据**

妈妈宝宝护理大全 / 邱文伟主编. —兰州：甘肃文化
出版社，2006.5
ISBN 7-80714-258-8

Ⅰ.妈...　　Ⅱ.邱...　　Ⅲ.①围产期—妇幼保健②新
生儿—妇幼保健　Ⅳ.① R715.3 ② R174

中国版本图书馆CIP数据核字（2006）第 057205 号

**妈妈宝宝护理大全**

责任编辑：温雅莉
出　　版：甘肃文化出版社
社　　址：甘肃省兰州市庆阳路230号（邮编730030）
电　　话：(0931) 8454246
制　　作：日知图书 www.rzbook.com
印　　刷：北京大容彩色印刷有限公司
经　　销：新华书店
开　　本：889 × 1194mm　1/16
印　　张：16
字　　数：280千字
版　　次：2006年6月第1版
印　　次：2006年6月第1次印刷
定　　价：280.00元（全两册）

责任编辑：温雅莉
文图编辑：张　娜　金治军
撰　　稿：常　丽　刘新宇　刘　珺　黄　辉
　　　　　郭振强　王宪章　耿　荣
美术编辑：金　萍　吴承颖　管玉成
装帧设计：孙阳阳
特别感谢：夏　颖　宝宝：陈子恒
　　　　　周　菲　宝宝：陈诗漪
　　　　　李　静　宝宝：辛虹萱
儿童急救
图片拍摄　北京瞳颜摄影工作室 www.ty5656.com